KB218324

유토피아

「토머스 모어」, 한스 홀바인, 1527년

유토피아

Utopia

토머스 모어 소설 전경자 옮김

UTOPIA
by THOMAS MORE (1516)

이 책은 실로 꿰매어 제본하는 정통적인 사철 방식으로 만들어졌습니다.
사철 방식으로 제본된 책은 오랫동안 보관해도 손상되지 않습니다.

토머스 모어가 페터 힐레스에게

그동안 안녕하셨는지요?

유토피아 공화국에 관한 이 작은 책을 6주 이내에는 받을 수 있으리라 기대하셨을 터인데 거의 1년이나 지난 지금에야 보내 드리게 되어서 부끄러운 마음 없지 않습니다. 라파엘 휘틀로다이우스 씨가 당신과 나에게 들려준 이야기를 글로 옮겨 놓기만 하면 되는 일이었으니까 나는 소재를 찾아야 하는 문제도 없었고 그 내용을 재정리하는 수고를 겪을 일도 없었습니다. 게다가 그 사람이 즉흥적으로, 기분 내키는 대로 말을 했기 때문에 나로서는 실속 없이 화려하고 우아한 어휘를 사용해야 하는 경우도 없었습니다. 아시다시피 그 친구 라틴어 실력은 그리스어만 못했지요. 그러므로 그 친구의 꾸밈없고 단순한 말투를 가능한 한 그대로 옮겨 놓아야 그가 말한 사실을 올바로 옮겨 놓은 것이 되겠지요. 내가 이 책을 쓰는 일에서 마땅히 추구해야 하는 것은 오로지 진실입니다. 그리고 실제로 그렇게 하였습니다.

이 책의 상당 부분은 이미 완성되어 있는 상태이었기 때문에 실제로 내가 해야 할 일이라고는 별로 없었다는 것은 나도 알고 있습니다. 사실 이러한 종류의 책을 저술한다는 것은 저자의 학식과 견문이 뛰어난 경우라 할지라도 엄청난 시간과 사고를 요하는 작업이지요. 적확한 어휘를 사용하면서도 우아하고 유려한 문체로 이 책을 써야 했다면 제아무리 시간이 많다고 하여도 나로서는 이 일을 해내지 못했을 겁니다. 다행히도 이 모든 난관들이 나에게는 해당되지 않았습니다. 나의 일이라는 것은 내가 들은 이야기를 그대로 적기만 하는 것이었으니, 실로 단순하기 짝이 없는 작업이지요. 그러나 나에게 부과된 다른 의무들로 인하여 이 단순한 작업을 끝낼 시간적 여유가 없었습니다. 변호인으로 혹은 중재자로, 민사 사건으로 혹은 형사 사건으로, 법과 관련된 사건들을 해결하는 일로 극히 바쁜 나날을 보내야 했습니다. 그리고 예의상으로나 혹은 사무적인 차원에서 방문하지 않을 수 없는 사람이 항상 있게 마련입니다. 나는 하루의 거의 대부분을 다른 사람들의 일로 밖에서 보냅니다. 나머지는 식구들과 함께 보내고요. 그러므로 나 자신을 위한 시간이라고는, 즉 내가 글을 쓸 수 있는 시간이라고는 거의 없습니다.

집에 돌아오면 아내와 이야기를 나누어야 하고 아이들과 잡담을 해야 하고 하인들하고 집안일을 상의해야 합니다. 나는 이러한 일들을 나의 의무 중의 하나라고 생각합니다. 내가 나 자신의 집에서 낯선 사람이 되지 않기 위해서는 필히 해야만 하는 일이지요. 자신이 의도하여 선택했든, 어쩌다가 우연히 그리되었든, 어쨌거나 함께 사는 사람들에게는 다정하게 대하도록 항상 노력해야 하겠지요. 지나치게 상냥하고 과도하게 다정하여 아이들의 버릇을 망치거나 하인들이 주인 행세를 하는 일은 일어나지 않는 한도에서 말입니다.

이런 식으로 날이 가고 달이 가고 해가 지나갑니다. 그렇다면 도대체 나는 언제 글을 쓰느냐고 물으시겠지요? 이제까지 나는 수면 시간이나 많은 이들이 수면에 못지않은 시간을 할애하는 식사 시간에 대해서는 언급하지 않았습니다. 실은 수면과 세끼 식사에서 절약하는 시간만이 나 자신을 위하여 사용할 수 있는 시간이랍니다. 그렇게 얻는 시간은 얼마되지 않기 때문에 집필 진전이 미미했습니다만, 그러나 시간이 전혀 없었던 것은 아니었으므로 마침내 『유토피아』를 완성하여 당신이 읽어 주시기를 바라면서 보냅니다. 혹시라도 누락된 부분이 있다면 알려 주십시오. 그 점에 있어서는 자신이 있다고 생각합니다. 나의 학식과 지력이 나의 기억력에 버금가기를 바랄 뿐이니까요. 그렇지만 누락된 것이 전혀 있을 수 없다고 말할 정도로 자신이 있는 것은 아닙니다.

아시다시피, 그 당시 나의 조수 존 클레먼트[1]가 우리와 함께 있었지요. 나는 교육적인 가치가 있는 대화에는 항상 이 젊은 친구가 참여하도록 했습니다. (존은 그때 이미 라틴어와 그리스어에 조예가 깊을 조짐이 보였기에 앞으로 큰일을

---

1 John Clement(1500?~1572). 세인트폴을 졸업한 후 토머스 모어의 집에 기거하면서 모어 자녀들의 가정 교사로 일하다가 1526년에 모어의 양녀 마가레트 긱스Margaret Giggs와 결혼했다. 옥스퍼드 대학 그리스어 교수가 되며, 후에 의학을 전공하여 메리 여왕의 주치의가 되었다.

해내리라 기대합니다.) 그런데 존이 지적한 한 가지 사실에 대해서 나로서는 확신이 없습니다. 내가 기억하는 한 라파엘 휘틀로다이우스 씨는 아마우로트에 있는 아니드루스 강 다리가 약 450미터라고 했는데, 존은 그 강이 270미터밖에 안 된다고 하면서 내가 180미터를 삭감하기를 바라고 있습니다. 혹시 정확한 숫자를 기억하고 있는지요? 만약 당신이 존의 의견에 동의한다면 나는 나의 실수를 인정하고 당신 말을 그대로 받아들이겠습니다. 그러나 만약 당신이 기억나지 않는다고 한다면, 그렇다면 내가 기억하고 있는 숫자인 450미터를 그대로 사용하겠습니다. 이 책의 내용에서 사실에 어긋나는 것은 철저하게 배제하려고 무척 노력했습니다. 그러므로 혹시라도 사실과 무관한 부분이 있다면 그것은 전혀 의도치 않는 실수라는 것을 말씀드리고 싶습니다. 하지만 내가 믿지도 않는 것을 말하는 것보다는 정직한 실수를 하는 편을 택하겠습니다. 나는 정확한 사람이 되기보다는 정직한 사람이 되고 싶기 때문입니다.

그러나 가장 간단한 해결책은 당신이 라파엘 휘틀로다이우스 씨에게 (말로나 글로) 직접 물어보는 것이겠지요. 실은 문제가 또 하나 생겼기 때문에 당신이 그 사람을 필히 만나 보셔야 합니다. 내 잘못인지, 당신 잘못인지, 아니면 그 사람 잘못인지, 누구 잘못인지는 모르겠습니다만, 어쨌든 우리도 신세계 유토피아가 어디 있는지 물어볼 생각을 못 했고, 그 사람도 우리에게 알려 줄 생각을 못 했습니다. 누락된 그 부분을 알아낼 수 있다면 많은 돈이 들더라도 좋습니다. 그 섬에 대해서 책까지 쓴 내가 정작 그 섬이 어느 바다에 있는지도 모른다는 사실이 무척 부끄럽기 때문입니다. 그리고 또 다른 이유도 있습니다. 유토피아에 가고 싶어 하는 잉글랜드인들이 여럿 있습니다. 그중 한 사람은 매우 독실한 성직자[2]인데, 그곳에 가고 싶어 하는 이 사람의 열정은 참으로 대단합니다. 한가로운 호기심에서가 아니라 그 나라에 이제 성공적으로 소개된 그리스도교를 더욱더 번성시키기 위함이지요. 그는 이 목적을 위하여 교황께서 자기를 유토피아에 파송하고 유토피아의 주교로 임명까지 하도록 손을 쓰기로 결정했답니다. 고위직을 간청[3]하는 일에 대해서 이 사람은 양심의 거리낌을 느끼지 않습니다. 자신의 동기가 부나 명예가 아니라 순수한 열정에서 우러나온 것이므로 그것은 성스러운 사명이라고 생각한답니다.

　그러므로 당신이 편한 시간에 부디 라파엘 휘틀로다이우스 씨를 만나 주십시오. 아니면 편지를 쓰시든가. 그래서 이 책의 내용은 모두 사실이며, 이 책에 사실이 아닌 것은 하나도 없다는 것을 확인해 주시겠습니까? 어쩌면 당신이 이 책을 라파엘에게 보여 주는 것이 가장 좋은 방법일지도 모르겠군요. 오류를 시정하는 일에는 그 사람이 적격자이고, 면밀

---

2 랄프 로빈슨Ralph Robinson(1520~1577)의 『유토피아』 영역본에 의하면 여기에서 언급된 〈매우 독실한 성직자〉는 크로이든의 교황 대리 롤런드 필립스Rowland Philips(?~1538)라고 생각하는 사람들이 있었다고 한다.

3 〈고위직을 간청〉한다는 것은 〈공직에 선출되려고 의도적으로 노력하는 자는 공직을 맡는 일에서 영구히 자격 박탈된다〉는 유토피아의 법에 전면적으로 위배된다.

히 읽지 않고서는 그 일을 제대로 할 수 없을 테니까요. 그리고 이렇게 하면 자기가 힘들여 알아낸 결과를 내가 책으로 써냈다는 사실에 대해서 어떤 반응을 보이는지 당신이 알 수 있을 테니까요. 만약 그 자신이 책을 쓸 계획을 하고 있었다면 내가 썼다는 것에 대해 언짢게 생각하겠지요. 나 역시 내가 먼저 『유토피아』를 발표하여 그 이야기의 신선한 맛을 빼앗게 되는 유감스러운 일이 발생하는 것은 바라지 않습니다.

그러나 솔직히 말씀드리면 이 책을 출판할 것인지에 대해서는 아직도 결정을 못 하고 있는 상태입니다. 사람들의 취향이란 천차만별이지요. 어떤 이들은 기질적으로 지나치게 엄격하고, 어떤 이들은 마음이 옹졸하여 유머라고는 전혀 없으며, 무자비하고 배은망덕한 이들도 있고, 터무니없이 잘못된 생각을 고집하는 이들도 있습니다. 가르치기 위하여 혹은 즐겁게 해주기 위하여 쏟는 부단한 노력을 감사하게 생각하기는커녕 오히려 경시하는 대중들을 위해 혼신의 힘을 다하여 글을 쓰느니 차라리 마음 편하게 삶을 즐기는 것이 훨씬 더 나은 일일지도 모르지요. 대부분의 독자들은 문학에 대해 아는 것이 전혀 없습니다. 실은 많은 이들이 문학을 경멸합니다. 무지한 사람들은 철저히 무지한 것이 아닌 것은 모두 난해하다고 생각합니다. 학자를 자처하는 사람들은 고풍 찬란한 문체가 아닌 것은 천박한 것으로 치부합니다. 어떤 이들은 고전만 좋아하고 또 어떤 이들은 자기 자신의 작품만 좋아합니다. 지나치게 심각해서 유머는 전혀 용납하지 않는 사람들도 있고, 지나치게 둔감해서 위트를 받아들이지 못하는 사람들도 있지요. 지나치게 고지식한 이들은 풍자의 기미만 보아도 마치 공수병 환자가 물을 보듯이 괴로워합니다. 또 어떤 이들은 서 있을 때 좋아하는 것과 앉아 있을 때 좋아하는 것이 다르답니다. 그런가 하면 술집에 앉아서 권위 있게 유죄 판결을 내리는 주류파(酒類派) 비평가들이 있습니다. 이들은 맥주를 들이켜면서 자신만만하게 개별 작품을 들어 가며 모든 작가들을 한 사람씩 자기들 기분 내키는 대로 수염을 잡아 뽑으며 차례로 매장합니다. 그러나 자기들은 절대로 피해를 받지 않는 안전지대에 머물고 있습니다. 털이라고는 한 가닥도 키워 놓지 않아서 잡아채일 것이 아무것도 없으니까요.

그뿐만이 아닙니다. 자기가 어떤 책을 무척 즐겁게 읽었다 하더라도 저자에 대해서는 아무런 애정도 느끼지 않는 독자들도 있습니다. 그런 사람들은 성대한 만찬에 초대받아 맛난 음식을 배불리 먹고 주인에게 고맙다는 말 한마디 없이 집으로 돌아가는 무례한 손님들과 다를 바 없지요. 기막힌 작업이지요. 그토록 까다롭고 다양한 취향에 그토록 무례하고 망덕한 사람들을 위하여 자비(自費)로 잔치를 베풀다니!

어쨌든, 내가 말한 문제에 관해 라파엘 휘틀로다이우스 씨에게 말씀드려 봐주겠습니까? 그 사람의 말을 듣고 난 후에 이 문제를 새로운 시각으로 검토해 보겠습니다. 이 주제로 책을 쓰는 수고를 이미 끝냈기 때문에 이제 와서 새로운 시각으로 시작하겠다는 것이 현명하다고만은 할 수 없겠지요. 출판 문제에 있어서는 휘틀로다이우스 씨의 허락을 받을 수 있기를 바랍니다. 라파엘이 이의가 없다면 이 책의 출판 여부는 나의 친구들, 특히 당신의 조언에 따르도록 하겠습니다.

안녕히 계십시오. 부인께도 안부 인사 전해 주십시오. 그리고 나에 대한 호감이 변함없기를 바랍니다. 이제 나는 그 어느 때보다도 더 당신에게 호의를 가지고 있습니다.

토머스 모어

제1권

잉글랜드의 무적 왕이시며 비할 데 없는 왕덕을 갖추신 우리의 군주 헨리 8세께서 최근 결코 사소하지 않은 문제에 관해 맑고 높으신 카스티야 황태자 카를로스 공과 이견을 보이시어 그 문제를 논의하고 해결하도록 나를 당신의 대변인으로 플랑드르로 보내셨고[1] 저 유명한 커스버트 턴스털[2]이

1 헨리 8세의 여동생 메리 공주와 카스티야의 카를로스 왕자는 정혼이 되어 있었다. 그러나 카를로스 왕자는 프랑스와 동맹을 맺는 것이 자기에게 더 유익하겠다고 생각되어 잉글랜드에는 파혼을 선언하고 프랑수아 1세의 처제인 (당시 4살 난) 르네와 약혼했다. 이에 대한 보복으로 잉글랜드는 카를로스의 영토인 네덜란드에 양모 수출 금지령을 선포했다. 이에 맞서 카를로스는 황실 소유의 일부로 상속받은 (현재의 네덜란드, 벨기에, 룩셈부르크 지방에 해당하는) 북해 연안의 저지대에 나타나는 잉글랜드의 선박들을 모두 압류하겠다는 의사를 표명했고, 잉글랜드 측에서는 자신들의 결정이 오히려 자국의 양모 무역에 역효과를 초래한다는 사실을 깨닫고 무역을 재개하기 위하여 플랑드르에 사절단을 파견했다. 1515년 5월 7일, 토머스 모어는 잉글랜드 상인 협회의 요청으로 이 사절단의 일원으로 플랑드르에 갔다. 모어는 네덜란드에서의 6개월 체류 기간 동안에 『유토피아』의 제2부를 쓰고 제1부는 잉글랜드로 돌아와서 썼다. (당시 조부를 후견인으로 하고 있었던 15세의 카를로스는 카스티야의 왕이 되고 이어 스페인의 왕이 되며, 21세가 되기 전에 신성 로마 제국의 황제 카를 5세가 되었다.)

나의 동행인이었다. 턴스털은 플랑드르에 다녀온 후 기록 담당 장관으로 임명되었으며, 모든 사람들이 이 점에 대해서 흡족해하였다. 턴스털에 대한 칭찬은 하지 않겠다. 친구가 하는 칭찬이라 믿지 않을까 봐 우려되어서가 아니라, 그의 학식과 인품은 내가 제대로 묘사할 수 없을 정도로 뛰어난 것이고 또 나의 칭찬이 없어도 이미 세상에 잘 알려져 있기 때문이다. 내가 굳이 칭찬을 한다면, 속담에 있듯이 〈촛불로 태양을 비추는〉[3] 격이 될 것이다.

우리는 카를로스 황태자가 임명한 사절단과 사전에 협의한 대로 브뤼게[4]에서 만났다. 모두 훌륭한 인물들로 구성된 이 사절단에서 브뤼게 시장[5]이 명목상 대표였고 그 역시 아주 뛰어난 인물이었지만, 대부분의 생각이나 발언은 카셀 시장인 조르주 드 템세크[6]에게서 나왔다. 이 사람은 언변이 뛰어나고 법률에 조예가 깊었으며 타고난 성품과 오랜 경험으로 외교 문제 협상에 있어서는 일인자였다. 여러 차례 회담

2 Cuthbert Tunstal(1474~1559). 1515년에 브뤼셀 대사로 임명, 그다음 해에 기록 담당 장관이 되며, 1522년에 런던 주교, 1529년에 더럼 주교로 임명되었다. 그는 틴데일William Tyndale(1492~1536)이 영역한 신약 성서를 다량 구입하였는데, 〈소각〉이 구입 목적이었으나 다량 구입으로 인하여 자신의 의도와는 무관하게 프로테스탄트 측에 재정적인 도움을 준 결과를 가져왔다.

3 이와 유사한 경구들이 에라스무스Desiderius Erasmus(1466~1536)의 속담집 『아다지아*Adagia*』에 많이 실려 있다.

4 14세기에 잉글랜드 양모 제조 및 유통으로 번창한 지역이었으나 16세기 초에 항구가 침니(沈泥)로 막히게 되어 상업적인 영향력을 잃게 된다.

5 제이 드 할베인J. de Halwyn.

6 브뤼게 태생. 지역사(地域史)를 저술한 사람으로서 던커크와 릴 사이에 위치한 작은 도시 카셀의 시장이었다.

을 가졌으나 몇 가지 문제에 대해서는 끝내 합의를 보지 못하게 되어 며칠 후에 회담을 재개하기로 결정하였다. 상대측은 황태자를 만나 상의하려고 브뤼셀로 돌아갔고 그동안 나는 개인적인 일로 앤트워프에 갔다.[7]

앤트워프에 있을 때 나를 찾아온 이들 가운데 내가 가장 반갑게 만난 사람은 그곳 출신 페터 힐레스[8]라는 젊은이였다. 그는 학식과 인격을 겸비했을 뿐만 아니라 공손하고 고결하며 모든 사람들을 철저하게 공정히 대하고 가까운 사람들에게 솔직하고 다정하며 의리를 존중하는 까닭에 젊은 나이에 이미 높이 추앙받는 인물이었다. 지극히 겸손하고 더없이 성실하고 소박하고 지혜로운 사람으로서, 이 세상 어디에서고 그러한 사람을 만나기란 쉬운 일이 아닐 것이다. 게다가 말솜씨가 아주 좋았다. 다른 사람의 기분을 상하게 하지 않으면서 유머와 재치를 활용하기 때문에 그가 하는 이야기는 즐거운 마음으로 재미있게 들을 수 있었다. 고국을 떠나온 지 4개월이 지난 터라 아내와 자식들이 무척 그리웠던 시기였는데 그런 사람을 알게 되어 기뻤고 또 나를 매료시킨 그 사람의 흥미로운 이야기 덕분에 나는 향수병에서 상당히 벗어날 수 있었다.

7 브뤼셀과 앤트워프는 브뤼게를 중심으로 각각 60마일 떨어져 있는 지역이다.

8 Peter Giles(1486~1533). 앤트워프 출신으로 1510년에 앤트워프의 수석 사무관이 되었고, 데시데리우스 에라스무스의 제자로 1515년에 에라스무스를 토머스 모어에게 소개했다. 시인이자 라틴어 텍스트 편집인으로 이솝의 우화를 포함하여 다수의 저서를 편집했다. 힐레스는 모어의 처형 2년 전에, 에라스무스는 1년 후에 세상을 떠났다.

어느 날, 항상 사람들로 가득 찬 장엄한 노트르담 성당에서 미사를 드리고 나서 호텔로 돌아가는 길에, 나이 든 외국인하고 이야기하고 있는 페터 힐레스를 우연히 만났다. 상대방은 햇볕에 탄 얼굴에 수염이 길고 외투는 한쪽 어깨에 아무렇게나 걸치고[9] 있었는데, 햇볕에 그을린 얼굴색이나 입고 있는 옷으로 미루어 선원이라는 걸 알 수 있었다. 페터가 나를 알아보고는 곧바로 나에게 다가와 인사를 하고 내가 미처 답례를 하기도 전에 나를 그 자리에서 좀 떨어진 곳으로 데리고 가더니 자기와 이야기를 나누고 있던 사람을 가리키면서 말했다.

「저기 저 사람, 제가 지금 선생님께[10] 데리고 가려던 참이었습니다.」

「당신 친구라면, 내 기꺼이 만나 보리다.」

「저 사람이 어떤 사람인지 아시게 되면, 제 친구로가 아니더라도 저 사람을 만나게 된 걸 기뻐하실 겁니다. 신기한 나라들과 그런 나라에 사는 사람들에 대해서 저 사람만큼 많은 이야기를 해드릴 수 있는 사람은 없을 겁니다. 선생님께서는 그런 이야기에 대단한 열정을 가지고 계신 걸로 알고 있습니다.」

「그렇다면 내 추측이 아주 틀리지는 않았군요. 저 사람을 보는 순간 틀림없이 선원일 거라고 생각했거든요.」

9 로저 아스캄Roger Ascham(1515~1568)에 의하면 〈외투를 한쪽 어깨에 걸치는 것〉은 토머스 모어의 독특한 버릇이었다고 한다.
10 페테 힐레스가 토머스 모어보다 열 살 정도 연하라는 점을 감안하여 존칭어를 사용하였다.

「그러셨다면 잘못 생각하셨던 겁니다. 저 사람은 팔리누루스[11]류의 선원이 아닙니다. 율리시스식 선원에 가깝지요. 아니면 플라톤식이라고 볼 수도 있고요. 저 사람은, 이름은 라파엘이고 성은 휘틀로다이우스[12]라고 하는데, 학자입니다. 라틴어도 아주 잘 알고 그리스어 실력은 대단합니다. 주된 관심사가 철학이기 때문에 라틴어보다는 그리스어에 집중하고 있지요. 세네카나 키케로가 남긴 단편적인 글을 제외하면 철학에 있어서 라틴어로 기술된 것은 중요한 것이 아무것도 없다는 것이 저 사람 생각이랍니다. 세상을 구경하고 싶었기 때문에 형제들에게 재산을 관리하게 하고 고국 포르투갈을 떠나 아메리고 베스푸치[13]를 따라갔던 인물이지요.

11 팔리누루스Palinurus는 아에네아스Aeneas의 항해 안내자로 뱃전에서 졸다가 바다에 빠져 헤엄쳐서 해안에 닿았으나 그 지역 주민들에게 살해당했다는 인물이다. 여기에서 팔리누루스가 언급된 까닭은 팔리누루스나 라파엘이나 두 사람 모두 선원이기기 하지만 〈선원〉이라는 직업이 팔리누루스에게는 단순히 일종의 직업에 지나지 않았던 반면 라파엘에게는 철학적 탐구를 함의하고 있다는 점을 대비/대조시키려는 것이라고 사료된다.

12 라파엘Raphael은 히브리어로 〈하느님께서 치유하신다〉라는 의미이다. 『토빗기Book of Tobit』에는 병자와 여행자의 수호신인 대천사 라파엘이 등장하여 토빗의 아들 토비아스Tobias의 여행을 수호하고 맹인 토빗의 눈을 치유하여 준다. 그러므로 사회악의 여러 가지 근원을 볼 수 있도록 사람들의 눈을 뜨게 해주는 역할을 맡은 (작중) 인물의 이름으로 〈라파엘〉은 최적이다. 또한 휘틀로다이우스Hythlodaeus는 그리스어로 〈난센스〉를 의미하는 〈huthlos〉와 〈배포하다〉를 뜻하는 〈daien〉의 합성어이다. 그러므로 주인공의 이름은 〈하느님께서 치유하신다〉이고 성은 〈허튼소리를 퍼뜨리는 사람〉이다. 위트와 조크와 난센스를 통하여 〈치유〉를 제시하는 절묘한 설정이다.

13 Amerigo Vespucci(1451~1512). 피렌체 상인으로, 그가 1497년 항해 중 발견했다고 주장한 육지terra firma는 그의 이름을 따서 〈아메리카〉로 부르게 되었다.

베스푸치의 항해에 모두 동행했으나 네 번째 항해에서는 귀국하지 않고, 가장 멀리 갔던 지점[14]에 세운 요새에 남게 된 스물네 명과 함께 자신도 그곳에 남아 있게 해달라고 간청하였답니다. 죽음에 대한 두려움보다도 탐험을 계속하고 싶은 열정이 더욱 강했기 때문에 그런 식으로 무인도에 고립된 상태가 자기한테는 즐겁기만 했답니다. 〈무덤이 없는 자는 하늘이 덮어 준다〉, 〈천국으로 가는 길은 어디에서나 같은 거리이다〉[15]라는 말을 자주 합니다. 하지만 그러한 심상은 하느님의 가호가 없었다면 큰 화를 불러왔을지도 모릅니다. 베스푸치가 떠난 후 그는 남아 있던 사람들 중 다섯 명의 동료들과 함께 많은 나라를 여행했습니다. 마침내, 불가사의한 행운으로 실론을 거쳐[16] 콜카타에 이르렀고, 거기에서 또운 좋게도 포르투갈 선박들을 만나게 되어 모든 사람들의 예상을 뒤엎고 고국으로 돌아갈 수 있었답니다.」

이 말을 들으니, 나는 내가 흥미 있어 할 이야기를 해줄 사람을 나에게 소개하고 싶어 하는 페터의 다감함이 느껴져서 감사를 표한 다음 라파엘 휘틀로다이우스 씨에게로 몸을 돌렸다. 서로 인사를 하고 처음 만나는 사람들의 의례적인 말들을 나눈 후 우리 세 사람은 함께 나의 숙소로 갔다. 그리고

14 브라질 리우데자네이루 북쪽에 위치한 프리오Frio 곶.

15 이 두 금언의 출처는 각각 루카누스Lucanus의 『내란기Pharsalia』(VII.819)와 키케로Cicero의 『투스쿨라룸 담론Tusculan Disputations』(I.104)이다.

16 모어는 동부 브라질에서 실론까지 1만 5천 마일에 해당하는 거리를 〈실론을 거쳐〉라는 한마디로 표현하고 있다. 거기 어딘가에 유토피아가 있다.

는 이야기를 나누기 위해 잔디로 덮인 정원 벤치에 앉았다.

라파엘 휘틀로다이우스 씨 말에 의하면, 베스푸치가 떠난 후 요새에 남아 있던 선원들은 그곳 주민들과 자주 교류하며 그들에게 우호적인 태도를 보인 결과 서서히 그들의 신의를 얻게 되었다. 이어 그들과 더불어 안전하게 살 수 있었고 나중에는 서로 친하게 지내는 정도에까지 이르렀다. 왕(왕의 이름과 국호는 생각나지 않는다)은 라파엘 휘틀로다이우스 씨와 그의 다섯 동료들이 수로 여행이나 육로 여행에 사용하도록 충분한 식량과 뗏목, 그리고 수레까지 제공하는 호의를 베풀었다. 그뿐만 아니라 일행이 방문하고 싶어 하는 나라의 왕에게 그들을 소개하고 천거해 주도록 믿음직한 안내인까지 동반시켰다. 일행은 오랫동안 여행하며 여러 마을과 도시를 방문했고, 인구도 많고 통치도 그리 나쁘지 않은 여러 국가들을 보기도 했노라고 라파엘 휘틀로다이우스 씨가 말했다.

그곳은 적도 근방이라 태양의 길을 따라 광활한 사막이 끊임없는 열기로 타오르며 펼쳐져 있다. 황폐하고 불결한 데다 침울하고 미개하여 야수들과 커다란 뱀, 그리고 야수 못지않게 위험한 야만인들이나 살고 있는 지역이다. 그러나 계속 나아갈수록 상황은 서서히 나아졌다. 열기도 다소 가라앉고 대지도 점차 녹색을 드러냈으며 사람은 물론 짐승까지도 덜 사나웠다. 이윽고 일행은 이웃 국가뿐만 아니라 바다나 육지를 통해 먼 나라와도 무역을 하는 지역에 이르게 되었다. 그 이후로는, 라파엘 휘틀로다이우스 씨에 의하면, 그들 일행은 항해를 앞둔 선박이면 어느 선박에서나 승객으로 환영받았기 때문에 어느 나라나 원하는 대로 가볼 수 있었다.

그들이 처음 본 배들은 밋밋한 바닥에 파피루스 갈대와 버들가지나 가죽으로 만든 돛을 달고 있었다. 좀 더 멀리 나아가자, 우리네 배와 매우 흡사한, 뾰족한 용골에 범포 돛을 단 배들이 나타났다. 선원들은 풍향과 해류를 다루는 솜씨가 훌륭했지만, 나침반에 대해서는 무지했었기 때문에 라파엘이 나침반 사용을 가르쳐 준 것에 대해서 무척 고마워했다고 한다. 나침반이 없었던 시절에는 항해 시 무척 조심해야 했으며 그나마도 여름에만 움직였단다. 그러나 이제 나침반에 대한 신뢰가 대단해져서 겨울 항해도 전혀 두려워하지 않게 되었으며, 그러다 보니 안전보다는 과신(過信)으로 치우치는 경향이 생겼다. 자기들에게 무척이나 유익하리라고 생각했던 나침반의 발견이 자신들의 무모한 행동으로 인하여 커다란 불행의 원인이 될 위험이 있었다.

라파엘 휘틀로다이우스 씨가 우리에게 들려준 목격담을 전부 되풀이하자면 너무 길어질 것이고, 그렇게 하는 것은 우리의 현재 목적에 걸맞은 일도 아닐 것이다. 그가 말한 여러 유용한 것들에 대해서는, 특히 여러 문명 국가들을 방문하면서 그가 관찰한 현명하고 분별 있는 제도들에 대해서는 다른 자리에서 더 이야기할 수 있을 것이다. 그러한 문제에 대해서 우리는 많은 질문을 했고, 그는 우리 질문에 기꺼이 대답했다. 그러나 우리는 여행자들의 이야기에 흔히 등장하는 괴물에 대해서는 전혀 묻지 않았다. 스킬라, 걸신들린 켈라에노, 사람 먹는 라에스트리고네스[17]나 그런 유의 괴물들 이야기는 여행자들한테서 듣지 않으려야 않을 수 없지만, 선량한 시민이나 현명한 나라에 관한 이야기를 들을 수 있는 기회는 그리 흔치 않다. 라파엘 휘틀로다이우스 씨는 자신이 최초로 가본 여러 나라에서 목격한 온갖 잘못된 관행에 대해서도 이야기했지만, 우리들 자신의 도시나 국가, 종족이나 왕국이 범하고 있는 잘못을 시정하기 위하여 그네들의 관습에서 취할 수 있는 좋은 예도 퍽 많이 보여 주었다. 이런 것들은 앞서 말했듯이 다른 기회에 논하기로 하고, 지금은 유토피아의 관습과 법에 관해서 라파엘 휘틀로다이우스 씨가 우리에게 들려준 것만 진술할 생각이다. 우선 그 나라에 대한 이야기를 하게 된 상황부터 설명하겠다. 라파엘 휘틀로다이우스 씨는 우리가 사는 이쪽 반구와 반대쪽 반구에서 모두 찾아볼 수 있는 각종 오류와 현명한 제도들에 대해서 (이곳이나 그곳이나 장단점이 많기는 동일했다) 매우 지혜롭게 이야기하고 있었는데, 잠시 들렀던 나라들의 경우에도 마치 거기서 평생 살았던 사람처럼 그곳의 관습과 통치에 대해서 통찰력 있게 묘사했다. 페터는 진심으로 놀라워했다.

「휘틀로다이우스 씨, 당신이 어느 국왕도 섬기고 있지 않다는 게 신기하군요. 당신을 반기지 않을 왕은 없을 겁니다. 당신의 학식과 여러 국가와 민족들에 대한 지식은 국왕을 즐

17 스킬라, 라에스트리고네스는 호메로스Homeros의 『오디세이*Odyssey*』에 등장하는 사람을 잡아먹는 괴물들이고, 켈라에노는 『아이네이스*Aeneis*』에 등장하는 괴조(怪鳥) 하르피아들의 우두머리로 포세이돈의 아들인 장님 예언자 피네우스를 지독하게 괴롭히는 괴물이다.

겁게 해줄 것이고, 당신이 제공할 여러 사례와 조언은 대단히 유익한 것으로 받아들여질 겁니다. 그렇게 되면 당신의 출세는 물론이고 당신 친척들과 친구들에게도 큰 도움이 될 텐데요.」

「나는 내 친척이나 친구들에 대해서는 별로 신경을 쓰지 않습니다. 그 사람들에 대한 내 의무는 이미 다했다고 생각하니까요. 대부분 사람들이 늙고 병들기 전까지는 붙잡고 놓지 않는 (그리고 놓을 때에는 더 이상 잡고 있을 수 없어서 마지못해 놓는) 재산을 나는 한창 건강하고 젊은 나이에 친척과 친구들에게 모두 분배해 주었습니다. 내 이 선물에 모두들 당연히 흡족해할 터이고, 자기들을 위해서 이제 내가 어느 왕의 노예가 되기를 바라지는 않으리라고 생각합니다.」

「옳은 말씀입니다. 그러나 내가 말하는 것은 당신이 왕의 부하(部下)가 되어야 한다는 것이 아니라 신하(臣下)가 된다는 것입니다.」

「〈밑〉에 있다는 데에는 차이가 없잖습니까.」 라파엘이 응수했다.

「좋습니다. 하지만 당신이 그걸 뭐라고 부르든, 그 일보다 당신 친구들이나 일반 대중에게 더 도움을 줄 수 있는 일이 있을까요? 당신 자신이 보다 더 행복해지는 것은 물론이고요.」

「더 행복해지다니요! 내 영혼이 그토록 철저하게 경멸하는 삶의 방식이 나를 더 행복하게 만든다고요? 지금도 그렇지만, 나는 내 마음대로 삽니다. 그러나 왕의 신하들 중에서는, 제아무리 화려해 보여도, 자기 마음대로 산다고 말할 수 있는 이들은 아마 없을 겁니다. 왕의 총애를 갈구하는 사람들이 너무 많아서 나나 나 같은 사람 두어 명 없이 일을 해나가야 해도 실은 별 불편 없을 겁니다.」

그래서 내가 말했다. 「당신이 부와 권력을 원하지 않는 것은 분명합니다. 그러한 자질을 지닌 사람을 나는 이 세상에서 가장 위대한 인물들에 못지않게 높이 평가하고 존경합니다. 그러나 설혹 개인적으로는 좋아하는 일이 아니라 하더라도, 만약 시간과 능력을 공무에 헌신한다면 관대하고 철학적인 성품을 지닌 당신의 격에 맞는 일을 할 수 있을 것입니다. 그러한 일을 할 수 있는 최선의 방법은 왕의 고문단의 일원이 되어 왕으로 하여금 훌륭하고 정의로운 일을 하도록 독려하는 것이겠지요. 당신이 그런 직책을 맡기만 한다면 그렇게 하리라 확신하며, 그렇게 되면 당신의 영향력은 효과를 발휘할 것입니다. 샘에서 샘물이 끊임없이 흘러나오듯이 국민의 안녕이나 재난은 왕으로부터 끊임없이 나오기 때문입니다. 당신의 학식은 경험과 결합되지 않는다 하더라도 그 자체로서 충분하며, 당신의 경험은 학식과 결합되지 않는다 하더라도 그 자체로서 대단하기 때문에 당신은 이 세상 어느 왕에게나 뛰어난 고문이 될 것입니다.」

「두 가지 점에서 잘못 생각하고 계십니다. 하나는 나에 관한 것이고 다른 하나는 상황 자체에 대한 것입니다. 지금 말씀하신 능력이 나에게는 없습니다. 그러나 만약 그런 능력을 최고의 수준으로 지니고 있다 하더라도 내 마음의 평화를 포기한다고 하여서 국민이 더 나은 삶을 살게 되지는 않을 겁니다. 우선 대부분의 왕들은 평화를 도모하는 훌륭한 방법보다는, 나로서는 능력도 없고 관심도 없는 전쟁술에 더욱 많은 관심을 가지고 있습니다. 왕들이란 자기들이 이미 소유하고 있는 영토를 잘 통치하는 일보다는 모든 수단을 동원해서 새로운 영토를 손에 넣는 일에 고심하고 있습니다. 게다가 왕의 고문들은 모두 대단히 영리해서 다른 사람의 학식을 필요로 하지 않습니다(적어도 당사자들은 그렇게 생각합니다). 그러면서 동시에 총신의 영향력을 통해서 국왕의 측근이 되려고 총신들의 지극히 어리석은 발언을 그대로 받아들일 뿐만 아니라 심지어 거기에 아부까지 합니다. 모든 사람들이 자신의 의견이 최상이라고 생각하는 것은 물론 당연한 일입니다. 어미 까마귀는 자기 새끼가 제일 귀엽다고 하고 원숭이는 자기 새끼가 제일 귀엽다고 한다[18]지요.

자, 다른 모든 사람들을 시기하고 자기 자신만을 칭송하는 사람들로 구성된 궁정에서 어떤 한 고문이 다른 시대에 관해 읽은 것이나 다른 장소에서 목격한 것을 말한다면, 다른 고문들은 그 제안에서 결함을 찾아내지 못하는 한 자기들 지혜에 대한 평판이 위험해지고 자신들이 숙맥처럼 보인다고 생각할 겁니다. 만약 이도 저도 실패하면 〈우리가 지금 사용하는 이 방법은 항상 사용해 온 방법으로써, 이 관습은 우리 조상들이 만족스러워했던 것이므로, 나는 우리도 조상님들만큼 현명하기를 바랄 뿐입니다〉라는 식의 말로 상황을 회피하면서, 마치 그 주제에 대해서는 결론을 내린 것처럼,

18 에라스무스의 『아다지아』에서 인용.

그리고 어떤 점에서든 혹시라도 누군가 자기 조상들보다 더 현명하다는 것이 밝혀진다는 것은 매우 위험한 일이라는 것을 넌지시 비치면서 자리에 앉습니다. 실제로 우리는 조상들이 물려준 최상의 본보기들을 아무 말 없이 무시합니다만, 그러다가도 옛것보다 더 나은 것을 제안하면 지나간 시대에 대한 존경을 핑계로 삼으면서 필사적으로 과거에 매달립니다. 그렇듯 오만하고 완고하고 터무니없는 판단을 하는 경우를 나는 많이 체험했고, 잉글랜드에서도 그런 일이 한 번 있었지요.」

「아니, 잉글랜드에도 가본 적이 있으셨소?」 내가 물었다.

「예, 거기서 서너 달 있었습니다. 국왕에 항거한 콘월 반란[19]이 진압되고 반란에 연루된 가난한 사람들이 대량 학살당한 후 얼마 지나지 않은 때였지요. 그때 나는 캔터베리 대주교이자 당시 잉글랜드의 대법관이던 존 모턴[20] 추기경님께 많은 신세를 지고 있었습니다. 모어 선생께서는 그분을 잘 알고 계시니 내가 지금 무슨 말을 할지 아시겠지요. 그분은 자신의 권위뿐만 아니라 지혜와 덕망으로 모든 사람들의 존경을 받으셨습니다. 중키에, 연세가 있으심에도 자세가 꼿꼿

---

19 헨리 7세의 가혹한 조세에 격분하여 콘월 주민들이 1497년에 반란을 일으켜 런던으로 행군하였으나 블랙히스에서 진압되면서 잔인하게 살해당한 사건이다.

20 John Morton(1420~1500). 저명한 성직자이자 탁월한 정치인이며 행정가이었다. 모어의 부친은 당시 관례에 따라 아들을 모턴 추기경 집안에 시동으로 들여보내 2년 동안(1490~1492) 교육을 받도록 했다. 70세의 모턴 추기경은 당시 12세인 모어의 총명함에 깊은 인상을 받아 모어의 옥스퍼드 대학 입학을 추천해 주었다.

하시고, 외관은 두려움이 아니라 존경심을 불러일으켰지요. 대화를 나누실 때는 진지하고 근엄하시지만 상대방을 제압하지는 않으셨습니다. 그러나 탄원자들을 대하실 때는, 거칠게는 아니나 매우 날카롭게 말씀하시어 그 사람들의 기개와 심성이 올곧은지 시험해 보기를 좋아하셨지요. 당신 자신의 성품이시기도 한 이러한 자질을, 방약무인한 수준에 이르지 않는 한에서는 상대방에게서 끌어내시기를 좋아하셨고, 그런 자질을 갖춘 사람들이 실무에 적임자라고 생각하셨습니다. 그분의 말씀은 품위 있고 신랄했습니다. 천부적인 비범한 능력을 지니신 데다 끊임없는 면학과 실습으로 연마하셨기 때문에 법률 지식은 대단하셨고 이해력과 기억력은 경이로웠습니다. 내가 잉글랜드에 있을 때 국왕은 그분의 조언에 크게 의존했으며, 그분은 국가의 지주처럼 보이셨습니다. 어린 사내아이에 불과한 나이에 학교를 떠나 궁정으로 들어가 일생 동안 중대한 국사에 헌신하시면서 온갖 세파를 다 겪는 과정에서 지혜를 얻으셨으니, 그렇게 얻은 지혜는 쉽사리 잃게 되는 게 아니겠지요.

어느 날 그분과 함께 식사를 하는 자리에 잉글랜드 법에 박식한 평신도[21] 한 사람이 동석하게 되었는데, 무슨 이유에서인지 그 사람은 도둑들에게 대한 당시의 가혹한 처벌을 찬양하는 발언을 했습니다. 도처에서 도둑들이 교수형에 처

---

21 그 당시 성직자가 아닌 평신도가 법학을 공부하는 것은 이례적인 일이었다. 그러나 모어는 잔인하고 우둔한 견해를 피력하는 인물을 교회나 추기경과는 분리시키기를 원하기 때문에 법률가를 평신도로 설정하고 있다.

해지고 있다면서, 교수대 하나에 스무 명이나 달려 있을 때도 있다고 하더군요. 그러고 나서 하는 말이, 교수형을 면할 길이 거의 없는데도 불구하고 도처에서 도둑들이 횡행하는 까닭을 자기로서는 도저히 이해할 수가 없다는 겁니다. 그래서 추기경님 앞이지만 내가 감히 이렇게 한마디 했습니다. 〈이상할 게 전혀 없습니다. 도둑을 교수형으로 처벌하는 것은 우선 정의에 어긋나고, 또한 어떤 경우에도 공익을 위한 것이 아닙니다. 처벌 자체가 지나치게 가혹하고 게다가 효과적인 억제책도 못 됩니다. 단순 절도[22]는 목숨을 앗아 가야 할 정도로 중한 범죄가 아닙니다. 그리고 제아무리 가혹한 처벌로도 먹을 것을 구할 다른 방법이 전혀 없는 사람들이 도둑질하는 것을 막을 수는 없습니다. 이 문제에 있어서는 잉글랜드뿐 아니라 다른 많은 나라가 마치 학생을 가르치기보다는 매질을 하려 드는 나쁜 교사들을 모방하는 것 같습니다. 절박한 상황에 몰려서 도둑질을 하다가 목숨을 잃게 하는 대신에 모든 사람들이 생계를 유지할 수 있도록 일거리를 마련해 주는 것이 훨씬 더 바람직한 일임에도 불구하고, 도둑질에만 가혹하고 끔찍한 처벌을 시행하고 있습니다.〉

그러자 그 친구가 되받아 말했습니다. 〈아, 그런 건 우리가 이미 모두 해결해 놓았습니다. 먹고살 수 있는 일자리로는 장사도 있고 농사일도 있지요, 악당이 되기를 고의적으로 선택하지만 않는다면 말입니다.〉

22 폭력이나 협박이 수반되지 않은 경우는 단순 절도이고 수반되는 경우는 강도이다.

이 말에 내가 이렇게 답변했습니다. 〈아니오, 그렇지 않습니다. 그렇게 쉽게 해결될 일이 아닙니다. 최근에 일어난 내전인 콘월 반란이나 그 전에 있었던 외국과의 전쟁인 프랑스와의 전쟁에서 돌아온 불구자들은 논외로 합시다. 국왕과 국가를 위해 싸우다 부상당한 이 사람들은 전에 하던 일을 계속할 수가 없고 새로운 일을 배우기에는 이미 나이가 너무 많습니다. 그러나 전쟁은 간혹 가다가나 발생하는 일이니까 이 경우에 해당하는 사람들은 일단 예외로 치고, 그 대신 매일같이 일어나는 일에 대해서 생각해 봅시다. 엄청난 수의 귀족들이 수벌처럼 아무 일도 하지 않고 빈둥거리며 소작인들의 노동으로 살아가면서 항상 소작료를 올려서 소작인들의 피와 땀을 짜냅니다.[23] (귀족들이 지독히 절약하는 경우는 유일하게 소작인들을 대할 때뿐이고, 다른 모든 일에 있어서는 구빈원에 들어가게 될 정도로 흥청망청 낭비를 일삼지요.) 또한 귀족들은 생계 수단이라고는 전혀 배운 바 없는 나태한 시종들[24]의 행렬을 몰고 다닙니다. 이 시종들은 주인이 죽으면 즉시 쫓겨나고, 자기가 병이 들어도 (주인들은 병자보다는 나태한 자를 선호하니까) 곧바로 쫓겨납니다. 그리고 주인의 아들은 자기가 물려받은 거대한 집을 자기 부친

23 지주와 소작인들 사이의 깊은 갈등은, 예컨대 인플레이션과 같이 어느 한 쪽의 탓으로 돌릴 수 없는 당시 경제 상황에서 기인하지만, 일반적으로 지주보다는 소작인들의 형편이 훨씬 열악했다. 여기에서 모어가 라파엘을 통하여 지적하고 있는 악폐는 사실이었고 그러한 상황은 점점 악화되어 가고 있었다.

24 모어가 맹렬히 비난하고 있는 당시의 시종들은 봉건 제도하에서 모든 영주들이 거느렸던 사병 집단의 잔존물이었다.

만큼, 적어도 처음에는, 제대로 유지할 능력이 없어서 시종들을 쫓아냅니다. 그렇게 쫓겨난 시종들은 얼마 안 있어 도둑질을 시작하지 않으면 굶주림에 시달리게 됩니다. 도둑질 말고 이들이 무슨 일을 할 수 있겠습니까? 떠돌이 생활로 건강을 해치고 옷이 해지니, 초췌한 얼굴에 누더기를 걸치고 다니는 그런 사람들을 어느 귀족이 고용하겠습니까? 농민들은 그런 이들을 고용할 생각은 아예 하지도 않습니다. 한가하게 놀고 편안히 살면서 칼과 방패나 휘두르며 다니는 일에 익숙했던 사람이면 농촌을 무시하고 농부들을 모두 자기 밑으로 생각하리라는 것쯤은 누구한테 듣지 않아도 잘 알고 있기 때문입니다. 그런 이들한테 삽과 괭이를 쥐어 주고 일을 시킬 수는 없지요. 그리고 그들 역시 몇 푼 안 되는 임금에 시원찮은 밥을 얻어먹으면서 가난한 농부들 밑에서 땀 흘리며 일을 할 리도 없고요.〉

이 말에 변호사는 이렇게 대꾸했습니다. 〈우리는 특히 그런 사람들을 독려해야만 합니다. 그런 이들은 노동자나 농민보다 더욱 용감하고 당당한 기백을 지니고 있기 때문에, 전쟁이 일어날 때 우리 군대의 역량은 그런 이들에게 달려 있습니다.〉

그래서 내가 말했습니다. 〈전쟁을 위해서 도둑을 양성하자고 말씀하시는 게 차라리 낫겠습니다. 그런 사람들이 있는 한 도둑의 수효가 부족할 리는 결코 없을 테니까요. 도둑과 군인이 사는 방식은 서로 아주 비슷해서, 어떤 도둑이 꽤 쓸 만한 군인이 되듯이 어떤 군인은 전혀 나무랄 데 없는 도둑이 됩니다. 하지만 지나치게 많은 시종을 거느리는 관습은 이 나라만이 아니라 거의 모든 나라에서 볼 수 있는 흔한 일입니다. 프랑스는 지금 훨씬 지독한 재난을 겪고 있지요.[25] 프랑스는 평화 시에도, 그걸 평화라고 부를 수 있을지 모르겠지만, 이 나라 귀족들이 나태한 시종들을 거느리는 이유와 동일한 이유로 고용된 용병들이 나라 전역에 그득합니다. 영리한 바보들은 국민의 안전이 강력한 군대를, 특히 용병으로 구성된 군대를 보유하는 것에 달려 있다고 말합니다. 경험 없는 군인은 믿을 수 없다는 생각에서, 훈련된 군인들과 경험 있는 살인자들을 보유하기 위해 일부러 전쟁을 일으킬 구실을 찾을 때도 있습니다. 살루스티우스[26]가 적절히 표현했듯이 《경험 부족으로 손과 기백이 둔해지지 않도록 하라》는 것이겠지요. 그러나 프랑스는 그러한 짐승들을 먹여 살리는 것이 얼마나 치명적인 일인지 비싼 대가를 치르고 배웠습니다. 상비군으로 인하여 정부만이 아니라 농촌과 도시까지도 수차례 황폐해진 사례는 로마, 카르타고, 시리아,[27] 그 밖에

25 (잔 다르크의 도움으로 1429년에 대관식을 올린) 프랑스의 샤를 7세는 국군 창설을 시도하였으나 그의 아들 루이 11세는 예전으로 되돌아가서 주로 스위스 보병으로 구성된 용병 사용을 채택했다.

26 로마의 역사가. 일반적으로 살루스트Sallust라고 축약된 이름으로 알려져 있으나, 원명은 가이우스 살루스티우스 크리스푸스Gaius Sallustius Crispus(B.C. 86~B.C. 35)이다.

27 로마와 카르타고는 각각 자기들이 고용한 검투사들이나 용병들과 전쟁을 치르는 곤욕을 겪었고, 여기서 언급하는 시리아는 재니서리*janizary* 또는 맘루크*mameluke*라는 명칭으로 타국의 용병들을 고용했던 터키와 이집트를 가리킬 수도 있다. 재니서리는 1826년에 폐지된 터키 친위병이고 맘루크는 이슬람 국가에서 백인 노예들을 가리키는 명칭이다.

많은 나라에서 볼 수 있습니다. 이러한 군비(軍備)는 불필요합니다. 젊었을 때부터 군사 훈련을 받은 프랑스 군인들조차 잉글랜드의 신참병들을 무찔렀다고 자랑하지는 못할 것입니다.[28] 이 점에 대해서는 아부 발언으로 들릴까 봐 더 이상 언급하지 않겠습니다. 어쨌든 도시 노동자들이나 거친 농장 일꾼들은, 사고로 부상을 당했거나 극심한 빈곤으로 소침해 있지 않는 한 귀족들의 나태한 호위병들과 싸우는 것을 별로 두려워하지 않습니다. 그리하여 한때 건장하고 활기찼던 시종들은(이런 종류의 남자들만 귀족들은 타락시키니까요) 나태하고 나약한 생활로 이미 유약하고 맥없는 사람들이 되어 있으니, 이들이 생계를 위해 실용적인 일을 배우고 남자다운 힘든 일을 하도록 훈련을 받으면 허약해질 거라고 걱정하실 필요는 없습니다. 여하튼 전쟁 대비를 위해서 평화를 교란시키는 엄청난 수효의 사람들을 보유하는 것이 공익이라고는 생각할 수 없습니다. 전쟁이란 선택하지 않는 한 일어날 수 없으며, 전쟁보다는 평화가 항상 우선시되어야만 합니다. 그러나 이것이 도둑질을 불가피하게 만든 유일한 상황은 아닙니다. 또 다른 하나는 (내 보기에) 잉글랜드인들에게만 해당하는 상황입니다.〉

28 마키아벨리Niccolò Machiavelli는 잉글랜드 신병이 프랑스 노병을 항상 능가하는 것을 당연히 여겼다고 한다. 그리고 잉글랜드의 남성 우월주의는 맥주와 소고기로 강화된 강인한 잉글랜드 기마 농민 의용병 한 명이 시큼한 포도주와 검은 빵을 먹고 자란 프랑스 군인 열 명은 쉽게 이겨 낼 수 있다는 입장을 항상 고수했다. (럭비에서 프랑스에 제압된 이후로는 이 지론이 다소 약화되었다고 한다.)

〈그게 무엇이오?〉 추기경님이 물으셨습니다.

〈양입니다.[29] 예전에는 지극히 온순했고 먹는 양도 매우 미소했었지요. 그러던 것이 이제는 몹시 게걸스럽고 사나워져서 사람도 먹어 치운다고 들었습니다. 양들은 논밭과 가옥을 황폐시키고 마을을 강탈합니다. 귀족들과 영주들은, 아 그리고 다른 일에서는 고결한 분들이신 일부 수도원장들까지도, 이 나라 어느 곳이든지 가장 부드럽고 값비싼 양모가 산출되는 지역이라면 자기 조상들이 그 땅에서 받았던 지대(地代)에 만족하지 않게 되었습니다. 이들은 사회에 득이 되는 일은 하지 않으면서 나태하고 사치스럽게 사는 것만으로는 더 이상 만족할 수가 없어서 이제는 적극적인 악행을 시작합니다. 경작할 수 있는 땅을 모두 없애 버리고, 목초지를 조성하기 위해 울타리를 둘러 놓으며, 집을 부수고, 마을을 없애 버리고, 양 우리로 사용할 건물과 교회만 남겨 놓습니다. 그리고 삼림과 금렵구(禁獵區)로 이미 국토가 낭비된 것만으로는 충분치 않다는 듯이 이 높으신 분들께서는 모든 주거지와 경작지를 황야로 되돌려 놓고 있습니다. 그리하여 자신의 모국에 끔찍한 재앙이요, 게걸스럽고 탐욕스러운 폭

---

29 잉글랜드의 습한 기후는 양 방목에 이상적인 조건을 제공했다. 대군의 침략을 당할 때는 군량(軍糧)을 위한 가축의 대량 도살이 항상 우선시되기 마련이지만, 잉글랜드의 경우 섬나라라는 자형이 외부로부터의 침략을 막아주었고, 그리하여 잉글랜드 양모 산업은 시작부터 많은 인기를 얻었다. 인플레이션이 지속되어 감에 따라 국제 시장에서 현금 거래가 가능한 양모는, 현지에서만 판매가 가능하거나 심지어는 물물 교환까지 해야 하는 다른 곡물보다 특별한 이점을 지니게 되었다. 뿐만 아니라 양은 경작보다 인력을 덜 필요로 한다. 양치기 한 명과 양몰이 개 한 마리는 1백 명의 경작자와 맞먹는다.

식가 한 사람이 수천 에이커의 땅을 단 하나의 울타리로 둘러막아 놓습니다. 소작농들은 쫓겨나든지 아니면 속임수나 폭력이나 끈질긴 시달림에 못 이겨 자기 소유물을 팔 수밖에 없습니다. 성인 남녀, 남편과 아내, 고아와 과부, 어린 자식 딸린 부모, (농사일은 일손이 많이 필요하므로 가난함에도 식구 수는 무척 많은) 이 모든 불쌍한 사람들을 온갖 술책을 동원해서 강제로 쫓아냅니다. 어디에고 달리 갈 곳이라고는 없으면서도 이들은 자기들에게 유일하게 친숙한 고향을 떠납니다. 그리고 자기네 세간을 사겠다는 사람을 기다릴 여유가 없기 때문에, 어차피 큰돈이 되는 물건들은 아니지만, 단돈 몇 푼에 모든 걸 팔아 버립니다. 그 얼마 안 되는 돈마저 여기저기 떠돌아다니다가 다 써버리고 나면 도둑질 말고 뭘 하겠습니까? 그러고는 교수형 당하고……. 당연하다고 하시겠죠! 아니면 떠돌아다니면서 구걸할까요? 그러나 부랑자로 돌아다니면 영락없는 거지로 취급하고 감옥에 집어넣습니다. 일을 하고 싶어도 이들을 고용하는 사람은 아무도 없습니다. 이들이 잘할 수 있는 일은 농사일인데 경작할 땅이 남아 있지 않기 때문에 농사꾼은 필요 없습니다. 경작과 수확을 위해서는 많은 일꾼이 필요할 넓은 땅에 가축을 풀어 놓으면 목동이나 양치기 한 명이면 충분하게 되었습니다.

방목을 위해 울타리를 쳐서 목초지를 만드는 현상으로 인하여 많은 지역에서 곡물 가격이 인상되었습니다. 게다가 양털 가격이 폭등하여 가난한 직조공들은 양털을 구입할 수 없어 일을 못 하고 놀 수밖에 없게 되었습니다. 이렇게 된 이유 중 하나는 목초지 확장 후에 디스토마가 발생하여 엄청난 수의 양이 떼죽음을 당했기 때문입니다. 마치 하느님께서 인간의 탐욕을 벌하시기 위해 가축들한테 역병을 내려 보내신 것 같았습니다만, 역병은, 공정하게 하자면 주인들한테 떨어졌어야 했습니다! 그러나 설혹 양의 수효가 대단히 증가했다고 하더라도 양모 가격은 한 푼도 하락하지 않았을 것입니다. 그 이유는 양모업은 단 한 사람이 쥐고 있는 것이 아니기 때문에 독점이라고 할 수는 없지만 과점(寡占)이라고 볼 수 있을 정도로 극소수의 수중에 들어가 있는데, 이 극소수가 엄청난 부자들이어서 팔고 싶은 마음이 생길 때까지는, 다시 말해서 받고 싶은 가격을 받을 수 있을 때까지는 수중의 양모를 절대로 풀지 않기 때문입니다.

이와 동일한 이유로 다른 가축들의 가격도 터무니없이 급등했는데 이는 수많은 마을이 폐쇄되고 농장이 황폐된 상태이므로 가축을 사육하는 사람들의 수효가 충분치 않기 때문에 쉽사리 발생하는 현상이지요. 부자들은 새끼 양을 사육하듯 송아지를 사육할 생각이 없고, 그 대신 비쩍 마른 송아지를 헐값에 구입하여 자기 목장에서 비육(肥育)한 후 고가에 팝니다. 이 나쁜 관행의 영향이 아직은 총체적으로 드러나지 않고 있는 것 같습니다. 거래자들이 살찐 송아지를 팔 때 가격을 올린다는 것은 우리도 압니다. 그러나 일정 기간에 송아지가 사육되는 것보다 더 빠른 속도로 구입이 지속되면 점차적으로 공급이 수요를 충족시킬 수가 없게 되므로 종국에는 육류의 광범위한 부족이라는 사태로 이어질 수밖에 없습니다. 그리하여 지금까지는 이 문제에서 운이 좋았던 이 섬나라가 앞으로는 소수의 우둔한 탐욕으로 인하여 몰락할 것입니다. 왜냐하면 곡물 값이 오르면 부자들은 가능한 한 많은 수의 시종을 해고할 터인데, 그렇게 해고된 시종들이 도둑질이나 구걸 이외에 무슨 일을 할 수 있겠습니까? 그리고 용기 있는 사람이라면 구걸보다는 도둑질을 할 가능성이 높습니다.

이 어처구니없는 빈곤을 더욱 악화시키는 것은 방탕한 사치입니다.[30] 귀족들의 시종들만이 아니라 상인, 농부, 그리고 사회 모든 계층의 사람들이 보란 듯이 화려한 옷차림과 지나치게 호사스러운 음식에 탐닉하고 있습니다. 밥집, 창녀집, 그리고 이에 못지않게 질이 나쁜 선술집, 주류점, 맥줏집을 보십시오. 주사위, 카드놀이, 백개먼, 정구, 볼링, 고리 던지기 같은 사행성 노름을 보십시오. 이런 노름을 하느라 돈이 걷잡을 수 없이 나갑니다. 이런 것들을 상습적으로 하는 이들이 도둑질로 직행하지 않을 수 있겠습니까? 이런 병폐를 몰아내십시오. 그리고 농장과 농촌을 황폐시킨 자들로 하여금 스스로 복구해 놓도록 하든지, 아니면 재건할 사람들에게 그것들을 임대하도록 하십시오. 부자들이 무엇이든지 모든 것을 구매하여 일종의 독점권을 행사하는 권리를 제

30 실제로 헨리 7세의 궁정과 여기에서 라파엘이 모턴 추기경에게 토로하고 있는 것으로 되어 있는 시기(1497~1500)의 생활 양식은 현저하게 검소하고 자제된 것이었다. 헨리 8세의 즉위와 더불어 1509년에서 시작되어 모어가 『유토피아』를 집필할 때에도 계속되고 있었던 지나친 사치를 모어는 그 전 시기에까지 투사하고 있는 것 같다.

한하십시오. 나태하게 살아가는 사람들의 수효를 감소시키십시오. 농업을 복구시키고 양모 직물업을 되살려서 현재 나태한 삶을 살아가는 사람들의 무리에게, 즉 빈곤으로 이미 도둑이 된 사람들이나 방랑 생활과 나태한 시종 생활의 습관으로 장차 도둑이 될 것이 분명한 사람들에게, 유용한 일자리를 마련해 주십시오.

만약 이러한 악폐의 치유책을 찾지 못한다면 절도에 대한 가혹한 처벌을 자랑한다는 것은 아무런 의미도 없습니다. 현 정책이 피상적으로는 공명정대하게 보일지는 모르지만 실제로는 공정하지도 않고 실용적이지도 않습니다. 아이들을 엉망으로 키워서 어릴 적부터 기질적으로 점점 타락하며 자라도록 방임한다면, 그리고 초년의 습성에 따라 저지른 범죄에 대해 그들을 성인으로서 처벌한다면, 그렇다면 이는 먼저 도둑으로 만들어 놓고 나서 도둑질을 했다고 나중에 처벌하는 것과 무엇이 다른지 묻고 싶습니다.〉

내가 이렇게 말하는 동안 그 변호사는, 자기 기억력을 자랑하기 좋아하며 답변보다는 요약을 잘하는 논쟁자 특유의 엄숙하고 형식적인 스타일을 선택하여, 내 말에 보복할 해법을 준비해 두었습니다. 그래, 나한테 이렇게 말하더군요. 〈이방인치고는 퍽 훌륭하게 말씀하셨습니다만, 정확하게 이해하신 것들보다는 주워들으신 것들이 더 많습니다요. 제가 몇 마디로 이 문제를 명료하게 설명해 드리겠습니다. 우선, 방금 하신 말씀을 순서에 입각해서 반복하고, 그다음 이 나라 관습에 대한 무지로 인하여 어떠한 오해를 범하셨는지 밝히고, 마지막으로 지금까지 토로하신 모든 주장을 뒤엎어 분쇄해 보이겠습니다. 자, 그럼 제가 약속한 시점에서 시작하기 위하여, 제가 보기에는 네 가지 점에 있어서⋯⋯〉

〈그만하게〉라고 추기경님이 말씀하셨습니다. 〈그런 식으로 시작하는 걸 보니 몇 마디로 끝날 것 같지 않군. 자네에게 당장 대답하는 수고를 끼치지 않고 그걸 듣는 즐거움은 다음으로, 자네와 라파엘 두 사람 형편이 허락하면, 내일 다시 만나는 자리로 보류하겠네. 지금은, 라파엘, 절도가 사형으로 처벌되어서는 안 되는 이유가 무엇이며, 다른 어떤 형벌이 보다 공익을 위한 것이라고 생각하는지 당신의 의견을 듣고 싶소. 왜냐하면 당신도 절도가 아무런 처벌도 받아서는 안 된다고 생각하지는 않으리라 확신하기 때문이오. 현 상태에서도 죽음에 대한 두려움이 도적을 제지하지 못하는데, 당신이 제안하는 대로, 일단 목숨에 대한 위협을 느끼지 않게 해준다면, 무슨 힘으로, 무슨 공포로 그들을 제지할 수 있겠소? 보다 가벼운 형벌은 보다 많은 범죄를 행하라는 공공연한 초대로 간주될 것이오. 이는 포상을 내리는 것과 다를 바 없어요.〉

〈존경하는 추기경님, 제 생각으로는, 누군가의 금전의 손실 때문에 한 사람의 목숨을 앗아 간다는 것은 전적으로 옳지 않습니다. 이 세상에서 돈으로 얻을 수 있는 그 어떤 것도 사람의 목숨만 한 가치를 지닌 것은 없습니다. 도둑들이 처벌을 받는 것을 돈 때문이 아니라 정의 침해와 법률 위반 때문이라고 말한다면, 그렇다면 이 극단적인 정의는 극단적인 권리 침해라고 불러야 옳습니다. 미미한 위반에 대해서도 칼을 빼 들었던 잔인한 만리우스 법[31]을 승인해서는 안 됩니다. 또한 단돈 한 푼을 훔친 것이나 살인이나 전혀 차이가 없다는 듯이 모든 범죄를 동일한 것으로 간주하는 스토아적인 견해[32]도 받아들여서는 안 됩니다. 형평성의 적용이라는 것이 조금이라도 의미가 있으려면 이 두 범죄는 그 규모나 관계에 있어서 서로 완전히 다른 범죄로 취급되어야만 합니다. 하느님께서는 〈살인하지 말라〉고 하셨습니다. 그런데 돈 몇 푼 훔쳤다고 그토록 쉽게 사람을 죽여야 합니까? 살인을 금한 하느님의 법이 살인을 허용하는 인간의 법에는 적용되지 않는다고 억지를 부릴 수도 있겠지요. 그렇다면 이와 동일한 방식으로 다른 법들을, 예를 들어 강간, 간통, 위증을 합법화하는 법들을 만들어 내는 것을 무엇으로 방지하겠습니까? 하느님께서는 살인만이 아니라 자살의 권리도 우리 모두에게서 앗아 가셨습니다. 만약 살인에 관한 인간 법에 대한 상호 합의가 살인자로 하여금 하느님 법으로부터 자유로이 벗어날 수 있게 한다면, 이는 하느님의 법보다 인간의 법을 선호하는 것이 아니고 무엇이겠습니까? 그렇게 되면 인간들은 어느 한 특정 상황에서 하느님의 법을 준수하는 것이 자기들에게 얼마나 편리한지 스스로 결정하는 결과를 낳게 됩니다. 모세의 율법은 노예화된 다루기 힘든 민족에 대

31 기원전 4세기에 시행된 티투스 만리우스Titus Manlius의 법은 극히 엄격한 것으로서 만리우스는 법을 위반한 자신의 아들을 사형에 처했다.

32 일부 스토아주의자들은 모든 범죄는 동일하다는 입장을 고수하였으며, 이는 호라티우스Horatius의 『풍자시Satura』에서 조롱을 당했다.

한 법이라 엄격하고 가혹하지만, 거기서도 절도에 대한 처벌은 사형이 아니라 벌금이었습니다.[33] 하느님께서 당신의 새로운 자비의 법으로 우리를 아버지의 온화함으로 대해 주시는 것을 우리가 서로에게 잔인하게 대하라는 허락을 내려 주신 것으로 생각하지 말아야 합니다.

이런 이유들로 저는 도둑을 사형에 처하는 것은 위법이라고 생각합니다. 그러나 절도와 살인에 동일한 처벌을 가한다는 것이 얼마나 불합리하며, 심지어 공공복지에도 얼마나 해로운지를 모르는 사람은 없습니다. 만약 절도가 살인과 동일한 처벌을 받는다면 이는 절취(竊取)만으로 끝냈을 상황에서 도둑으로 하여금 피해자를 살인까지 하도록 부추기는 것이 됩니다. 처벌이 동일하다면 증인을 살해함으로써 절도와 살인을 둘 다 은폐할 수 있으므로 살인까지 범하는 것이 보다 안전하니까요. 그리하여 우리는 극형으로 도둑들을 위협하려고 하지만 실제로는 그들에게 무고한 사람들을 살해하라고 권하고 있는 것입니다.

자, 이제 보다 나은 형벌로 다른 어떤 것을 찾을 수 있겠냐고 물으셨는데, 제 판단으로는 더 나쁜 것보다는 더 나은 것을 찾는 일이 훨씬 더 수월합니다. 국가 통치술에서 뛰어

---

33 「출애굽기」 22장 1~3절. 〈도둑이 집을 뚫고 들어오는 것을 보고 때려 죽였을 경우에는 그 사람에게 죄가 없다. 그러나 해가 이미 떠오른 후에 그런 일이 생겼으면 죽인 사람에게 책임이 있다. 훔친 것은 반드시 다 갚아야 한다. 갚을 것이 없는 자는 제 몸을 팔아서라도 훔친 물건의 값을 물어 주어야 한다. 훔친 물건이 황소든 나귀든 양이든 아직 산 채로 그의 수중에 있으면 그것을 갑절로 배상해야 한다.〉

난 권위자인 로마인들이 오랫동안 사용했던 처벌 방식의 가치를 우리가 의심할 필요가 있을까요? 그들은 극악무도한 범죄로 유죄 판결을 받은 자들에게 족쇄를 채워 채석장이나 광산에서 종신 노역을 시켰습니다. 그러나 선택이 가능한 모든 방식들 중에서 제가 선호하는 것은 페르시아 여행 중에 목격한 폴리레리트[34]라고 불리는 사람들이 사용하는 방식입니다. 나라 크기도 그만하면 꽤 큰 편이고 통치도 그런대로 훌륭하고 페르시아 황제에게 매년 조공을 바치는 것 이외에는 자유로이 살면서 자기들의 법만 준수합니다. 바다에서 멀리 떨어져 있고 나라 전체가 거의 산으로 둘러싸여 있습니다. 자기들 땅에서 거둬들이는 전혀 부실하지 않은 생산물에 만족하기 때문에 다른 나라와는 상관할 일이 거의 없고 또 이 나라를 방문하는 사람들도 별로 없습니다. 자고로 오랜 관습에 따라 이들은 영토 확장을 꾀하지 않고 대군주인 페르시아 황제에게 조공을 바치면서 자신들은 산에 둘러싸여 편안하게 보호를 받습니다. 하여 이들에게는 전쟁이라는 것이 없고 모두들 화려하다기보다는 편안하게 살고 있으며 야심이나 명성보다는 만족을 선호합니다. 실제로 바로 이웃 나라 사람들을 제외하면 이 나라 이름을 아는 사람들도 거의 없는 듯합니다.

이 나라에서는 절도를 범한 것으로 판명된 자는 (다른 나라에서처럼 왕에게가 아니라) 주인에게 변상해야 하는데, 홈

---

34 폴리레리트Polylerites라는 이름은 그리스어의 〈polus〉와 〈leiros〉의 합성어로서 〈많은 난센스〉라는 의미이다. 물론 가공의 나라이다.

친 물건에 대한 권리가 없기로는 왕이나 도둑이나 마찬가지라는 것이 이들의 생각입니다. 만약 훔친 물건이 없어졌으면 절도범이 지닌 재산을 추산하여 거기에서 변상하도록 합니다. 그리고 남은 재산은 모두 절도범의 아내와 자식들에게 넘어가고 절도범 자신은 중노동형을 선고받습니다.

절도에 잔학 행위가 수반되지 않는 한 절도범은 감옥에 가지도 않고 족쇄를 차지도 않고 감시받지 않는 상태에서 자유로이 다니며 공공사업에서 일을 합니다. 만약 일을 회피하거나 게을리하면, 족쇄를 채우지는 않지만 채찍질을 당합니다. 그러나 열심히 일을 하면 밤에 점호 후 정해진 숙소에 갇힌다는 것 이외에는 모욕적인 대우를 받지 않습니다. 따라서 끊임없는 일을 제외하면 살아가는 데 아무런 불편도 겪지 않습니다. 그리고 나라를 위한 일을 하기 때문에 공영 상점에서 나오는 음식으로 남부끄럽잖게 식사합니다. 다만 지역에 따라 해결 방식에 차이가 있습니다. 어떤 지역에서는 이들을 자선으로 지원합니다. 이런 지원은 신뢰할 수 없어 보일지 모르지만, 가난하거나 불행한 처지에 있는 사람을 딱하게 여겨 도와주는 일을 무척 좋아하는 폴리레리트 사람들에게는 이보다 더 보람 있는 자선 방법이 없습니다. 세입(稅入)에서 이들을 위한 지원금을 따로 책정해 놓거나 특별세를 징수하는 지역도 있습니다. 어떤 때는 이들이 공공사업에 동원되지 않지만, 그런 경우에는 일꾼이 필요한 사람이면 아무나 인력 시장에 가서 일반 일꾼보다 약간 낮은 금액에 책정된 일당을 지불하고 죄수를 고용할 수 있습니다. 일을 게을리하는 자에게 가하는 채찍질은 합법입니다. 이들에게 할 일이 없을 때라고는 절대 없으며, 자신의 생계 비용보다 다소 많은 돈을 받으므로 그 차액만큼의 이익을 공고(公庫)에 가져오게 됩니다.

이들은 모두 동일한 특정 색깔의 옷을 입습니다. 머리는 밀지 않았지만 귀 언저리까지 짧게 깎고 한쪽 귀 끝을 자릅니다. 친지들은 이들에게 음식이나 음료수는 줄 수 있지만 옷은 지정된 색깔이어야만 하고, 돈의 경우에는 주는 사람이나 받는 사람이나 모두 사형에 처해집니다. 이유를 막론하고 자유인이 이들에게서 돈을 받는 것도 중범죄이고, (이 나라에서 죄수를 지칭하는) 노예가 무기를 소지하는 것 또한 사형입니다. 나라 전역에 걸쳐 지역마다 이들에게 특별한 배지를 착용토록 합니다. 배지 파기, 구역 이탈, 그리고 타 구역 노예와의 대화는 모두 사형에 해당합니다. 탈주 모의는 탈주 자체보다 조금도 더 안전한 것이 못 됩니다. 탈주 모의에 관한 정보를 알면서도 신고하지 않는 경우, 노예이면 사형에 처해지고 자유인이면 노예형에 처해집니다. 반면에 신고자에게는 포상이 있습니다. 자유인은 돈을 받고 노예는 자유를 얻으며 자유인이나 노예나 모두 사면을 받습니다. 그러므로 탈주 계획을 고수하는 것보다는 단념하는 것이 훨씬 더 안전합니다.

절도 처벌에 관한 그들의 정책을 나는 이렇게 묘사했습니다. 이 정책이 얼마나 온건하면서도 실용적인지 아시겠지요. 형벌의 목적이 악덕을 타파하고 사람을 구제하자는 것이니까요. 정직의 필요성을 깨닫고 남은 생애 동안 자신이 지은 죄를 보상하면서 살아가도록 범죄자들을 처우하는 것입니다. 재범의 위험이 거의 없기 때문에 이 나라를 여행하는 사람들은 각 지역 경계를 넘어가야 하는 경우 노예들이 가장 믿을 만한 안내인이라고 생각하여 이들을 선택합니다. 노예들은 무기를 소지하고 있지 않기 때문에 강도질을 저지를 수단이 없고 수중에 돈이 있다는 것은 범죄의 증거로 간주됩니다. 잡히면 즉시 처벌되고, 탈주 가능성은 어디에도 없습니다. 노예의 옷은 이 나라 사람들이 입는 일상적인 것과는 완전히 다른데 벌거벗고 도주하지 않는 한 어떻게 도망갈 수 있겠습니까? 설사 도망간다고 하더라도 한쪽 끝을 잘라낸 귀 때문에 당장 신분이 밝혀질 것입니다. 노예들이 반정부 비밀 조직을 결성할 수도 있지 않느냐고요? 그럴 수도 있겠지요. 그러나 우선 다른 여러 지역의 노예 무리들을 음모에 연루시키지 않는 이상 단일 지역의 노예들만으로는 일이 성사되기를 기대할 수가 없습니다. 그런데 다른 지역의 노예들과 만나거나 이야기를 하거나 인사하는 것조차도 허용되지 않기 때문에 그런 일은 불가능합니다. 음모에 가담하는 것은 지극히 위험하고 음모에 관한 정보를 제공하는 것은 대단히 유익하다는 것을 모두 알고 있는 상황에서 위험을 무릅쓰고 음모를 획책할 사람은 아무도 없습니다. 게다가 복종과 인내의 정신으로 자신의 형벌을 받아들이고 앞으로 품행이 방정할 기미를 보이면 결국은 자유를 얻는다는 희망이 전혀 없는 것이 아닙니다. 실제로 매년 일부 노예들이 순종적

인 품행으로 사면을 받습니다.〉

이런 설명을 끝내고 나서, 나는 이 제도가 채택될 수 없는 이유를 모르겠고 잉글랜드에서도 이런 제도를 채택하면 나의 법조계 적대자가 그토록 높이 칭송했던 〈정의〉보다 훨씬 더 큰 이점이 있을 것이라는 말을 덧붙였습니다. 그랬더니 그 변호사 말이, 그러한 제도를 잉글랜드가 채택했다가는 나라 전체가 심각한 위험에 빠질 것이라고 하더군요. 고개를 절레절레 흔들고 얼굴을 찡그리면서 그렇게 말하더니 입을 다물었습니다.

그러자 추기경님이 당신의 의견을 말씀하셨습니다. 〈아직까지는 아무도 이 안을 시도해 본 적이 없으니 이것의 효과 여부를 추측하기는 어렵겠소. 그러나 어느 절도범에게 사형이 언도되었을 때 국왕이 사형수에게 비호권(庇護權)[35]없이 일정 기간 동안 집행을 유예해 줄 수도 있으니 그 기간을 이용해서 이 안을 시험해 봅시다. 효력이 있으면 국왕은 이를 법으로 제정하고, 없으면 그 사형수를 즉시 처형하면 되고. 이렇게 하면 사형 선고를 받은 사람이 진작 처형되지 않았던 것보다 더 불편할 것도 없고 불법적이지도 않으면서도 이 시험으로 인한 피해는 전혀 없어요. 내 생각에는 유랑민들 문제도 이 방식으로 대처해 볼 수 있지 않나 싶소. 그 사람들에 관한 법도 많이 통과시켰지만 아직까지는 아무런 효과도 보

35 이전에는 어떤 범죄자이든 일단 교회 안에만 들어가 있으면 비호권을 받을 수 있었다. 모어 시대에 와서는 이 특권이 대폭 축소되었지만 그래도 여전히 적용되는 지역들이 있었다. 모어는 비호권이 법 집행에 복권(福券)의 요소를 첨가하는 것이라고 이를 비난했다.

지 못했으니까.〉

추기경님께서 그렇게 결론을 내리시자, 내가 제시했을 때에는 멸시하는 태도를 보이던 사람들이 모두들 그 제안을 열광적으로 칭송하기 시작했고, 추기경님께서 첨가하셨다는 이유로 유랑민들과 관련된 아이디어를 특히 좋아하더군요.

그다음에 일어났던 일은 어이가 없어서 말할 가치가 있는지도 모르겠습니다만, 이야기로서 재미가 없는 것도 아니고 지금 우리 주제와도 관련이 있으니 그냥 하기로 하겠습니다. 그 자리를 떠나지 않고 주변에서 줄곧 서 있으면서 진짜 바보가 아닌가 할 정도로 바보 역할을 아주 잘하는 사람이 하나 있었어요. 입만 열면 웃기는 소리를 하는 친구였는데 말하는 투가 하도 어색해서 그 사람 말보다는 그 사람 때문에 웃었지요. 하지만 〈주사위도 자꾸 던지다 보면 언젠가는 제대로 나올 때가 있다〉[36]는 말을 확인이라도 시키듯이 우스개로 하는 소리들 중에 이따금 꽤 명민한 말이 나올 때도 있었어요.

좌중의 한 사람이 우연히 이런 말을 했습니다. 〈자, 라파엘은 도둑들 문제를 해결했고, 추기경님께서는 유랑민들 문제를 해결하셨으니, 이제 우리는 생계를 위해 일할 수 없는 병자나 노약자 문제만 해결하면 되겠습니다.〉

〈그 문제는 나한테 맡기십시오〉라고 바보가 말했습니다. 〈내가 당장 해결하겠습니다. 그렇잖아도 그런 사람들이 늘어놓는 처량한 푸념에 짜증이 나서 내 눈앞에서 없애 버리고

---

36 에라스무스의 『아다지오』에 이와 유사한 속담이 있다.

싶었던 참입니다. 아무리 처량한 소리로 구걸을 해도 내 주머니에서는 절대로 단돈 한 푼도 낚아채지 못했죠. 내가 한 푼도 주고 싶지 않거나, 아니면 줄 돈이 한 푼도 없거나, 둘 중 하납니다. 이제는 그 사람들도 약아졌어요. 나를 아주 잘 알기 때문에 나한테 시간 낭비 안 합니다. 단 한 마디도 건네지 않고, 마치 내가, 나 참, 사제라도 되는 것처럼 아무런 기대도 걸지 않고 그냥 지나가게 내버려 둡니다. 하지만 나는 모든 걸인들을 베네딕트 수도원[37]으로 보내서 남자는 (거기서들 부르듯이) 평수사로 만들고 여자는 수녀가 될 수 있게 하는 법을 만들겠습니다.〉

추기경님께서는 미소를 지으시며 이 말을 실없는 소리로 넘기셨지만 다른 사람들은 이를 진지하게 받아들였습니다. 그러나 신학교를 졸업한 수사[38] 한 사람만은 수도회에 소속되어 있지 않은 신부들이나 수도사들을 상대로 한 이 익살을 어찌나 재미있어했던지 그날 시종일관 시무룩해 보일 정도로 심각하기만 했던 이 사람도 흥겨워하기 시작하면서, 〈우리 수사들 문제도 해결하지 않는 한 걸인들을 모두 없애 버리지는 못할 겁니다〉라고 한마디 했지요. 그러자 바보가 되받아쳤습니다.

〈당신들 문제는 이미 해결을 보았습니다. 추기경님께서 유랑민들을 체포해서 노역을 시켜야 한다고 말씀하셨을 때

---

37 베네딕트회는 가장 큰 수도회 중 하나로 규율이 가장 엄격한 수도회이기도 하다. 베네딕트회 내에서의 평수사는 주로 육체노동을 맡아 하며 결코 수사 계열에 속할 수 없다.

38 여기서 수사는 탁발 수도회의 수사, 즉 동냥하러 다니는 탁발승이다.

당신들 부양 문제는 화려하게 해결된 것이나 다름없지요. 당신네 수사들이야말로 유랑민들 중에서 가장 큰 무리를 차지하고 있으니까요.〉

추기경님의 반응을 열심히 주시하던 좌중은 추기경님께서 이번 익살도 다른 것이나 마찬가지로 받아들이시는 것을 보고 모두들 활기를 띠며 재미있어했습니다. 수사만 제외하고요. 그 사람은, 쉽게 상상이 가시겠지만, 식초에 빠진 것처럼[39] 무섭게 화를 내면서 그 바보한테 욕설을 퍼부었습니다. 무뢰한, 중상모략가, 입이 상스러운 자식이라고 하더니, 그 와중에 성경까지 인용하면서, 지독한 규탄인 〈지옥에 떨어질 자식〉이라는 욕도 했지요. 그러자 익살꾼도 정색을 하고 익살을 부리기 시작했지요. 상황이 이제는 자기 전문 영역으로 와 있는 것이 분명했으니까요.

〈선량하신 수사님, 화를 내지 마십시오. 성경 말씀에도 있습지요. 《참고 견디면 생명을 얻을 것이니라》[40]라고요.〉

여기에 대한 수사의 대꾸를 그대로 옮기면 이렇습니다. 〈난 화 난 게 아니야, 교수형에 처할 녀석 같으니라고. 어쨌거나 적어도 난 죄를 짓지는 않아. 《너희는 무서워 떨어라. 죄 짓지 마라》[41]라고 시편에 있거든.〉

이 시점에서 추기경님께서는 수사에게 진정하라고 부드럽

---

39 모어의 이 표현은 유식한 독자에게는 호라티우스의 『풍자시』에 나오는 〈이탈리아 식초에 푹 젖은*soaked in Italian vinegar*〉이라는 구절을 상기시키는 것으로 되어 있다.

40 「루가의 복음서」 21장 19절.

41 「시편」 4장 4절.

게 주의를 주셨지요. 그러자 수사는 추기경님께 이렇게 대꾸하더군요. 〈아닙니다, 추기경님. 저는 오로지 강렬한 열정에서 우러나온 말을 하고 있습니다. 저로서는 당연히 그래야만 하고요. 성인들께서도 강렬한 열정을 지니고 계셨습니다. 그렇기 때문에 성경에 《당신 집을 향한 내 열정이 나를 불사릅니다》[42]라고 쓰여 있고, 교회에서 우리는 《엘리사가 하느님의 집으로 올라갈 때 그를 대머리라고 조롱했던 자들은 당신의 열정의 화를 입었도다》[43]라고 노래 부릅니다. 그와 꼭 마찬가지로, 비웃는 소리나 일삼는 이 녀석, 이 악당, 교수형에 처할 이 녀석도 그 화를 당해 마땅합니다.〉

추기경님께서 다시 말씀하셨습니다. 〈자네는 좋은 뜻으로 한 말일 수도 있지만, 그렇다 하더라도 익살꾼의 재치에 자네 재치로 맞서 직업적인 익살꾼과 실랑이를 벌이지 않았더라면 보다 지순하게, 보다 현명하게 처신할 수 있었을 거요.〉

〈아닙니다, 추기경님. 저는 보다 현명하게 처신하지 않았을 겁니다. 사람들 중에 가장 현명한 솔로몬 자신도 《미련한 자의 어리석은 소리엔 같은 말로 대꾸해 주어라》[44]라고 하

42 「시편」 69장 9절.
43 「열왕기하」 2장 23~24절. 〈엘리사는 그 곳을 떠나 베델로 올라갔다. 그가 베델로 가는 도중에 아이들이 성에서 나와 《대머리야, 꺼져라. 대머리야, 꺼져라》하며 놀려 대었다. 엘리사는 돌아서서 아이들을 보며 야훼의 이름으로 저주하였다. 그러자 암곰 두 마리가 숲에서 나와 아이들 42명을 찢어 죽였다.〉
44 「잠언」 26장 5절은 〈미련한 자의 어리석은 소리엔 같은 말로 대꾸해 주어라. 그래야 지혜로운 체하지 못한다〉이지만, 바로 그 앞 절인 26장 4절은 〈미련한 자의 어리석은 소리에 대꾸하지 마라. 너도 같은 사람이 되리라〉이다.

였고, 제가 지금 바로 그렇게 하고 있는 것입니다. 저는 지금 저 인간이 조심하지 않으면 어떤 나락으로 떨어질지 가르쳐 주고 있는 중입니다. 대머리 한 명에 불과한 엘리사를 조롱했던 수많은 자들이 큰 화를 당했다면, 엄청나게 많은 대머리들을 포함하고 있는 우리 수사들을 단 한 명이 조롱한다면 그자가 당할 화는 그 얼마나 엄청나겠습니까! 뿐만 아니라, 우리에게는 교황의 칙서가 있으며, 그 칙서에 의하면 우리 수사들을 조롱한 자는 모두 파문을 당합니다.〉

이 이야기에 끝이 없다는 것을 아신 추기경님께서는 익살꾼에게 자리를 뜨라고 고개를 끄덕여 보이신 후 대화의 주제를 돌리셨습니다. 그러고는 잠시 후 자리에서 일어나 탄원자들을 만나러 가시면서 우리를 보내셨습니다.

모어 씨, 내 이야기가 지나치게 길었습니다. 해달라고 청하셨고, 또 하나도 빼지 않고 듣고 싶어 하셨던 것 같았기에 망정이지, 아니면 내가 좀 창피했을 정도로 길었네요. 실은 다소 줄여서 할 수도 있었지만 일일이 다 말씀드렸던 것은, 내가 한 제안에 처음에는 반대했던 사람들이 추기경님께서 반대하지 않으시는 것을 보고는 어떻게 즉시 찬성으로 돌아서는지를 당신에게 보여 드리고 싶었기 때문입니다. 바보의 제안을 추기경님께서는 단지 익살로 받아들이셨지만, 어쨌거나 추기경님께서 받아들이시자 모두들 바보의 제안에 진심으로 박수갈채를 보낼 정도로 그 사람들의 아부는 심각한 정도였지요. 궁정인들이 나라는 사람의 조언을 어떻게 받아들일지, 이 에피소드를 들으셨으니 잘 이해하실 수 있을 겁니다.」

이 말에 내가 이렇게 대답했다. 「휘틀로다이우스 씨, 당신
이 들려주신 이야기는 모두 현명하고 기지에 넘쳐서 매우 즐
거웠습니다. 당신 이야기를 듣고 있으니, 바로 그 추기경님
자택에서 내가 소년 시절을 보냈기에, 추기경님에 대한 즐거
운 추억이 되살아나 마치 다시 내 나라에서 어린아이가 된
기분이 듭니다. 당신은 다른 이유에서도 소중한 사람이지만
추기경님에 대한 추억을 그토록 귀중하게 여기고 있다는 사
실로 인하여 나에게 얼마나 더 소중하게 되었는지 상상도 못
하실 겁니다. 하지만 앞에서 말씀드린 내 제안은 포기하지
않겠습니다. 궁정 생활에 대한 당신의 혐오감을 극복하실
수만 있다면 국왕에게 드리는 당신의 조언은 복지 국가를
형성하는 데 지대한 도움이 될 것입니다. 그리고 이 점은 선
량한 사람이라면 무릇 이행해야 할 가장 중요한 의무이기도
합니다. 당신이 잘 아시는 플라톤의 말에 의하면, 국가가 행
복해지기 위해서는 철학자가 왕이 되든지 아니면 왕이 철학
자가 되어야만 합니다.[45] 그런데 철학자가 왕에게 조언조차
해주기를 꺼려 한다면 우리가 행복과는 거리가 먼 것도 당연
하지요.」

「철학자들이 그렇게까지 고약하지는 않으니 기꺼이 그렇
게 할 겁니다. 사실 대단히 많은 저서들을 통해서 이미 조언
을 했습지요. 통치자들이 철학자들의 훌륭한 조언을 읽기만
했다면 말입니다. 왕 자신이 철학자가 되지 않는 한 참된 철

45 플라톤의 『공화국*Republic*』에서 인용.

학자의 충고를 절대 받아들이지 않을 것이라는 플라톤의 예견이 옳았다는 것에는 의심할 바가 없습니다. 왕이란 어린 시절부터 그릇된 가치에 완전히 오염되어 왔기 때문입니다. 플라톤 자신이 시라쿠사의 디오니시우스에게서 그런 경우를 확실하게 체험했지요.[46] 만약 내가 어떤 왕에게 현명한 법을 제안하고 그의 영혼에서 악과 부패의 씨를 제거하려고 하다가는 즉시 추방을 당하거나 조소의 대상이 될 거라고 생각지 않으시나요?

내가 지금 프랑스 왕의 궁중 회의에 있다고 상상해 보십시오.[47] 국왕이 밀라노를 계속 지배하고, 요리조리 잘 빠져나가는 나폴리를 다시 수중에 넣고, 베네치아를 전복시킨 후 이탈리아 전체를 정복하고, 그다음에 플랑드르와 브라반트 및 부르고뉴 전역과 국왕 자신이 침략 의사를 지니고 있는 그 밖에 다른 몇 나라들을 프랑스 영토에 병합시키려는 목적을 달성하기 위해 직접 비밀리에 주관하는, 가장 똑똑한 고문들이 교묘한 전략을 고안해 내려고 심혈을 기울이고 있는 왕실 자문 위원회에 내가 참석하고 있다고 가정해 보십시오.[48] 어떤 자문 위원은 왕이 편리하다고 생각하는 기간 동안만 베네치아와 동맹을 맺고서 그들과 공동 전략을 세우고, 그들에게 전리

46 시라쿠사Siracusa의 왕 디오니시우스Dionysius는 자신의 아들을 교육시키려는 목적으로 플라톤을 자국으로 불러들였다. (이 아들은 기원전 367년에 부친이 사망하자 폭군이 된다.) 교육으로 예기했던 향상이 보이지 않자 플라톤은 혐오감을 표명하며 즉시 시라쿠사를 떠났다.

47 여기에서 모어가 염두에 두고 있던 왕은 샤를 8세(1470~1498), 루이 12세(1462~1515), 프랑수아 1세(1494~1547) 중 한 사람이다. 이들은 장차 제국주의자가 되며 이탈리아의 정치적 음모의 수렁에 빠진다.

품의 일부도 떼어 주되 나중에 일이 계획대로 성사되면 다시 회수하자고 왕에게 조언할 것입니다. 또 어떤 이는 독일 용병을 고용하고 스위스 용병에게는 중립을 지키도록 돈을 주라고 충고할 것입니다.[49] 또 다른 이는 신성 로마 제국 황제의 상처 입은 자존심에 기분 좋은 금 로션을 듬뿍 발라 주어 황제를 달래 주자고 제안할 것입니다.[50] 그런가 하면 생각이 다른 또 어떤 이는 아라곤 왕과 합의를 보아야 하며, 평화를 영구화하기 위한 수단으로 그가 나바라[51]의 통치권을 장악하도록 허락해야 한다는 견해를 피력합니다. 그리고 또 다른 이는 카스티야 황태자를 결혼 동맹으로 끌어들일 것을 제안하면서[52]

48 프랑스 앙주 왕실은 왕조권을 내세우며 밀라노와 나폴리의 통치권을 주장했으나 여러 차례에 걸친 술책과 전쟁을 치른 후 1513년에 두 지역에서 모두 밀려났다. 브라반트는 궁극적으로 제외되지만, 브르타뉴, 부르고뉴 및 플랑드르 일부를 포함하여 왕국의 영토를 통합하려는 프랑스 군주국의 거대한 계획은 15세기 대부분의 프랑스 왕들의 주된 관심사였다.

49 1494년에 시작된 끝없는 교전에서 수많은 독일 용병들이, 개인으로든 집단으로든, 이탈리아에서 고용되었다. 유럽에서 보병으로 독일 용병보다도 더 뛰어난 스위스 용병은 교전에 개입하지 않고 중립적인 입장을 고수하겠다는 대가로 돈을 받는 경우도 있었다.

50 신성 로마 제국의 황제인 오스트리아의 막시밀리안Maximilian은 교황 자리까지 꿈꾸었을 정도로 웅대한 계획을 지니고 있었으나 이를 뒷받침해 줄 재정이 없었으며, 항상 뇌물을 잘 받은 것으로 알려져 있다.

51 나바라Navarra는 피레네 산맥에 위치한 작은 독립 국가로서 스페인과 프랑스의 장기간 각축전의 대상이었다. 1512년에 페르디난드가 일부를 차지했고 나머지는 1598년에 앙리 4세가 프랑스 영토에 편입시켰다.

52 카를 5세는 10대에 이미 혼사 및 외교와 관련하여 모두가 각자의 수중에 넣고 싶어 하는 대상이 되어 있었다. 유럽 대륙의 두 강대국이자 가톨릭 세력을 통합하게 되는 스페인과 프랑스와의 결혼 문제는 당대 끊임없이 떠오르는 사안이었다.

그렇게 하기 위한 첫 단계는 카스티야 궁정 귀족들을 비밀 연금으로 매수하는 것이라고 일러 줍니다.

가장 어려운 것은 잉글랜드에 대처하는 문제입니다. 잉글랜드와의 취약하기 짝이 없는 현 동맹 상태를 가능한 한 최대로 강화시켜야 하지만 잉글랜드를 친구로 대해 주면서도 적으로 경계해야 한다는 점에 전원이 동의합니다. 그러므로 잉글랜드가 조금이라도 꿈틀거리는 기미를 보이는 즉시 스코틀랜드가 공격을 가할 수 있도록 스코틀랜드를 항시 대비시켜야만 한다고 제안합니다. 또한 잉글랜드 왕위에 대한 권리를 주장하는 망명 귀족 한 명을 (공개적으로 그런 일을 행하는 것을 금하는 조약이 있으므로) 비밀리에 지원해주어야 하며, 이런 방법을 통하여 진정으로 신뢰할 수는 없는 잉글랜드 왕에게 압박을 가하면서 그를 견제하자는 주장도 나옵니다.[53]

자, 엄청난 손익이 걸려 있는 이 같은 회의에서, 많은 수의 뛰어난 인재들이 정교한 전략들을 경쟁적으로 쏟아 내는 이러한 자리에서, 나처럼 하찮은 존재가 일어나서 완전히 다른 방향의 조언을 한다면 어찌 되겠습니까? 내가 왕에게 프랑스 왕국 하나만도 한 사람이 통치하기에는 벅찰 정도로 거대하니 국왕께서는 거기에다 다른 영토까지 첨가할 생각은 꿈도 꾸지 말아야 하기 때문에 이탈리아는 그냥 놔두시라[54]

---

53 전통적으로 잉글랜드의 적인 스코틀랜드는 프랑스와 동맹국의 관계였다. 〈망명 귀족〉이 리처드 드 라 폴Richard de la Pole이라는 설도 있지만 정확히 누구인지는 알 수 없다. 그러나 이 구절의 요점은 자문 위원들의 교활한 책략을 보여 주는 것으로서, 만약 망명 귀족이 존재하지 않았을 경우에는 자문 위원들은 그에 상당하는 인물을 찾아내거나 만들어 내었을 것이다.

고 말했다고 가정해 보십시오. 그러고 나서 내가 유토피아 섬 남쪽에 위치한 아코리아인[55]의 칙령에 대해서 말한다고 상상해 보십시오. 먼 옛날, 이 나라 사람들은 자기네 왕이 혼인을 통해 물려받은 나라를 손에 넣으려고 전쟁에 나갔습니다. 그러나 일단 정복하고 보니 그 나라 통치가 정복 못지않게 힘들다는 것을 깨달았습니다. 새로운 신하들은 끊임없이 반란을 일으켰고, 새로운 영토는 외세의 침략을 당하는 통에 아코리아인들은 이 나라에 대항해서거나 이 나라를 위해서거나 항상 전쟁에 임해야 했기 때문에 전쟁에서 헤어난다는 희망은 전혀 가질 수가 없었습니다. 한편 자국민에게는 무거운 세금이 부과되었고 돈은 나라 밖으로 흘러 나갔으며 국민들은 타인들의 이득을 위하여 피를 흘리고 있었으니 평화는 그 어느 때보다도 그들에게서 더 멀어져 있었지요. 전쟁은 약탈과 살인에 대한 욕망을 부추기면서 자국민들을 타락시켰고, 두 나라의 문제들로 산만해진 왕은 어느 한 나라에도 제대로 관심을 기울일 수가 없게 되었기 때문에 국법도 무시되는 지경에 이르렀습니다.

이러한 재난의 종류가 끝이 없다는 것을 깨달은 아코리아인들은 함께 협의한 후 국왕에게 두 나라를 모두 통치하실

54 역사상 해답이 없는 가장 큰 질문 중의 하나는 프랑스 왕 세 사람(샤를 8세, 루이 12세, 프랑수아 1세)이 프랑스를 제대로 통치하는 일만으로도 벅찬 상황에서 무슨 까닭으로 자기네가 이탈리아를 정복해야 한다고 느꼈느냐 하는 것이다.

55 아코리아Achoria는 그리스어로 〈없는〉의 뜻을 지닌 〈a〉와 〈장소〉라는 의미의 〈chora〉의 합성어이므로 아코리아인Achorians은 〈없는 곳의 사람들〉, 즉 〈아무 데도 없는 사람들〉이 된다.

수는 없으니 당신이 선호하는 나라를 택하시라고 공손하게 제의했습니다. 반쪽 왕이 통치하시기에는 인구가 너무 많다고 아뢰고 나서, 하다못해 노새 몰이꾼을 고용하는 사람도 동시에 다른 사람의 노새도 몰아야 하는 몰이꾼은 고용하지 않는다는 말도 덧붙였습니다. 그리하여 존경할 만한 그 왕은 자신의 왕국만으로 만족해야 했고 새 나라는 자기 친구한테 주었는데 얼마 안 가서 그 친구는 쫓겨났습니다.

마지막으로, 내가 프랑스 왕의 자문 위원들에게 왕실의 음모와 계략의 결과로 수많은 나라들을 사회적 혼란에 빠지게 하는 이 모든 〈전쟁-장사〉는 필시 국고를 고갈시키고 국민을 도덕적으로 타락시키며 종국에는 어떤 불운이나 재난으로 모든 것이 허사로 끝나게 될 것이라고 말했다고 생각해 보십시오. 그리고 프랑스 국왕에게 조상으로부터 물려받은 왕국이나 보살피고, 최선을 다하여 나라를 발전시키고, 모든 면에서 문화의 꽃을 피우도록 하라고 나는 조언을 할 겁니다. 국왕은 국민을 사랑해야 하고 국민의 사랑을 받아야 하며, 국민들 가운데서 살아야 하고 국민을 어질게 다스려야 하며, 자신의 왕국도 혼자 통치하기에는 너무 클 정도로 충분히 크니 다른 나라들은 그냥 내버려 두시라고 말했다고 가정해 보십시오. 모어 씨, 다른 자문 위원들이 나의 이러한 발언을 어떻게 받아들이리라 생각하십니까?」

「별로 좋게 받아들이지는 않겠지요. 분명합니다.」 내가 대답했다.

「자, 계속해 보지요. 어느 나라 국왕의 자문 위원들이 국고를 채우기 위한 여러 가지 계획들을 논의하고 있다고 가정해 보십시오. 어떤 사람은 국왕이 채무를 갚을 때는 화폐 가치를 높이고 조세를 걷을 때는 화폐 가치를 감소시키자는 안을 내놓습니다.[56] 그렇게 함으로써 엄청난 액수의 부채를 소액으로 처리할 수 있고 부채가 소액일 경우에는 거액을 걷어 들일 수 있지요. 또 다른 사람은 〈가짜 전쟁〉을 제안합니다. 우선 전쟁을 치른다는 핑계로 돈을 걷어 들이고, 일단 돈이 들어온 다음에 국왕이 엄숙한 의식을 통해 평화를 선언하면 단순한 국민들은 이를 국민들의 생명을 측은히 여기는 국왕의 지극한 배려의 덕으로 받아들인다는 겁니다.[57] 또 다른 사람은 너무 오랫동안 사용되지 않아서 국민들은 그런 법이 있었는지조차 기억하지 못하고 따라서 모든 사람들이 위반한 케케묵은 옛날 법을 생각해 냅니다. 이 법을 위반한 사람들에게 벌금을 부과함으로써 국왕은 거액의 돈을 손에 넣을 수 있으며, 또한 이 모든 절차가 마치 정의처럼 보이도록 만들 수 있기 때문에 국왕이 법을 보존하고 질서를 유지한다는 명성도 얻을 수 있다는 겁니다.[58] 또 다른 제안은 공익에 위

56 에드워드 4세, 헨리 7세, 그리고 (『유토피아』 집필 후) 헨리 8세는 모두 여기에서 제안되고 있는 방법으로 잉글랜드 화폐 가치를 조작한 바 있다.

57 이와 유사한 일이 1492년에 실제로 일어났다. 헨리 7세는 브르타뉴를 놓고 프랑스와 전쟁을 한다는 명목으로 국민의 거센 반발에도 불구하고 강제로 조세를 부과했을 뿐만 아니라, 전쟁을 하지 않겠다는 명목으로 프랑스 국왕 샤를 8세로부터 뇌물을 받았다.

58 이는 헨리 7세 치하에서 흔히 행해졌던 일로서, 당시 대신들이었던 엠슨Richard Empson과 더들리Edmund Dudley는 온전히 돈을 걷어 들이려는 목적으로 상당수의 잊힌 법들을 긁어모았다.

배된다는 명목으로 여러 가지 많은 행위들에 과중한 벌금을 부과하고, 거액을 지불한 사람에게는 국왕의 재량권으로 그러한 행위를 허가해 주자는 것입니다. 그렇게 함으로써 사람들을 만족시키면서 동시에 법을 어긴 사람들에게 부과한 막중한 벌금에서 들어오는 돈과 허가증 판매에서 들어오는 돈으로 수입은 이중이 됩니다. 한편 국왕은 국민 개개인이 공익에 위배되는 일을 행하는 것은 그 어떤 것도 허용하지 않으며 반드시 엄청난 대가를 치러야 한다는 의지를 명명백백하게 보인 것이 되기 때문에 결과적으로 국왕은 국민의 복지에 세심한 주의를 기울이고 있는 듯이 보입니다.

또 다른 자문 위원은 모든 소송 사건에서 재판관이 국왕에게 유리하게 판결을 내리도록 국왕은 재판관들을 좌지우지할 수 있어야 한다고 발의합니다. 재판관들을 궁정에 자주 소환하여 국왕의 면전에서 국왕의 사건을 토론하도록 하자는 겁니다. 국왕의 주장이 아무리 부당하다고 하더라도 재판관들 중 한두 명은, 반대를 위한 반대에서든, 독창적으로 보이고 싶은 욕구에서든, 아니면 단순히 자신의 이익을 위해서든, 자기 적수의 말꼬리를 잡아 국왕에게는 유리하고 적에게는 불리하게 법을 교묘히 왜곡하는 방법을 찾아내기 마련입니다. 만약 재판관들로 하여금 서로 다른 의견을 제시하게 할 수 있다면, 그렇다면 세상에서 가장 분명한 사안도 논란의 여지가 생기게 되고 진실 자체가 논의의 대상이 됩니다. 이렇게 되면 국왕은 법을 자기 뜻대로 해석할 수 있고 다른 모든 사람들은 수치심이나 두려움으로 인해 묵종(默從)할 것입니다. (나중에는 물론 〈그게 법이었다!〉라고들 할 겁니다.) 국왕에게 유리한 판결을 내릴 핑계는 항상 얼마든지 있습니다. 형평성이 왕에게 유리하게 해석될 수도 있고, 법조문이 왕에게 편리하게 되어 있을 수도 있고, 법률 어휘들을 애매모호하게 왜곡시킬 수도 있고, 만약 이 모든 방법이 실패할 경우에는 국왕은 법을 초월하여 존재하는 국왕 대권[59]에 상고할 수 있으며, 이는 자신들의 〈의무〉를 잘 알고 있는 재판관들에게는 불변의 논증이 되는 것입니다.

그리하여 모든 자문 위원들은 크라수스의 그 유명한 좌우명에 동의합니다. 즉 군대를 유지하려는 왕에게는 금이 아무리 많아도 부족합니다.[60] 뿐만 아니라 왕은, 비록 자신이 원한다 하여도 백성의 재산을 빼앗는다는 옳지 않은 일을 할 수가 없습니다. 왜냐하면 모든 재산은 왕의 것이며 백성 또한 왕의 소유이고, 왕이 선의에서 백성에게 합당하다고 여기는 것을 남겨 주는 것 이외에는 그 누구에게도 자신의 소유물이라는 것은 없기 때문입니다. 백성들이 부와 자유를 얻어 오만해지면 왕의 안위가 위태로워질 수 있기 때문에 왕은 백성들에게 가능한 한 최소의 소유만 허락해야 합니다. 부유하고 자유로운 사람들은 가혹하고 부당한 명령을 참고 견디

59 국왕 대권prerogative은 논리적으로 정당화될 수 없는 것을 구두로 정당화시킬 때 그 시대에 사용되었던 포괄적인 어구로서 오늘날의 〈집행부 특권〉이나 〈국익〉과 흡사하다.

60 키케로의 『의무론De officiis』에서 인용. 로마의 거부인 크라수스Crassus(〈비계〉라는 의미)는 폼페이우스, 카이사르시저와 더불어 제1차 삼두 정치 Triumvirate를 형성했다.

는 인내심이 부족하나, 빈곤은 사람들의 기백을 꺾고 인내심을 키워 주며 압박하는 사람들에 대한 고결한 저항의 정신을 마멸시킵니다.

자, 이 시점에서 내가 다시 자리에서 일어나 좌중의 모든 자문 위원들은 국왕에게 불명예스럽고 또한 국왕의 파멸을 초래하는 존재들이라고 단언한다고 가정해 보시겠습니까? 국왕의 명예와 안위는 국왕 자신의 재산이 아니라 백성들의 재산에 의존하는 것이라고 말한다면 어떻게 되겠습니까? 백성들은 국왕의 노고로 자신들이 안락하고 안전한 삶을 영위하기 위하여, 국왕을 위해서가 아니라 자신들을 위해서 국왕을 선택하는 것[61]이라고 내가 말한다고 가정해 보십시오. 내가 이렇게 말하는 까닭은, 자신보다는 양들을 먹이는 일에 더욱 관심을 갖는 것이 목자의 의무[62]이듯이, 자신의 안녕보다는 백성들의 안녕을 더욱 소중히 여겨야 하는 것이 국왕의 의무라고 생각하기 때문입니다. 백성의 빈곤이 공공의 안녕을 보장한다는 말은 완전히 틀린 소립니다. 역사는 그와 정반대를 보여 줍니다. 걸인들보다 언쟁이 더 심한 무리를 어디에서 찾아볼 수 있습니까? 자신의 현 상황에 극도의 불만을 품고 있는 사람보다 더 열렬히 반란을 원하는 사람이 어디 있습니까? 잃을 것이 아무것도 없다는 것을 알고 무엇이

---

61 비록 상상 속 인물의 가상 연설로 되어 있지만 이 진보적 원칙은 모어의 변함없는 사상의 기본 요소이다.

62 「에제키엘」 34장 2절로 가장 흔히 사용되는 비유 중의 하나이다. 〈주 야훼가 말한다. 망하리라. 양을 돌보아야 할 몸으로 제 몸만 돌보는 이스라엘의 목자들아!〉

고 얻게 될지도 모른다고 생각하는 사람보다 무질서를 야기하는 데 더 무모할 사람이 어디 있겠습니까? 만약 백성의 극심한 증오와 경멸의 대상이어서 학대와 약탈과 몰수를 통해서만 통치가 가능한 왕이라면, 그러한 상황에서는 왕의 권력은 갖고 있지만 왕의 존엄은 모두 상실하므로, 차라리 왕위를 양도하는 것이 낫지 않을까요? 왕이란 번영과 행복을 누리는 백성들을 통치할 때만 존엄성을 지니며, 걸인들을 대상으로 권력을 행사할 때 왕으로서의 존엄성은 없는 것입니다. 고결한 정신의 소유자인 파브리키우스가 자신이 부자가 되는 것보다는 백성들이 부자가 될 수 있도록 하는 통치자가되는 것을 원한다[63]고 말한 것은 이러한 의미에서였던 것이분명합니다. 주위 사람들은 모두 비탄과 고통으로 신음하고있는데 자기 홀로 쾌락과 자기만족을 위한 삶을 즐기는 통치자는 왕이 아니라 교도관처럼 행동하고 있는 것입니다. 무능한 의사들이나 환자에게 또 다른 병에 걸리게 하고서야 비로소 병을 치유할 수 있듯이, 백성들로부터 삶의 모든 기쁨을 앗아 가고서야 비로소 국가를 통치할 수 있는 왕은 무능한 왕입니다. 그러한 왕은 자기는 자유인을 통치할 능력이

---

63 가이우스 파브리키우스 루스키누스Gaius Fabricius Luscinus는 고대로마 공화정의 집정관으로서 로마가 에피루스Epirus의 왕 피루스Pyrrhus와의 전쟁에서 패하자 피루스와 강화 조약을 맺는 사절로 파견되었다. 플루타르코스Plutarchos에 의하면 파브리키우스의 청렴하고 강직한 태도에 감복한피루스는 몸값도 없이 포로들을 풀어 주었다고 한다. 파브리키우스는 청렴결백한 관리의 상징으로 간주되어 키케로Cicero를 비롯한 많은 사람들이 언급하고 있으며 단테도 『신곡』(「연옥편」 제20곡 25~27행)에서 파브리키우스를 언급하고 있다.

없다고 공개적으로 자인하는 것입니다.

이러한 부류에 속하는 왕은 자신의 나태와 오만을 바로잡아야 합니다. 나태와 오만은 백성들로 하여금 왕을 증오하고 경멸하게 만드는 악덕이기 때문입니다. 왕은 남에게 피해를 입히지 않고 자신의 수입으로 살아야 하며 소비를 수입에 맞추어 제한해야 합니다. 왕은 범죄를 억제해야 하고, 부정행위가 번창하도록 방치하고 나서 그것을 처벌하는 대신에 백성들을 현명하게 다스려서 부정한 짓을 행하지 않도록 해야 합니다. 왕은 오래된 법을, 특히 오랫동안 잊힌 상태로 전혀 필요도 없었던 법을 갑자기 되살려서는 안 됩니다. 그리고 재판관이 보기에 일반 백성이 청구하면 부도덕하고 사기성이 있다고 간주할 돈을 왕이 벌금으로 걷어 들여서는 결코 안 됩니다.

그런데 이 자문 위원들에게 유토피아에서 멀지 않은 곳에 살고 있는 마카리아[64] 사람들의 법을 내가 설명한다고 생각해 보십시오. 마카리아 왕은 즉위 첫날 엄숙한 의식을 통해서 자신의 금고에 1천 파운드 이상의 금이나 이에 상당하는 은을 보유하는 경우는 결코 없을 것이라는 서약을 해야만 합니다. 자신의 부귀보다는 나라의 번영에 유념하는 그 나라의 어느 훌륭한 왕이 만든 법이라고 합니다. 이 법은 왕이 백성들을 궁핍하게 만들 정도로 엄청난 부를 축적하는 것을 방지하게 위해 제정된 것이었습니다.[65] 1천 파운드로는 내란을 진

---

64 마카리아Macaria는 그리스어로 〈행복한〉, 〈운이 좋은〉의 의미를 지닌 〈*makarios*〉에서 나온 말이다.

압하거나 외세의 침입을 격퇴시킬 수는 있지만 다른 나라를 침략하려는 유혹은 느낄 수 없다는 것이 이 법을 제정한 왕의 생각이었습니다. 이 법의 주요 목적은 왕을 견제하는 것이지만 시민들의 일상적인 상거래를 위한 충분한 자금을 안전하게 확보하려는 목적도 포함되어 있습니다. 그리고 1천 파운드를 초과한 액수를 모두 백성에게 분배해야 하는 왕은 백성을 탄압할 형편이 못 될 겁니다. 그러한 왕은 악을 행하는 자에게는 공포의 대상이 될 것이고 선한 자에게는 사랑을 받게 될 것입니다. 다시 말하면, 만일 본인들이 막강하게 고수하는 입장과는 정반대의 아이디어를 내가 그들 앞에 내놓는다면, 모어 씨, 그 사람들 귀에 내 말이 들리겠습니까?」

「전혀 안 들릴 겁니다. 그 점에는 의심할 여지가 없습니다. 그리고 그건 당연하지요! 솔직히 말씀드리면, 귀를 기울이지 않을 것을 알면서 조언을 한다거나 그런 종류의 아이디어를 남에게 강요해서는 안 된다는 것이 저의 생각입니다. 그게 무슨 도움이 되겠습니까? 듣는 이들이 이미 당신에게 부정적인 선입견을 가지고 있고 정반대의 견해를 확신하는 상황에서 새로운 아이디어에 대한 당신의 열광적인 언사로 무슨 도움을 주실 수 있겠습니까? 이런 학구적인 철학은 친한 친구들 사이의 사적인 대화에서는 매우 즐거운 것이지만 중대한 사안이 권위적으로 결정되는 곳에서는 들어설 자리가 없습니다.」

65 다시 한 번 모어는 바로 전 군주인 헨리 7세를 빗대어 언급하고 있다. 사망 당시 헨리 7세는 그리스도교 국가 군주들 중에서 가장 부유한 왕이었고 백성들이 가장 증오했을 왕으로 간주되고 있다.

「그게 바로 내가 말하고 있었던 점입니다.」 휘틀로다이우스 씨가 응수했다. 「국왕 자문 위원회에서는 철학을 위한 자리가 없습니다.」

「아니, 있습니다. 다만 어떤 상황에든 어떤 주제라도 적용될 수 있다고 가정하는 스콜라 철학이 들어설 자리는 없습니다. 그러나 정치적 행동을 위해서는 보다 적절한 철학이 있는데, 즉 큐를 잘 잡아서 그 큐를 진행 중인 드라마에 적용하여 맡은 역할을 깔끔하고 훌륭하게 연기하는 철학입니다. 바로 이것이 당신이 사용해야 하는 철학입니다. 그러나 당신은 지금 플라우투스의 희극 공연 중 집안 노예들이 서로 하찮은 농을 지껄이는 자리에서 철학자의 의상을 걸치고 무대에 등장하여 『옥타비아』에서 네로에게 하는 세네카의 연설을 하겠다고 제의하고 있는 형국입니다.[66] 완전히 부적절한 소리를 해서 연극을 희비극으로 만드는 것보다는 차라리 대사가 없는 역을 맡는 것이 낫지 않을 않을까요? 당신이 연극과 무관한 대사를 첨가한다면 비록 그것이 원작보다 낫다고 하더라도 결과적으로는 그 연극을 왜곡하고 망쳐 놓는 것이 됩니다. 그러므로 진행 중인 연극의 흐름에 맞추어 최선을 다해야지, 다른 연극이 낫겠다는 당신 생각만으로 공연 중인 연극을 망쳐서는 안 됩니다.

이 나라의 국왕 자문 위원회에서는 바로 그런 식으로 일

66 플라우투스Plautus의 연극은 주로 저급한 음모를 다루고 있으며, 이에 걸맞게 궁핍한 젊은이, 고급 창녀, 노망난 부자, 영악한 노예 등이 등장인물로 설정된다. 반면 『옥타비아Octavia』에서는 세네카Seneca가 등장인물이 되어 지극히 심각한 내용의 대사를 맡고 있다.

들이 처리되고 있습니다. 당신이 나쁜 아이디어를 뿌리째 뽑지 못하고 오래 지속되어 온 악폐를 완전히 치유할 수 없다고 해서 이 나라를 저버려서는 안 됩니다. 풍향을 조절할 수 없다고 해서 폭풍 속에서 배를 저버리지는 마십시오. 그리고 당신과는 다른 방향으로 생각이 굳어 있는 사람들이라는 것을 알면서 그런 사람들에게 당신의 낯선 아이디어를 오만하게 강요하지 마십시오. 정책에는 간접적으로 영향을 미칠 수 있도록 노력하고, 상황은 요령 있게 처리하도록 최선을 다하여야 하며, 좋게 만들 수 없는 것은 가능한 한 최소로 나쁘게 만들도록 힘써야 합니다. 모든 사람을 좋은 사람으로 만들지 않는 한 모든 제도를 좋은 제도로 만든다는 것은 불가능한 일이니까요. 그리고 모든 사람이 좋은 사람이 되는 날이 그리 빠른 시일 내에 오리라고는 기대하지 않습니다.」

「하지만 모어 선생님, 그렇게 해서 얻는 유일한 결과는 내가 다른 사람들의 광기를 치유하려고 애쓰다가 나 자신이 그 사람들을 따라서 같이 헛소리를 지껄이게 된다는 것입니다. 내가 진실을 말할 생각이라면 이미 말씀드렸던 나의 방식으로밖에는 달리 할 수 없습니다. 철학자들이 하는 일이 거짓말을 읊는 것인지는 모르겠습니다만, 그건 내가 하는 일이 아닙니다. 비록 내 조언이 국왕의 자문 위원들에게는 몹시 불쾌하게 들린다고 하더라도 그들이 왜 내 생각을 어리석다고 할 정도로 기이한 것으로 받아들여야 하는지 나로서는 이해할 수가 없습니다. 만약 내가 그들에게 플라톤이 『국가』에서 옹호하는 종류의 말이나 유토피아 사람들이 실제로 행하는 일을 이야기한다면 어떻겠습니까? 그 제도들이 아무리 우수하다고 하더라도(그리고 실제로 더 우수합니다만), 그곳에서는 모든 것이 공유(公有)인 반면 이곳에서는 사유 재산이 원칙이기 때문에 그 제도들이 여기에서는 부적절해 보일 겁니다.

정반대 길로 무턱대고 서둘러 달려갈 결심을 한 사람들은 자기들을 소리쳐 불러서 틀린 방향으로 가고 있다고 일러주는 사람에게 절대로 고마워하지 않습니다. 그 점을 제외하면, 내가 그 어느 곳에서고 해서는 안 되고 할 수도 없는 말을 한 것이 무엇입니까? 사람들의 왜곡된 관습으로 인하여 특이하게 보이게 된 것들을 모두 말도 안 되는 터무니없는 것으로 각하시킨다면, 그리스도교 국가에서조차도 우리는 예수님의 계명의 대부분을 무시해야 할 것입니다. 그러나 예수께서는 우리에게 당신의 계명을 숨기는 것을 금하셨을 뿐만 아니라, 당신이 제자들에게 속삭이셨던 말씀은 지붕 위에서 세상을 향하여 설파하는 것이었습니다.[67] 예수님의 가르침의 대부분은 나의 담화보다 훨씬 더 근본적으로 사람들의 통상적인 관습과 다릅니다. 그러나 설교자들은 교활한 자들인지라 사람들이 예수님의 규율에 맞도록 자기들의 삶을 변화시키지 않으리라는 것을 알고, 예수님의 가르침이 납으로 만든 자[68]인 것처럼, 모어 선생님께서 말씀하셨듯이, 그분의

---

67 「루가의 복음서」 12장 3절. 〈그러므로 너희가 어두운 곳에서 말한 것은 모두 밝은 데서 들릴 것이며 골방에서 귀에 대고 속삭인 것은 지붕 위에서 선포될 것이다.〉 「마태오의 복음서」 10장 27절. 〈내가 어두운 데서 말하는 것을 너희는 밝은 데서 말하고, 귀에 대고 속삭이는 말을 지붕 위에서 외쳐라.〉

가르침을 사람들이 사는 방식에 맞추어 놓았습니다. 그런 식으로 해서 설교자들은 그 두 가지가 최소한 어느 한쪽에는 부합되도록 할 수 있지요. 내 보기에 그들이 이루어 놓은 유일한 것이라고는 사람들로 하여금 악을 행하는 일에 대해서 양심이 좀 더 편하게 느껴지도록 해놓았다는 겁니다.

그리고 이것이 내가 국왕 자문 위원회에서 성취할 수 있는 전부입니다. 왜냐하면 내가 그들과 다른 아이디어를 지니고 있다면 그건 전혀 아무 아이디어도 없는 것과 동일한 결과를 가져올 터이고, 그렇지 않고 만약 내가 그들의 생각에 동의한다면 그건 테렌티우스의 연극에서 미티오[69]가 말하듯이, 그들의 광기를 승인하는 것일 뿐이니까요. 나한테 정책에는 간접적으로 영향을 미칠 수 있도록 노력하라고 말씀하셨는데, 그게 무슨 뜻인지 난 전혀 모르겠습니다. 그리고 상황을 요령 있게 처리하도록 최선을 다하여야 하며, 좋게 만들 수 없는 것은 가능한 한 최소로 나쁘게 만들도록 힘써야 한다고도 말씀하셨지요. 하지만 국왕 자문 위원회에서 자신의 진의를 숨긴다거나 진행되는 일에 눈을 감는다는 것은 불가능한 일입니다. 최악의 제안에도 공공연하게 찬성해야 하고 극히 악랄한 결정에도 동의해야 합니다. 최악의 결정일수록 적

68 납으로 만든 자leaden yardstick는 유연성이 높기 때문에 둥근 형체를 많이 포함하는 고대 건축물 건설에 특히 유용하게 사용되었다. 아리스토텔레스는 그의 『도덕론Tugendlehre』에서 〈융통성 있는 도덕적 기준〉을 표현하는 은유로 이 어휘를 사용한다.

69 고대 로마의 극작가 테렌티우스Publius Terentius의 작품 『형제Adelphi』에서 노예 미티오는 이렇게 말한다. 〈내가 주인님의 광기를 자극하거나 그냥 듣기만 해도 나까지 그 양반처럼 미치고 말 겁니다.〉

극적으로 찬성의 뜻을 표명하지 않는 사람은 즉시 첩자라는 소리를 듣거나 심지어는 반역자라는 소리까지 듣게 됩니다. 자신들을 개선하기보다는 차라리 훌륭한 동료들을 타락시키려는 사람들한테 둘러싸여서 한 개인이 어떤 좋은 일을 할 수 있겠습니까? 그들한테 유혹을 당하든지, 아니면, 혹시 정직과 순수성을 잃지 않는다면 남들의 부정과 광기를 가려 주는 역할이나 하게 되겠지요. 정책에 간접적으로 영향을 미친다니! 절대로 그렇게는 안 됩니다.

바로 이러한 이유로 플라톤은 매우 적절한 비유를 들면서 현자가 정치에 관여하지 않는 것은 옳은 일이라고 단언합니다. 비에 젖어 걸어가는 사람들의 무리를 보더라도 현자는 비를 피해 실내로 들어가도록 그들을 설득할 수 없습니다. 밖으로 나간다면 자기도 그들과 더불어 비에 젖는 것 이외에는 달리 아무런 도움도 되지 못한다는 것을 현자는 알고 있습니다. 그리하여 다른 사람들의 어리석음을 치유할 수 없기 때문에 현자는 실내에서 젖지 않은 상태로 있는 것에 만족합니다.[70]

그러나 모어 선생님, 내가 생각하고 있는 바를 말씀드리자면, 사유 재산이 존재하는 한, 그리고 현금이 모든 것의 척도인 한, 나라를 공평하고 행복하게 통치한다는 것은 불가능합니다. 왜냐하면 삶의 최상의 것들을 최악의 시민들이 쥐

<hr>

70 플라톤의 『공화국』에서 인용. 현자는 정치에 간여하지 않아야 할 뿐만 아니라 공무도 맡지 않고 심지어 결혼까지도 피해야 한다는 태도는 많은 수의 초기 인문주의자들의 특징이었다.

고 있는 상황에서 정의란 존재할 수 없기 때문입니다. 또한 재산이 소수에게 한정되어 있는 상황에서 그 소수는 항상 불안해하고 다수는 완전히 비참하기 때문에 어느 누구도 행복할 수가 없습니다.

그리하여 나는 유토피아의 현명하고도 성스러운 제도들을 곰곰이 생각해 봅니다. 최소한의 법으로도 국민들을 썩 잘 다스리는 그 나라에서는 선행이 보상을 받으면서도 모든 것이 균등하게 분배되고 모든 사람들이 풍요롭게 살아갑니다. 끊임없이 새로운 법령을 통과시키면서도 일을 절대로 만족스럽게 처리하지 못하는 다른 많은 나라들과 이 나라를 비교해 봅니다. 다른 나라에서는 사람들이 자기가 벌어들인 것은 무엇이든 모두 자기 사유 재산이라고 말은 합니다만, 그러나 옛 법과 새 법을 모두 동원해도 자기 소유를 보장받거나 보호할 수도 없고, 심지어는 다른 사람의 재산과 구별하는 것도 가능하지 않습니다. 서로 다른 이들이 차례로 또는 동시에 동일한 재산에 대한 자기 권리를 주장하고, 그리하여 수없이 많은 소송이 끝없이 이어집니다. 매일 새로운 소송이 생겨납니다. 이런 모든 일들을 감안해 보면 플라톤에게 더욱 공감하게 되고, 그가 소유의 평등한 분배를 거부한 사람들에게 법을 만들어 주기를 거절한 것은 당연하다고 생각됩니다.[71] 현자 중의 현자인 플라톤은 모든 사람들의 복지

71 전하는 바에 의하면, 아르카디아Arcadia와 테베Thebes가 대도시 건설을 목적으로 합병할 당시 플라톤은 입법자가 되어 달라는 요청을 받았다. 플라톤은 공산주의를 조건으로 내세웠고 시민들이 이에 동의하지 않자 청탁을 거절했다.

를 위한 유일한 길은 재화의 완전한 균등 분배에 달려 있다는 것을 간파했던 것입니다. 그러나 재산이 개인에게 속해 있는 곳에서 그러한 평등이 이루어질 수 있을지 의문입니다. 재화가 아무리 풍부하다고 하더라도 모든 사람이 오로지 자기만 사용하려는 목적으로 가능한 한 많이 소유하려고 애를 쓴다면 모든 재화가 소수의 사람들 사이에서만 분배될 것이고 나머지 사람들은 빈곤 속에서 살아야 합니다. 결과적으로 재산이 서로 교체되어야 마땅한 두 종류의 사람들을 보게 됩니다. 탐욕스럽고 사악하고 쓸모없는 부자들과 자신들보다는 모두를 위해서 열심히 일하는 겸손하고 순박한 가난한 사람들이지요.

그러므로 사유 재산이 완전히 사라지지 않는 한 공정하고 올바른 재화의 분배는 있을 수 없으며 국민이 행복하게 살도록 통치하는 국가도 있을 수 없다고 나는 확신합니다. 사유 재산이라는 것이 존재하는 한 수많은 국민이, 그것도 가장 선량한 국민들이, 근심과 걱정의 무거운 짐에서 벗어나지 못하고 압박을 받습니다. 이러한 부담이 어떤 제도를 통해 다소 가벼워질 수도 있다는 것은 인정합니다만, 그러나 완전히 제거될 수는 없다는 점에서는 나의 생각에 변함이 없습니다. 누구도 일정 한도 이상의 토지를 소유할 수 없다든가 일정 액수 이상의 소득을 벌어들일 수 없다는 법을 만들 수 있겠지요.[72]

---

72 로마를 비롯하여 많은 이탈리아 도시 국가들은 의복의 사치성, 하인의 수효, 과시량의 정도 등을 통제하는 일종의 사치 단속법을 여러 차례 통과시켰다. 토지 소유권을 제한하는 토지법도 자주 시도되었다.

아니면, 국왕의 세력이 지나치게 막강해지거나 민중이 지나치게 제멋대로 행동하는 것을 방지하는 법을 만들 수도 있을 겁니다. 매관매직을 불법화하여 직위를 얻기에 부담스러울 정도의 엄청난 벌금을 부과할 수도 있습니다. 그러지 않으면 공직자는 사기나 강탈을 통해서 자기 돈을 되찾으려는 유혹을 느낄 것이고, 현명한 사람들이 맡아야 할 직위를 부자들만이 살 수 있게 될 테니까요. 이런 종류의 법이 정성스러운 간호가 만성 질환이나 불치병 환자에게 미치는 효과만큼의 효력은 가질 수 있다는 점에는 나도 동의합니다. 그리하여 내가 언급한 사회악이 완화될 수도 있고 한동안 경감될 수도 있겠지만, 사유 재산이 존재하는 한 사회악을 치유하여 사회가 건강을 회복하기를 바랄 수는 결코 없습니다. 한 부위를 치유하려고 노력하는 과정에서 다른 부위의 병을 악화시키게 됩니다. 어느 한 사람에게서 무엇인가를 빼앗지 않고서는 다른 한 사람에게 그것을 줄 수 없기 때문에, 어떤 한 증상을 제거한다는 것은 다른 한 증상이 발발하게 하는 원인이 됩니다.」

　「하지만 나는 그 문제를 그렇게 보지 않습니다.」 내가 응수했다. 「내 보기에는 사람들이란 모든 것이 공유되는 곳에서는 만족스럽게 산다는 것이 가능하지 않습니다.[73] 아무도 일을 하지 않는 상황에서 어떻게 생필품이 풍부하겠습니까?

73 이러한 예비 반론은 주로 아리스토텔레스의 『정치론Politics』 제2권의 내용에 근거하고 있다. 대부분의 반론은 만약 당나귀에게 홍당무를 주지 않고 살아가게 하려면 당나귀에게 막대기로 아주 세게 자주 매질을 가해야 한다는 예견으로 환원된다.

소득의 희망이 없으니 일을 할 의욕이 없어지게 되고, 모두가 남에게 의존하려고만 하면서 나태해질 겁니다. 자신에게 부족한 것을 얻기 위해서 열심히 노력한 사람이 자기가 얻은 것을 법적으로 보호받을 수 없게 된다면, 특히 법관들에 대한 존경이나 권위가 상실된 상태에서라면, 지속적인 유혈과 혼란이 뒤따를 수밖에 없지 않겠습니까? 나부터도 모든 면에서 동등한 사람들 사이에서 어떻게 권위가 존재할 수 있는지 상상할 수가 없습니다.」

「그러한 상황에 대해서 생각해 본 적이 없으시든지, 아니면 잘못된 생각만 갖고 계시다면 이 문제에 대해서 그런 식으로 생각하시는 것은 당연합니다. 유토피아에서 그 사람들의 생활 양식과 관습을 나처럼 직접 보셨어야 했습니다. 나는 거기서 5년 이상 살았는데, 그 새로운 세상을 다른 사람들에게 알려 주고 싶은 마음이 아니었더라면 절대로 떠나지 않았을 겁니다. 그 나라를 직접 보셨더라면 그처럼 훌륭하게 통치가 행해지고 있는 나라는 본 적이 없다고 솔직하게 털어놓으셨을 겁니다.」

이 시점에서 페터 힐레스가 한마디 했다.

「그 새로운 나라가 우리가 알고 있는 것보다 더 나은 방법으로 국민을 다스린다고 저를 설득시키기는 어려울 겁니다. 우리의 사고는 그들보다 열등하지 않고 우리의 국가는, 내가 알기로 그들의 국가보다 더 오래됐습니다. 그리고 오랜 경험의 도움으로 우리는 생활의 이기를 많이 개발했고, 인간의 재능으로는 도저히 찾아낼 수 없는 다른 많은 것들도 운

좋게 발견했습니다.」

「한 국가가 얼마나 오랜 역사를 지니고 있느냐는 그들의 역사를 읽을 때 보다 정확하게 판단할 수 있을 겁니다. 그들의 기록을 그대로 받아들인다면, 이곳에 사람이 살기도 전에 그곳에는 이미 도시들이 존재하고 있었습니다. 어느 한 곳에서 인간의 재능으로 발견할 수 있고 행운으로 찾아낼 수 있었던 것들은 다른 곳에서도 동일하게 일어날 수 있는 일들입니다. 사실 타고난 지능에 있어서는 우리가 그들보다 우수하다고 생각합니다만, 근면과 배움에 대한 열정에 있어서는 그들이 우리를 훨씬 앞서 가고 있습니다.

그들의 연대기에 의하면, 그들은 우리가 그곳에 도착하기 전까지, (우리에게 붙인 이름인) 〈적도 너머에서 온 사람들〉에 대해서는 1천2백 년 전쯤에 배 한 척이 폭풍에 밀려서 자기들 섬에 난파되었던 것을 제외하면 한 번도 들어 본 적이 없었습니다.[74] 표류된 로마인과 이집트인 중 몇 명은 그 섬에서 떠나지 않았습니다. 부지런한 유토피아 사람들이 이 한 번의 호기(好機)를 어떻게 이용하였는지 주목하여 보십시오. 그들은 자기들의 〈손님들〉로부터 직접 배우거나, 힌트나 추측을 바탕으로 연구하여 로마 문명의 모든 유용한 기술을 배웠습니다. 단 한 번 유럽인 몇 명이 그곳에 떨어졌다는 단

---

74 315년(『유토피아』가 집필되기 약 1천2백 년 전)에 유럽은 유토피아에 기술이나 사회 조직 면에서 가르칠 것이 없었을 것이다. 그리고 뒤에 밝혀지듯이, 이들 초기 토착민들은 그리스도교에 대해서 당연히 전혀 모르고 있었다. 모어는 이 두 문화가 로마와 이집트 문화에 기초하여 거의 같이 발달하기 시작했다는 점을 시사하려 하고 있다.

순한 사실에서 얻어 낸 이익입니다! 만약 유사한 상황으로 인하여 그 나라에서 누군가가 이곳에 오게 되었다면, 그 일은, 얼마 안 있으면 내가 그 나라에 다녀왔다는 사실이 사람들의 기억에서 사라지게 되듯이 완전히 잊히게 될 것입니다. 단 한 번의 사건을 통하여 그들은 우리가 발명해 낸 모든 것들의 대가들이 되었는데, 우리는 우리 제도보다 우수한 그들의 제도를 받아들이는 데 오랜 시간이 걸릴 것 같습니다. 자진해서 기꺼이 배우려고 하는 그들의 태도야말로, 우리가 지능이나 자원의 측면에서 그들보다 열등하지 않음에도 불구하고 그들의 통치가 우리보다 낫고 그들이 우리보다 더 행복하게 사는 원인이라고 생각합니다.」

「그렇다면 부디 그 섬에 대한 이야기를 우리에게 들려주십시오.」 내가 말했다. 「간략하게 하려고 하지 마시고 지형, 강, 도시, 사람들, 생활 양식, 제도, 법 등등, 즉 당신 생각에 우리가 알고 싶어 하는 모든 것들을 순서대로 설명해 주십시오. 우리가 아직 모르는 것은 당연히 모두 알고 싶어 한다고 생각하시면 됩니다.」

「나로서는 그보다 더 하고 싶은 일이 없지요. 모든 게 머릿속에 생생하게 남아 있으니까요. 하지만 시간이 꽤 오래 걸릴 겁니다.」

「그렇다면 우선 점심 식사를 하러 가시지요. 시간은 얼마든지 있습니다.」

「좋습니다.」 라파엘 휘틀로다이우스 씨가 동의했다.

그리하여 우리는 안으로 들어가 점심 식사를 했다. 식사

후 우리 일행은 같은 자리로 되돌아가서 벤치에 앉았다. 나는 하인들에게 아무도 우리를 방해하지 못하도록 지시했다. 페터 힐레스와 나는 라파엘 휘틀로다이우스 씨에게 이야기를 해주겠다는 약속을 이행하라고 재촉했다. 우리가 자기 이야기를 무척 듣고 싶어 한다는 것을 보자 휘틀로다이우스 씨는 말없이 앉아 잠시 생각에 잠겨 있다가 이윽고 다음과 같이 시작했다.

제2권

유토피아의 지리

유토피아인들이 사는 섬은, 중앙이 너비 2백 마일로 가장 넓고, 양쪽 끝 부분이 가장 좁습니다. 섬 전체가 5백 마일의 곡선을 그리며, 양쪽 끝이 서로 가까이 마주하고 있어서 초승달 모양을 하고 있습니다. 11마일쯤 서로 떨어져 있는 초승달의 양쪽 끝 부분 사이로 바닷물이 들어와서 넓은 만이 형성되어 있지요. 빙 둘러싼 육지가 바람을 막아 주므로 이 만은 물살이 거칠 때가 없고 마치 거대한 호수처럼 고요하고 잔잔합니다. 그리하여 해안 내부가 하나의 거대한 항구이고 선박들이 어느 방향으로나 나갈 수 있어서 이 나라 사람들에게는 대단한 득이 됩니다. 한쪽은 수심이 얕고 다른 한쪽은 암초들이 많아서 만으로 들어오는 입구는 매우 위험합니다. 해협의 중심부에 그 자체로는 전혀 위험하지 않은 큰 바위 하나가 물 위로 솟아 나와 있는데, 그 바위 위에 누각을 지어 수비대를 배치해 놓았지요. 다른 바위들은 물 밑에 있기 때문에 항해에 매우 위험합니다. 이 해협의 특징은 유토피아 사람들만 알고 있어서 이방인들은 현지 안내인 없이는 만의 내부로 들어오기가 힘들고, 현지인조차 해안에 있는 안표(眼標)의 도움이 없이는 안전하게 들어올 수가 없습니다. 그리하여 적의 함대가 쳐들어올 경우에는 이러한 안표의 위치를 이동하여 아무리 큰 적의 함대라도 파괴되도록 유인할 수 있습니다.

섬의 외부에도 항구가 몇 개 있지만 해안이 원래 바위투성이로 험악해서 소수의 수비병으로도 막강한 군대의 공격을 물리칠 수 있을 정도로 아주 훌륭하게 요새화되어 있습니다. 이곳 사람들 말에 의하면 (섬의 지형이 이 말을 입증하는데) 이 땅이 원래 섬이었던 것은 아니었습니다. 그리고 이 나라를 정복하고 (원래는 아브락사[75]라고 불리었던) 나라 이름을 자기 이름으로 명명한 유토푸스가 거칠고 무례한 이곳 원주민에게 높은 수준의 문화와 인간애를 심어 주어서 지금은 다른 어느 민족보다 그러한 면에서 뛰어납니다. 이 나라에 상륙하여 우선 원주민을 진압한 후, 유토푸스는 대륙과 연결되어 있던 부분에 15마일 너비의 해협을 파서 바다가 이 나라를 둘러싸게 만들었습니다.[76] 유토푸스는 피정복자들이

75 〈아브락사*Abraxas*〉라는 말은 기원전 2세기 알렉산드리아 출신으로 로마에 간 영지주의자 바실리데스Basilides의 추종자들이 여러 바위에 새겨 놓은 것으로서 그 의미를 정확히 아는 사람은 아무도 없다. 이 단어를 형성하는 그리스 문자의 합은 365라는 숫자에 상응한다.

76 페르시아의 황제 크세르크세스Xerxes가 기원전 480년에 그리스를 침공하면서 지협을 만들어서 자국의 함선을 통과시키려고 아토스Athos산에서

노역을 수치로 생각하지 않도록 자신의 병사들도 이 거사에 참여하게 하였습니다. 수많은 사람들에게 작업이 분배되었기 때문에 사업은 신속히 끝났고, 어리석은 짓이라고 처음에는 비웃던 이웃 나라 사람들도 유토푸스의 성공에 경이와 공포를 느꼈습니다.

이 섬에는 규모가 크고 웅장한 도시가 모두 쉰네 개가 있는데, 언어와 관습과 제도와 법이 모두 동일합니다. 지리적인 여건이 허용하는 한도 내에서 모든 도시들이 동일한 설계로 건설되었기 때문에 외양도 동일합니다. 도시 간의 거리는 가장 가까워도 최소 24마일이고 가장 멀리 떨어져 있는 곳도 걸어서 하루 안에 갈 수 없을 정도로 멀지는 않습니다.[77]

1년에 한 번, 도시마다 가장 연로하고 경험 많은 시민 세 명을 아마우로툼[78]에 보내서 섬 전체의 공익에 관한 문제들을 상의하도록 합니다. 아마우로툼은 섬의 옴팔로스[79] 부근

이와 유사한 일을 행했다는 이야기가 있다. 이 비유 자체로는 별 의미가 없을지 모르지만, 나중에 모어가 유토피아인들과 페르시아인들 사이의 연관성을 강조하고 있는 것은 사실이다.

77 의도적인 모순임이 분명하다. 뛰어난 운동선수가 새벽부터 황혼 녘까지 최대한의 속도로 걸었을 때 24마일을 갈 수 있을 것이기 때문이다. 즉 도시 간의 〈최소〉와 〈최대〉 거리는 거의 동일하다.

78 아마우로툼Amaurotum은 그리스어로 〈검은 도시〉라는 의미이다. 12세기 말에 파리 대학에서 철학과 신학을 가르쳤던 아모리 드 벤Amaury de Bène은 교황 인노첸시오 3세에 의해 파문당했다. 〈자유로운 영혼*Free Spirit*〉을 신봉하는 그의 추종자들은 〈아마우리안Amaurians〉이라 불리었는데, 여기에서의 〈아마우로툼〉과는 우연의 일치인 듯싶다.

79 옴팔로스*omphalos*는 고대 그리스의 아폴로 신전에서 세계의 중심으로 여겨졌던 원주형 돌이다. 그리스어로〈배꼽〉이라는 이 말은 한 나라의 정신적 중심일 뿐만 아니라 지리적으로도 중앙이라는 의미를 지니고 있다.

에 위치한 주요 도시로서, 다른 모든 지역에서의 왕래가 편리하다는 이유로 이 나라의 수도 역할을 합니다. 모든 도시는 토지를 넉넉하게 할당받아서 사방으로 적어도 10마일에 걸친 농지를 보유하고 있으며, 중앙에서 멀리 떨어져 있는 도시들은 더 많은 토지를 부여받습니다. 토지 경계선을 확장하고 싶어 하는 도시는 전혀 없는데, 그 까닭은 주민들이 스스로를 지주라고 간주하기보다는 훌륭한 소작인으로 생각하기 때문이지요. 시골 전역에 걸쳐 일정한 간격으로 주택을 건설하고 농기구들도 비치하여 둡니다. 이들 주택에는 시골에 오는 도시 사람들이 교대로 거주합니다. 모든 시골 주택에는 최소한 마흔 명의 남녀와 두 명의 노예가 함께 기거합니다. 진지하고 성숙한 남녀 감독관이 각 가구를 책임지고 있고, 서른 가구마다 필라르쿠스[80] 한 명이 배치됩니다. 시골에서 2년 동안의 농사일을 마친 사람들은 해마다 가구당 스무 명씩 도시로 돌아가고, 그 자리는 1년 동안 이미 시골에 살아서 농사일에 보다 숙련된 사람들로부터 일을 배우게 하기 위해 도시에서 보낸 스무 명으로 채워집니다. 그리고 이들은 그다음 해에 도시에서 오는 사람들을 가르치게 됩니다. 만약 농사일에 대해서 모든 사람들이 동등하게 무지하고 또 그 일이 모두에게 처음 해보는 일이라면 사람들의 무지로 인하여 농작물이 피해를 입게 되겠지요. 농지 인력 교체의 이 같은 관습은 확고하게 설립되어 있는 제도여서 그

---

80 필라르쿠스*phylarch*는 그리스어로 〈부족*phylon*〉의 〈머리*arche*〉, 즉 〈부족장〉이다.

누구도 그렇게 힘든 일을 자기 의사에 반하여 2년 이상 해야 할 필요는 없으나, 시골에 간 사람들 중에서 기질적으로 농경 생활에서 기쁨을 느끼는 많은 이들은 더 오래 체류하기를 요청하기도 합니다.

농부들은 밭을 갈고 가축을 기르고 나무를 베서 육로나 수로나 가장 편리한 길을 이용하여 도시로 운송합니다. 이들은 아주 뛰어난 방법으로 엄청난 수효의 닭을 칩니다. 일정한 온도로 따뜻한 장소에서 달걀을, 암탉이 아니라 사람이 부화시킨답니다. 껍질을 깨고 나오자마자 병아리는 사람을 보게 되고, 사람을 따라다니고, 그러면서 친어미 대신에 사람에게 정을 쏟게 됩니다.

이들이 기르는 말의 수효는 적지만 모두 혈기가 왕성한 말들이고, 이는 젊은이들을 위한 마술(馬術) 연습용으로만 사용합니다. 경작이나 운반처럼 힘든 일은 소를 이용하는데, 단거리 운반에 소가 말보다 열등하다는 것에는 이들도 동의하지만, 말과 비교해서 소는 무거운 짐을 지고 더 오래 버틸 수 있고 (이들 생각에는) 병에 잘 걸리지 않기 때문에 기르는 데 비용이나 수고가 덜 듭니다. 게다가 소는 너무 늙어서 일을 못 하게 되면 고기로 사용할 수 있습니다.

곡물은 빵을 만드는 데에만 사용합니다. 음료수로는 포도주, 배나 사과주 또는 물을 마시며, 물에는 꿀이나 이곳에서 많이 생산되는 감초를 타서 마시기도 합니다.[81] 이들은 각 도시와 그 주변 지역에서 소비하는 곡물의 양을 정확하게 알고 있지만, 그럼에도 불구하고 자신들이 필요로 하는 것보다 훨

썬 더 많은 양의 곡물과 가축을 산출하여 잉여물은 이웃 사람들과 공유합니다. 시골 사람들이 필요로 하는 물품으로서 시골에서는 생산이 가능하지 않은 것들은 도시 행정 관리에게 요청하며, 이에 대해서는 지불할 필요도 없고 교환할 필요도 없으므로 자신들이 원하는 것을 아무런 불편 없이 얻을 수 있습니다. 시골에 사는 사람들도 어차피 한 달에 한 번은 성일(聖日)을 지키기 위해서 도시에 갑니다. 추수기가 다가오면 시골에 있는 필라르쿠스는 필요한 일손의 수효를 도시 행정 관리에게 통보합니다. 추수를 도울 일꾼들의 무리가 적시에 도착하면, 날씨가 좋은 날엔 대체로 하루 만에 수확이 끝납니다.

도시, 특히 아마우로툼

유토피아의 도시들은 지형 자체로 인한 차이를 제외하면 모두 동일하기 때문에 도시 하나를 알면 모든 도시를 알게 됩니다. 그러므로 그중에서 하나를 묘사하지요, 아무거나. 그러나 아마우로툼을 설명하는 것이 가장 의미가 있을 것 같습니다. 연례 회의에 참석하도록 대표들을 이곳으로 보내

81 유토피아인의 음료수 목록에 맥주가 포함되어 있지 않다는 것은 주목할 만하다. 맥주가 포도주보다 양조 과정이 수월하고 잉글랜드 노동자의 취향에 더 어울리기 때문에 모어는 이를 불필요한 유혹으로 간주했을 가능성이 있다. 유토피아인의 마시는 습관은 맥주에 익숙한 농사꾼에게보다는 중산층에게 속하는 습관이다.

는 다른 도시들에서도 이 도시의 명성은 모두 인정하는 바이고, 또한 내가 5년 동안 내내 살았던 곳이기에 가장 잘 알고 있는 도시이니까요.

자 그럼, 아마우로툼은 거의 정방형의 형태로 경사가 완만한 언덕에 자리 잡고 있습니다. 언덕마루 밑에서 시작하여 아니드루스[82] 강까지 약 2마일 정도 이어지다가 강둑을 따라서 그보다 약간 더 길게 펼쳐져 있습니다. 아니드루스 강의 발원지는 아마우로툼에서 80마일 정도 위에 있는 작은 샘이지만 여기에 다른 지류들이 합류하게 되고, 그중 두 개는 꽤 큰 지류라서 물줄기가 아마우로툼을 지나칠 쯤에는 강의 폭이 반 마일 정도나 됩니다. 강의 폭은 계속 넓어지면서 60마일 정도 흐르다가 바다에 합류됩니다. 아니드루스는 바다와 도시 사이를 이으면서 흐르고, 도시를 지나서도 몇 마일 흐르는 간만(干滿)이 있는 강이기 때문에 여섯 시간마다 조수 간만의 급류가 흐릅니다. 밀물 때는 담수를 밀어내면서 30마일 정도가 소금물로 가득 찹니다. 거기서 몇 마일 더 나아가서도 물에 약간 소금기가 있지만 도시를 지나가고 나서는 항상 담수가 흐르고, 썰물 때는 바다에 합류될 때까지 강물이 맑습니다.

강의 양쪽 둑은 다리로 연결되어 있고 이 다리는 목재가

---

82 아니드루스Anidrus는 그리스어로 〈물이 없는waterless〉이라는 뜻이다. 아마우로툼에 관한 많은 세부, 즉 도시의 위치가 호수가 드는 강을 끼고 있다든가, 장소는 다르지만 다리가 석교(石橋)라는 등의 사항들은 런던을 연상시킨다. 이 도시에 식수를 공급하는 샛강까지도 런던에 있는 플리트Fleet 강과 흡사하다.

아니라 아치 모양의 단단한 석재 위에 세워져 있습니다. 이 다리는 바다에서 가장 멀리 떨어진 지점인 도시 위쪽에 자리 잡고 있기 때문에 선박들이 아무런 장애물 없이 도시의 부두를 따라 항해할 수 있습니다. 이 밖에도 강이 또 하나 있지요. 특별히 크지는 않지만 물살이 언덕에서 도시 한가운데로 아주 기분 좋고 부드럽게 흘러내려 아니드루스 강으로 이어집니다. 만일 적의 공격을 당할 경우 적이 지류를 차단하거나 우회시키거나 물에 독을 풀지 못하도록 주민들은 도시에서 약간 떨어진 곳에서 발원하여 도시 내부로 흐르는 강의 발원지 주변에 성벽을 쌓아 놓았습니다. 이 강물은 타일 파이프를 통하여 도시 저지대 여러 곳에 공급됩니다. 지형으로 인하여 이것이 실행 불가능한 지역에서는 천수조(天水槽)에 모아 놓은 빗물을 사용하는데, 이 방법도 전혀 나쁘지 않습니다.

도시는 두껍고 높은 벽으로 둘러싸여 있고 망루와 보루도 많습니다. 또한 이 정방형 도시의 삼면은 가시나무로 가득한 넓고도 깊은 마른 도랑과 접해 있고, 나머지 한쪽으로는 강물이 흘러서 자연스럽게 해자(垓子)를 형성하고 있습니다. 거리는 수송 수단 이용의 편리와 강풍의 차단을 고려하여 설계되어 있습니다. 도시 건물도 전혀 조야하지 않습니다. 도시 전체가 거리를 마주 보며 나란히 줄지어 서 있는 집들로 한 폭의 그림 같습니다. 거리는 폭이 20피트입니다.[83]

83 내란이나 외세 침략의 역사가 없는 섬나라의 도시치고 아마우로툼은, 모어가 개인적으로 알고 있는 거의 모든 도시들과 마찬가지로 심하게 요새화되어 있다. 모어가 거리의 폭으로 지정한 20피트는 오늘날 우리에게는 어처구니없을 정도로 비좁지만 중세 도시의 거리로서는 대단히 넓은 축에 든다.

각 구역의 중심부에는 주택 뒤쪽에 정원을 지닌 집들이 거리 전체에 길게 늘어서 있습니다.

집집마다 문이 두 개씩 있는데 하나는 거리 쪽으로, 하나는 정원 쪽으로 나 있습니다. 문짝 두 개로 된 문들이라서 들어가기도 쉽고 저절로 닫힙니다. 사유 재산이 없으므로 원하는 사람은 아무나 들어갈 수 있습니다. 그리고 10년마다 추첨을 통해서 집을 바꿉니다.[84] 유토피아 사람들은 자기네들 정원을 무척 좋아합니다. 포도나무, 과일나무, 향초, 각종 꽃나무 등이 어찌나 무성하게 잘 자라는지 그보다 더 아름답고 더 생산적인 정원은 보지 못했습니다. 이 사람들이 정원을 가꾸는 일에 열심인 까닭은 그 일을 즐거워하기 때문이기도 하지만, 〈최우수 정원〉을 선발하는 구역별 경쟁 때문이기도 합니다. 도시 전체에서 정원 일보다 시민들에게 더 유용하고 더 즐거운 일은 없을 겁니다. 그런 이유에서 아마우로툼의 설립자는 정원에 주안점을 두었던 것 같습니다.

처음에 도시 전체를 계획한 사람은 유토푸스 왕 자신이었지만, 도시의 미화나 개선과 같이 한 개인의 살아생전에 완벽하게 해놓을 수는 없는 일들은 후손들이 넘겨받았습니다. 이 섬의 정복과 더불어 1,760년 전에 시작된 이 나라의 역사는 지금까지 기록으로 잘 보관되어 있습니다. 이 기록에 의하면 초기에는 아무 나무로나 집을 짓고 벽은 흙벽이고 지붕은 가파른 초가지붕이어서 오두막이나 오막살이처럼 낮

---

84 유토피아의 이 제도는 사람들로 하여금 물건에 애착을 갖지 않도록 한다는 것이 목적인 듯싶다.

앗다고 합니다. 그러나 지금은 집들이 모두 3층이고 전면은 쇄석(碎石) 위에 돌이나 벽토나 벽돌을 붙여서 보기에 아주 근사합니다. 지붕은 평평하고, 값이 저렴하지만 내화성(耐火性)이 좋고 납보다도 기후에 더 잘 견뎌 내는 일종의 회반죽을 발라 놓았습니다. 바람을 막아 내기 위해서 흔히 창에는 유리를 사용합니다.[85] 그리고 빛이 더 잘 들어오고 바람도 막아 내기 위해서 기름이나 수지(樹脂)를 먹인 리넨을 사용하기도 합니다.

관리

해마다 서른 가구를 한 단위로 하여, 예전에는 시포그란투스라고 불렸으나 지금은 필라르쿠스라고 부르는 한 명의 관리를 선출합니다. 그리고 열 명의 시포그란투스를 관리하는 사람을 예전에는 트라니보루스라고 불렸으나 지금은 수석 필라르쿠스라고 부릅니다. 시포그란투스는 모두 2백 명이고, 이들이 왕을 선출합니다. 이들은 최상의 자격을 갖추었다고 생각되는 인물을 선출하겠다는 선서를 하고 나서 도시의 네 구역에서 내놓은 네 명의 후보자 가운데 한 사람을 비밀 투표로 선출합니다. 왕이 폭정을 시도하려는 의혹을 받지 않는 한 왕위는 종신직입니다. 트라니보루스는 매년 선

---

85 당시 잉글랜드에서는 유리창이 흔한 것이 아니었다. 창에는 주로 기름 친 리넨을 사용하였다.

출되지만 사소하거나 경미한 이유로 교체되지는 않습니다. 이 나라의 다른 모든 공직자들의 임기는 1년입니다.

트라니보루스들은 왕과 이틀에 한 번씩 만나지만 필요에 따라서는 더 자주 만나기도 합니다. 이들은 국무를 논의하지만 혹시라도 개인들 간에 분쟁이 있을 경우에는 가능한 한 신속하게 처리해 줍니다. 트라니보루스들은 항상 사람을 바꾸어 가면서 매일 두 명의 시포그란투스를 원로원에 초대합니다. 공무에 관한 안건은 원로원에서 사흘 동안 논의된 후에야 비로소 결정을 내릴 수 있다는 규칙이 있습니다. 원로원이나 시민 의회 밖에서 공무를 논의하는 것은 사형죄에 해당합니다. 이러한 규칙의 목적은 왕과 트라니보루스가 공모하여 정부를 개조해서 국민들을 노예로 만드는 것을 방지하기 위한 것이라고 합니다. 그리하여 모든 주요 안건들은 우선 시포그란투스들의 시민 의회에 제기되며, 시포그란투스들은 자기들이 대표하는 가구들과 제기된 안건에 대하여 논의한 다음 원로원에 건의합니다. 어떤 문제는 섬 전체 의회에 상정될 때도 있습니다.

원로원 정관에는 안건이 제기된 첫날에는 그 안건을 논의하지 않는다는 조항이 있습니다. 모든 새 안건들은 바로 그 다음 회의에서 논의되지요. 이렇게 하는 이유는 누구든지 머리에 얼핏 떠오른 생각을 불쑥 입 밖에 내놓고 나서, 공익을 엄정히 고려하는 대신에 자신의 어리석은 충동적 견해를 옹호하기 위해서 전력을 다하는 일이 없도록 하기 위해서입니다. 자신이 생각이 짧았고 선견지명이 없었다는 점을 인정하기보다는 차라리 국가의 복지를 위태롭게 하려고 할 정도로 심하게 왜곡되고 파격적인 자존감을 가진 이들도 있다는 것을 이 나라 사람들은 알고 있습니다. 그런 사람들이 처음에 서두르지 않고 신중하게 말하도록 하기 위하여 충분한 예지(叡智)를 가질 시간을 주어야 합니다.

직업

농사일은 남녀 구별 없이 모두가 해야 하는 일입니다. 이 나라 사람들은 어릴 때부터 모두 농사일을 배웁니다. 이론은 학교에서 배우고 실습은 인근 농장에 견학을 가서 배웁니다. 이러한 견학에서는 구경만 하는 것이 아니라 학생들이 직접 일을 합니다.

농사일(이미 말씀드렸듯이 이는 모든 사람들이 하는 일이고) 이외에 사람마다 각기 모직, 리넨의 직물업이나 석공, 철공, 목공 등 자신만의 특수직을 한 가지씩 배워야 합니다. 상당수의 사람들이 종사하는 다른 종류의 기술직은 없습니다.[86] 이 나라 사람들이 입는 옷은, 남녀의 차이와 기혼과 미혼의 차이를 제외하면 수백 년이 지나오도록 스타일이 같습니다.

86 유리그릇, 사기그릇, 책, 조각품, 마구와 말편자, 바퀴, 갑옷, 화살, 선박, 악기, 천문 기구 등을 만드는 사람들이 유토피아에는 없는 것 같아 보인다. 그리고 〈설명이 없는〉 직업들 중는, 이 책에서 〈언급되고 있지는 않으나〉 선원, 판사, 의사, 간호사, 교사, 광부, 음악가, 배관공, 제빵사, 집사 등의 일은 전혀 배우지 않고서도 실제로는 하고 있는 사람들이 있는 듯하다.

옷이 멋있으면서도 몸동작에 방해가 되지 않고 날씨가 덥거나 춥거나 입을 수 있는, 각자 집에서 만들어 입을 수 있다는 좋은 점도 있습니다.

모든 사람이(남자와 마찬가지로 여자도 포함하여) 농사일 이외에 또 하나의 직종을 배웁니다. 여자는 남자보다 약하므로 모직이나 리넨 직조처럼 힘이 덜 드는 일을 하고 남자는 힘이 많이 드는 일을 맡습니다. 일반적으로 아들은 대부분의 경우 타고난 성향에 끌려 부친의 직업을 배웁니다. 그러나 만약 아이가 다른 직업에 관심을 가질 경우에는 아이가 좋아하는 직종에 종사하는 가정으로 입양됩니다. 그런 일이 생길 때는 아이의 부친과 당국은 아이가 근엄하고 책임감 있는 가장에게 맡겨지도록 신중을 기합니다. 누구든지 한 가지 직종을 배우고 나서 다른 일을 하나 더 배우고 싶어 할 경우에는 이와 동일한 허가를 받습니다. 두 가지 종류의 일을 다 배우고 나면, 시에서 둘 중의 어느 하나를 더 필요로 하지 않는 한 자신이 선호하는 일을 선택하여 그 일에 종사할 수 있습니다.

시포그란투스의 주요 임무이자 거의 유일한 임무는 아무도 나태하게 지내지 않고 모두가 자기 일을 열심히 하도록 관리하는 것입니다. 그러나 그 누구도 짐승처럼 아침부터 밤늦게까지 쉬지 않고 힘든 일을 하여 녹초가 되는 일은 없습니다. 실로 노예만도 못한 그런 비참한 삶은, 유토피아를 제외한 모든 나라의 노동자들이 흔히 겪는 삶입니다. 유토피아 사람들은 하루 스물네 시간 중 여섯 시간만 일을 합니다.

정오까지 세 시간 일하고 점심 식사를 합니다. 점심 후에는 두어 시간 휴식을 취한 다음 다시 세 시간 동안 일을 하러 갑니다. 그러고 나서 저녁 식사를 하고 8시에 잠자리에 들어서 여덟 시간 동안 잡니다.

하루 중 일을 하거나 식사를 하거나 잠을 자는 시간을 제외한 나머지 시간들은, 술을 마시며 떠들거나 나태하게 시간을 낭비하지 않는 한 각자가 하고 싶은 일을 열심히 하는 데 사용합니다. 일반적으로 이 시간들은 지적 활동에 활용됩니다. 이 나라에서는 대중을 위한 공개 강의를 새벽에 하는 것이 전통입니다.[87] 학문에 전념하도록 특별히 선택된 사람들은 의무적으로 이 강의에 참석해야 하지만, 남녀 구분 없이 많은 사람들이 자기 관심사에 따라 자진해서 강의를 선택하여 듣습니다. 그러나 지적인 삶에 별 관심이 없는 많은 사람들의 경우처럼 여가 시간도 자기 직업에만 쏟고 싶어 하는 사람들은 누구의 제지도 받지 않고 그렇게 할 수 있으며, 실은 그러한 사람들은 공동체에 특히 유용한 사람들이라는 칭찬을 받습니다.

저녁 식사 후에는 한 시간의 오락 시간이 있습니다. 날씨가 좋으면 정원에서, 추운 겨울날에는 공동 식사 장소인 커다란 회관에서 악기를 연주하거나 대화를 즐기면서 시간을 보냅니다. 이 사람들은 주사위 게임이나 그와 유사한 종류의 유해한 게임에 대해서는 모릅니다. 이들이 하는 것으로

---

87 르네상스 시대 대학에서는 이른 시간인 새벽 5시에서 7시 사이에 수업을 시작했다.

우리의 체스와 별로 다르지 않은 게임이 두 개 있습니다. 하나는 한 숫자가 다른 숫자를 잡아먹는 숫자 놀이입니다. 그리고 다른 하나는 악이 선과 맞서 싸우는 놀이입니다. 이 게임의 설정은 여러 종류의 악이 서로 싸우다가도 선을 향해서는 즉각 연합하여 어떻게 선을 적나라하게 혹은 은밀하게 타도하는지를 보여 주고, 또한 선이 어떻게 악의 힘을 무찌르고 악의 목적을 선하게 바꿔 놓을 수 있는지를 보여 주며, 마지막으로 어떤 수단으로 어느 편이 승리를 거두게 되는지를 보여 주는 것입니다.[88]

여기에서 우리가 되돌아보고 한 가지를 좀 더 주의 깊게 고려하지 않는다면 이 모든 것에서 그릇된 인상을 받을 수가 있습니다. 일하는 데 여섯 시간만 할애하니까 생필품의 공급이 부족할지도 모른다고 생각할 수 있지요. 실은 전혀 그렇지 않습니다. 이들의 노동 시간은 생필품의 생산뿐 아니라 생활의 편리를 도모하는 물품까지 생산하고도 남을 정도로 충분합니다. 다른 나라들에서 인구의 상당 부분이 아무런 일도 하지 않고 살아간다는 사실을 고려하면 이를 쉽게 이해할 수 있을 겁니다. 우선 인구의 절반을 차지하는 여자들의 대부분이 직업을 가지고 있지 않거나, 여자가 일을 하는 경우라면 남편 되는 사람들은 침대에 누워서 코나 골고 있지요. 그리고 신부들과 소위 종교인이라는 게으른 대집단이 있습니다. 여기에다가 모든 부자들을, 특히 신사나 귀족

---

88 도덕이 주제가 되는 이런 종류의 게임들이 르네상스 시대 교육자들 사이에서 유행이었다.

이라는 이름으로 불리는 지주들을 첨가해 보십시오. 이들에게 소속되어 거들먹거리면서 주먹이나 휘두르는 무리인 시종들도 포함해 보십시오. 마지막으로, 나태에 대한 핑계로 병을 가장하고 살아가는 건장하고 원기 왕성한 걸인들의 수효도 계산에 포함하십시오. 그러면 우리의 필요를 충족시키는 물품은 우리가 생각하는 것보다 훨씬 적은 수의 사람들에 의하여 생산된다는 것을 쉽게 알 수 있을 겁니다.

일을 하는 사람들 중에서 정말로 필수적인 일을 하는 사람들의 수효가 얼마나 적은지 생각해 보십시오. 돈이 모든 것의 표준이 되는 곳에서는 오로지 사치와 방탕을 만족시키기 위한 불필요한 직종이 많이 있습니다. 현재 일을 하는 대다수의 사람들을 소수의 직종으로 제한시켜서 실제로 요구되는 편의품과 생필품만을 더욱 많이 생산하도록 한다고 가정해 보십시오. 생산량은 너무 많아질 수밖에 없고, 가격은 떨어질 수밖에 없고, 노동자들은 생계를 유지하기가 어렵게 됩니다. 그러나 쓸모없는 일을 하는 사람들이 모두 유용한 일을 하게 되고, (일을 해서 자신의 소비를 충당하는 사람보다 두 배나 더 많이 소비하는) 나태한 사람들이 모두 생산적인 일을 맡아 하게 된다고 생각해 보십시오. 그렇게 되면 우리의 필요와 편의가 요하는 모든 물품들을 생산하기 위해서, 그리고 참되고 자연스러운 쾌락이라는 조건하에서 우리의 쾌락을 위한 물품의 생산도 포함하여, 한 사람이 일을 하는 데 사용하는 시간의 양이 얼마나 적은지 쉽게 알 수 있을 겁니다.

유토피아에서의 경험은 이것이 명백하다는 것을 입증합니다. 주변 시골을 포함한 각 도시에서 나이와 체력이 일하기에 적합한 성인 남녀 중에서 일을 면제받는 사람은 5백 명이 채 안 됩니다. 이들 중에는 시포그란투스가 포함되어 있으며 법으로 규정된 바에 의하면 이 사람들은 일을 하지 않아도 되지만 동료 시민들에게 모범이 되기를 선호하면서 그 특권을 이용하지 않습니다. 학문에 전념할 수 있도록 영구적으로 일을 면제받는 사람들도 있는데, 이들은 성직자들의 추천과 시포그란투스의 비밀 투표에 의해서 천거된 사람들입니다. 이 학자들 중에서 추천인들의 기대에 미치지 못하는 사람은 다시 일꾼이 됩니다. 반면에 어떤 일꾼이 자기 여가 시간에 진지하게 학문에 몰두한 결과 대단한 성과를 이루면 그 사람은 육체노동에서 벗어나 학자 계층으로 격상됩니다. 이 학자 계층에서 대사, 신부, 트라니보루스가 선출되고, 예전에는 바르자네스라고 불렸으나 이들의 현대 언어로는 아데무스라고 불리는[89] 왕도 여기에서 선출됩니다. 이들을 제외한 인구의 모두가 무용한 직종에 종사하지도 않고 나태하지도 않으니, 하루 일하는 시간이 그토록 짧으면서도 그토록 많이 생산하는 까닭을 쉽게 알 수 있습니다.

이 밖의 몇 가지 필요한 공예 부문에서도 이들의 생활 양식으로 인하여 이들이 부여하는 노동 시간의 총합은 다른 나라에서보다 적습니다. 다른 나라에서는 주택 건설과 보수

---

89 바르자네스Barzanes와 아데무스Ademus는 그리스어로 각각 〈제우스의 아들〉, 〈국민 없는〉의 뜻이다.

작업에 항시 많은 사람들의 노동이 요구됩니다. 부친이 지은 집을 절약을 모르는 자식이 폐허가 되도록 방치하고, 그러면 그 자손은 아주 적은 비용으로 쉽사리 유지될 수 있었을 일에 많은 비용을 들여 가며 보수를 해야 하기 때문입니다. 그뿐만 아니라, 어느 한 사람이 거액을 들여서 훌륭한 집을 지어 놓았을 때조차도 자신의 취향이 더 고상하다고 생각하는 또 다른 사람이 첫 번째 집을 폐허가 되게 방치하고 다른 장소에다 동일한 액수를 들여 다시 집을 짓기도 합니다. 그러나 모든 것이 확실하게 설립되어 있고 공동체가 신중한 규제 하에 움직이는 유토피아에서 새 부지에 새 집을 신축한다는 것은 매우 드문 일입니다. 이들은 피해 복구에 신속할 뿐만 아니라 피해 방지에도 예지를 발휘합니다. 그 결과 건물들이 최소한의 보수로 매우 오랜 세월 동안 끄떡없습니다. 그래서 할 일이 별로 없는 목수들과 석공들은 장차 필요할 때를 대비하여 나무를 다듬고 돌을 깎는 일을 합니다.

이 나라에서는 옷을 만드는 데 얼마나 적은 노동을 요하는지도 생각해 보십시오. 몸에 딱 붙지 않는 작업복은 가죽으로 만들어져 길게는 7년이나 입을 수 있습니다. 외출 시에는 이 거친 옷 위에 망토를 걸칩니다. 나라 전역에 걸쳐 모든 사람들이 동일한 색의 망토를 입으며 이 색은 자연 양모 색깔입니다. 결과적으로 다른 나라 사람들보다 양모를 덜 필요로 할 뿐만 아니라 이들이 필요로 하는 것은 가격이 더 저렴합니다. 주로 리넨을 사용하는데, 리넨 직조가 노동을 가장 최소로 요하기 때문입니다. 리넨 천은 흰 것을 좋아하고 모직은 깨끗한 것을 좋아하며, 옷감의 질감에 대해서는 가격을 매기지 않습니다. 다른 나라에서는 한 남자가 색깔이 다른 네다섯 벌의 모직 망토와 여러 벌의 비단 셔츠를 갖고서도 만족하지 않는가 하면, 모양내는 남자의 경우에는 각각 열 벌이 있어도 충분해하지 않습니다. 그러나 유토피아 사람들은 단 한 벌의 망토로 만족해하며, 그걸로 대개 2년 동안 입습니다. 한 벌 이외에 더 가져야 할 이유가 전혀 없는 것이, 옷이 가외로 더 있다고 하여 추위를 더 잘 견딜 수 있는 것도 아니고 어느 면으로든 옷을 더 잘 입은 것으로 보이지도 않기 때문이지요.

모든 사람들이 유용한 직종에서 일을 하고 아무도 과소비를 하지 않아서 모든 것이 풍족합니다. 보수 작업이 필요한 도로가 생기면 많은 사람들이 길에 나가 일을 합니다. 그리고 이런 종류의 공공사업조차 없을 경우에는, 시민들에게 불필요한 노동은 절대로 강요하지 않기 때문에, 관리들이 하루 노동 시간을 단축시킨다고 선포합니다. 이 나라 헌정(憲政)의 주요 목적은, 모든 시민은 육체노동에 투여하는 시간과 정력을 가능한 한 아끼어 이 시간과 정력을 자유와 정신의 문화를 누리는 데 쓸 수 있도록 하자는 것입니다. 이것이야말로, 이들의 생각으로는 삶의 진정한 행복입니다.

사회 구조 및 재화의 분배

이제 이 나라 사람들의 사회 구조 및 재화 분배의 방식에 대해서, 시민들이 서로를 대하는 방식과 사회 안에서 이들이 재화를 분배하는 방식에 대해서 설명해야겠습니다.

각 도시는 여러 가구들로 구성되어 있고, 각 가구는 주로 혈연관계에 있는 사람들로 구성되어 있습니다. 여자는 성장하여 결혼하면 남편의 집안으로 들어갑니다. 반면에 아들과 손자는 집을 떠나지 않으며 집안 연장자에게 복종해야 합니다. 만약 이 연장자가 맑은 정신을 잃기 시작하는 경우에는 그다음 연장자가 가장이 됩니다. 한 도시가 지나치게 커지거나 작아지는 것을 막기 위하여 (시골을 제외하고) 한 도시 내에 6천 가구 이상은 거주하지 못하며 가구당 최소 열 명에서 최대 열여섯 명의 성인을 포함하도록 법으로 정해져 있습니다. 한 가구 내의 아이들의 수는 물론 제한하지 않지만, 어른들의 경우에는 수가 너무 많으면 성인의 수가 불충분한 가구로 옮겨 갑니다. 이와 마찬가지로 도시 차원에서도 어느 한 도시에 인구가 너무 많으면 그중 일부를 인구가 부족한 도시로 이주시킵니다. 그리고 만약 섬 전체 인구[90]가 일정 한도를 초과할 경우에는 사람도 살지 않고 척박한 인근 대륙 땅에 유토피아 법에 준하여 통치되는 일종의 식민지를

---

90 한 도시에 평균 열세 명의 성인으로 구성된 6천 가구를 (시골에서 사는 사람들과 어린아이들의 수효도 넉넉히 포함하여) 쉰네 개의 도시로 곱하면, 유토피아의 인구는 (노예들의 수효는 계산에 넣지 않고) 대략 1천만 명이다.

건설하고 각 도시로부터 일정 수의 시민을 모집하여 그곳으로 보냅니다. 원주민들 중에서 유토피아에서 간 사람들과 살고 싶어 하는 이들은 받아 줍니다. 그런 식의 합병이 발생할 때는 두 나라 사람들이 서로의 생활 양식이나 관습을 공유하면서 서서히 수월하게 하나가 되어 양쪽 모두에 큰 득이 됩니다. 왜냐하면 이전에는 원주민조차 제대로 먹여 살릴 수 없을 정도로 척박하고 보잘것없어 보이던 땅을 유토피아인들이 자기들의 정책에 따라 경작하여 모두가 넉넉하게 살 만한 양을 산출해 내기 때문입니다. 그러나 만약 원주민들이 유토피아의 법에 따라 살기를 거부할 경우에는 자기들 것이라고 주장하는 땅에서 그들을 쫓아내고, 혹시라도 이에 저항하면 전쟁을 벌입니다. 자신들의 땅은 경작도 하지 않고 황폐하게 방치하면서 자연 법칙에 따라 땅을 갈아먹고 살아야 하는 다른 사람들이 그 땅을 사용하는 것을 금지하는 사람들에게 전쟁을 선포하는 것은 전적으로 정당한 일이라는 것이 유토피아 사람들의 말입니다.[91]

만약 어떤 이유에서 어느 한 도시의 급격한 인구 감소로 인해 다른 도시에 피해를 입히면서까지 충원을 해야 할 정도로 문제가 심각해질 경우에는 식민지의 시민들을 재입국시킵니다. 이 같은 사태는 이 나라 역사상 단 두 차례 발생하였으며, 두 번 모두 무서운 전염병 때문이었다고 합니다. 유토

91 〈원주민들〉은 신이 내려 주신 땅을 올바로 이용할 줄 모르기 때문에 우월한 종족이 그 땅을 차지할 권리가 있다는 가정에 의해 역사의 모든 제국주의가 시작된다고 볼 수 있다.

피아 도시들의 규모가 지나치게 축소되는 것보다는 차라리 식민지가 소멸되는 것이 낫다는 견해입니다.

이제 이 사람들의 생활 양식으로 돌아가 보겠습니다. 이미 말씀드렸듯이, 각 가구의 최고령자가 가장입니다. 아내는 남편에게, 아이들은 부모에게, 연소자는 연장자에게 복종합니다. 모든 도시는 동일한 규모의 네 구역으로 나뉘어 있으며, 각 구역의 중심에는 각종 생필품을 공급하는 시장이 있습니다. 각 가구에서 생산되는 물품이 이곳에 반입되고, 반입된 물품은 종류별로 창고에 비축됩니다. 이 창고에서 각 가구의 가장은 자신이나 가족 구성원이 필요로 하는 것들을, 그 어떤 종류의 지불이나 보상도 없이 원하는 물건들을 가져갑니다. 어떤 물건이든 가져가지 못하게 할 이유가 없겠지요? 모든 것이 풍족한 데다가 혹시라도 어느 누가 필요 이상을 가져갈까 봐 걱정할 까닭도 없으니까요. 물건이 부족하게 될 상황이란 결코 없다는 것을 모두들 알고 있는 터에 어느 누가 필요 이상을 요구한다는 의혹을 받으려고 하겠습니까? 모든 피조물이 탐욕스러워지는 것은 결핍에 대한 공포 때문입니다. 오로지 인간만이 자만심 때문에, 소유의 과시로 타인을 제압하는 것에서 승리를 맛보는 자만심 때문에 탐욕스러워집니다. 그러나 이러한 종류의 악덕은 유토피아의 생활 양식에서는 들어설 자리가 전혀 없습니다.

방금 이야기한 생필품 시장 옆에는 식료품 시장이 있는데, 사람들은 온갖 종류의 채소와 과일과 빵을 여기로 가져옵니다. 생선과 육류와 가금류는 도시 외곽의 지정된 장소에서 흐르는 물로 피와 내장을 제거한 후에 식료품 시장으로 가져옵니다. 도살과 내장 제거 작업은 노예들의 몫이고 일반인들에게는 금지된 일입니다. 피조물이라는 점에서 우리의 동료인 짐승을 도살하는 행위는 인간 본성이 지닐 수 있는 최상의 감성인 연민의 정을 서서히 파괴한다는 것이 유토피아인들의 생각입니다. 그리고 부패로 공기가 오염되고 그로 인하여 전염병이 유발되는 일이 없도록 더럽고 불결한 것은 도시 안으로 들어오는 것을 금하고 있습니다.[92]

구역마다 널찍한 회관이 있는데 회관은 서로 일정한 거리를 두고 위치해 있으며 명칭이 모두 다릅니다. 이 회관에 시포그란투스들이 살고 있지요. 회관마다 양쪽에 각각 열다섯 가구씩 서른 가구가 배정되어 있고 여기에서 함께 식사를 합니다. 각 회관의 집사들은 정해진 시각 시장에 모여서 각자 자신이 담당하고 있는 사람들 수효에 따라 식품을 받습니다.

음식을 분배할 때는 병원에서 치료를 받는 환자들이 우선시됩니다. 도시마다 공립 병원이 네 개 있는데, 모두 성벽에서 조금 떨어진 도시 경계 지역에 설립되어 있으며 작은 마을처럼 보일 정도로 규모가 엄청 큽니다. 병원을 그토록 크게 지은 데에는 두 가지 이유가 있습니다. 첫째는 환자들이 아무리 많더라도 비좁아서 불편을 느끼는 일이 없도록 하자는 것이고, 둘째는 전염병 환자들을 격리시켜 놓을 수 있도록 하자는 것이지요. 병원은 정돈이 잘되어 있고 환자들을

92 중세 시대의 비좁고 혼잡한 도시에서는 이 같은 규정이 필요했었다. 현대에도 도살장은 주로 도시 외곽에 위치하고 있다.

치유하는 데 필요한 것들을 모두 갖추고 있으며 환자들은 다정하고도 세심한 간호를 받습니다. 그리고 매우 노련한 의사들이 항시 대기하고 있습니다. 결과적으로 자신의 의지에 반해서 병원에 오게 되는 사람은 아무도 없지만, 자신의 질환을 집 대신 병원에서 치료받고 싶어 하지 않는 사람도 거의 없습니다.

병원 집사가 의사들이 환자들을 위하여 처방한 음식을 받고 나면 나머지는 각 회관의 인원수에 따라 공평하게 분배됩니다. 특별한 대우를 받는 이들은 왕과 대사제와 트라니보루스들이고, 어쩌다가 대사나 외국인이 있을 경우에는 그들도 예외적인 대우를 받습니다. 사실 외국인들의 수효는 극히 미미합니다만, 그래도 이 나라를 방문하는 외국인들에게는 가구가 완비된 집이 제공됩니다.

점심과 저녁 식사 시간에 맞춰 트럼펫을 불면, 집이나 병원에 누워 있는 환자들을 제외하고 시포그란투스들이 거느리는 모든 사람들이 회관으로 집합합니다. 회관에서 정량의 식사가 끝난 후에는 남은 음식을 개인적으로 집에 가지고 가는 것이 허용됩니다. 그러한 행동을 하는 데 무엇인가 타당한 이유가 있다는 것을 모두들 이해하고 있으니까요. 집에서 식사하는 것을 금하지는 않습니다만, 그렇게 하는 것은 바람직하다고 생각하지 않기 때문에 자처해서 그렇게 하는 이는 아무도 없습니다. 회관에서 편하게 훌륭한 식사를 할 수 있는데 집에서 초라한 식사를 마련하느라고 수고를 겪는다는 것은 어리석은 사람이나 할 일이지요.

시포그란투스 회관에서 특별히 힘들고 지저분한 일들은 모두 노예들이 합니다. 그러나 식사 계획과 음식 준비와 조리는 각 가구의 여인들이 순번제로 돌아가며 맡아서 합니다.[93] 사람들 수에 따라서 서너 개의 식탁에 나누어 앉습니다. 남자들은 벽에 등을 대고 앉고 여자들은 바깥쪽에 앉는데, 혹시라도 임산부가 갑자기 통증을 느끼는 경우가 발생할 때 다른 사람들을 번거롭게 하는 일이 없이 자리에서 일어나 곧장 간호사에게 갈 수 있도록 하려는 것이랍니다. 신생아에게는 요람도 많고 깨끗한 물과 난로가 비치되어 있는 방이 따로 배정되어 있습니다. 그래서 간호사들은 아기들을 눕혀 기저귀도 갈아 주고 옷도 갈아입혀 주고 따뜻하게 난로 가에서 놀게 해주기도 합니다. 아기는 친모가 보살핍니다. 다만 친모가 사망했거나 병이 들었을 경우에는 시포그란투스의 아내가 적절한 보모를 즉시 찾아 줍니다. 이 일은 어렵지 않습니다. 여자라면 누구든 그 일을 자진해서 기꺼이 맡으려고 한답니다. 유토피아인들이 다정함을 높이 칭송하기 때문이기도 하고, 또한 아이도 자기를 보살펴 주는 보모를 친어머니로 여기니까요.

5세 미만의 아이들은 유아실에서 함께 지냅니다. 다른 모

93 평균 열세 명의 성인을 포함한 서른 가구이므로 끼니마다 최소한 390명이 먹을 음식을 마련해야 한다. 여기에 22세 미만의 남자와 18세 미만의 여자들도 포함해야 하며, 이 어마어마한 양의 음식을 준비하는 전후에 노예들은 설거지를 포함한 모든 궂은일을 해야 한다. 그리고 노예들도 물론 먹어야 한다. 그렇다면 각 시포그란투스에서 소모하는 음식의 총량은 한 끼에 최소 7백 명분이 된다.

든 미성년자들은 성별에 관계없이 결혼 연령에 이르기까지 식탁에서 시중을 들지만 그런 일을 하기에 나이가 어리다거나 허약할 경우에는 예외입니다. 이 아이들은 식탁에서 자기들 옆에 앉은 사람이 건네주는 것만 먹을 뿐이고 이들을 위한 식사는 따로 없습니다.

시포그란투스 부부는 식당에서 가장 높은 위치에 놓인 첫 번째 식탁 가운데 자리에 앉습니다. 가장 영예로운 자리인 홀 중앙의 이 식탁에서는 홀에 있는 모든 사람들이 보입니다. 항상 네 사람이 한 그룹이 되어 앉기 때문에 시포그란투스 부부 옆에는 최연장자 중 두 명이 앉습니다. 해당 구역에 교회가 있을 경우에는 사제 부부가 시포그란투스와 동석하여 함께 식사를 주재합니다. 이들 양쪽으로는 젊은이들이 앉고, 이 젊은이들 양쪽으로는 다시 노인들이 앉고, 그런 식으로 자리가 배치되어 있기 때문에 동년배들과 함께 앉으면서도 동시에 다른 연배와도 섞여 앉는 셈이 됩니다. 자리 배정을 이렇게 하는 이유는, 그네들이 설명하는 것처럼 젊은이들이 식탁에서 주고받는 모든 말이나 행동은 양쪽에 앉아 있는 연로자들이 빠짐없이 듣고 볼 수 있으므로, 연로자의 권위와 연로자에게 마땅히 보여야 하는 존경심으로 인해 젊은이들이 바람직하지 못한 언행을 삼가도록 하기 위함입니다.

음식은 위쪽 식탁에서 아래쪽 식탁으로의 순서가 아니라, 확연히 눈에 띄는 자리에 앉은 모든 연로자들을 우선으로 그들에게 가장 좋은 음식을 제공하고 나머지 사람들에게는 똑같이 분배해 줍니다. 연로자들은 모두에게 돌아갈 정도로 충분치는 않은 맛난 음식을, 자기가 주고 싶으면 옆자리에 앉은 젊은이에게 줍니다. 그렇게 함으로써 연로자에게 공경을 표하면서도 평등의 원칙도 지키는 것입니다.

점심과 저녁 식사는 모두 도덕을 주제로 한 글을 읽는 것으로 시작합니다.[94] 그러나 지루하지 않도록 짧게 합니다. 젊은이들의 흥미와 관심을 불러일으키도록 노력하면서 해당 주제와 관련된 대화를 시작합니다. 연로자들은 절대로 대화를 독점하지 않고 젊은이들이 하는 말을 경청할 준비가 되어 있습니다. 사실 연로자들은 식사 시간의 자유로운 대화에서 드러나는 각 사람의 품성과 사고의 특성을 알아내기 위하여 의도적으로 젊은이들이 말을 하도록 유도합니다.

점심 식사는 간단하지만 저녁 식사는 종류가 다양한 편인데, 그 이유는 점심 식사 후에는 일을 해야 하지만 저녁 식사는 소화에 특히 좋은 휴식과 취침으로 이어지기 때문이라고 합니다. 식사 시간에는 항상 음악이 나오고 후식이 부족한 경우는 절대 없습니다. 식사 중에는 향을 피우고 향수를 뿌리며, 식사 시간을 즐거운 자리로 만들어 주는 것이라면 빠짐없이 모두 행합니다. 해가 되지 않는 한 모든 종류의 즐거움이 허용된다고 생각하기 때문입니다.

이것이 도시에서의 일반 생활 양식이고, 이웃들과 멀리 떨어져 사는 시골에서는 각자 자기 집에서 식사를 합니다. 도시 사람들이 먹는 것들이 실은 모두 시골에서 가져가는 것

94 인문주의자들이 좋아했던 이러한 사회 관습은 고전주의와 금욕주의에 근원을 둔 것이었다.

이기 때문에 시골에서 음식이 부족한 집은 전혀 없습니다.

여행과 교역

다른 도시에 있는 친구를 방문하고 싶거나 시골에 그냥 가보고 싶은 사람은, 집에서 자기를 필요로 하는 특별한 상황이 아니면 시포그란투스와 트라니보루스에게서 쉽게 허락을 받을 수 있습니다. 여행자들은 여행 허가와 돌아올 날짜가 명시된 군주로부터의 편지를 지참하고 단독으로가 아니라 그룹으로 떠납니다. 우마차 한 대와 마차를 끌고 갈 노예 한 명이 제공되지만 일행 중에 여인이 없는 경우에는 마차를 불필요한 짐으로 간주하여 대개는 마차 없이 여행합니다. 아무것도 지참하지 않고 여행을 합니다만, 어디나 자기 집처럼 편안하기 때문에 어디에서든 부족한 것이라고는 전혀 없습니다. 한 장소에서 하루 이상 머무는 경우에는 그곳에 있는 자기 직종의 장인의 일터에서 일을 하며 주인은 객을 기쁘게 맞이합니다.

허가 없이 자기 구역을 떠났다가 군주의 편지를 지참하지 않은 상황에서 체포되는 경우에는 경멸의 대상이 되며 도주자로 간주되어 엄중한 처벌을 받습니다. 그러한 일을 반복해서 시도한 무모하기 짝이 없는 사람은 노예로 만듭니다. 자신의 구역을 돌아다니면서 탐사하고 싶은 사람은 우선 자기 아버지의 허락과 아내의 동의를 얻어야 합니다. 그러나 시골 어디를 가든 오전이나 오후에 해당하는 작업량을 완수하지 않으면 먹을 것을 얻지 못합니다. 이러한 조건이 있기 때문에 자신의 구역 내에서는 가고 싶은 곳에 얼마든지 갈 수 있지만 어디를 가든 공동체에 유용한 존재라는 점에서는 자기 집에 있을 때와 동일합니다.

이렇듯 유토피아인들에게는 빈둥거리거나 시간을 낭비할 기회가 없으며 일을 회피할 구실도 없고, 술집도 없고 맥줏집도 없고 사창가도 없고, 타락할 기회도 없고, 숨을 곳도 없고, 비밀리에 만날 장소도 없습니다. 만인이 보고 있는 상황에서 살고 있기 때문에 일상적인 자기 일을 하든지 아니면 건전한 방법으로 여가를 즐길 수밖에 없습니다. 그러한 생활 양식의 결과로 삶에 유용한 것들은 당연히 풍족하게 되고, 따라서 그 누구도 빈곤하다거나 구걸을 해야 하는 일은 절대로 없습니다.

아마우로툼 연례 모임에서(앞에서 언급했듯이 이 모임에는 각 도시에서 세 명의 대표가 참석합니다) 참석자들은 지역별로 물자의 결핍과 잉여를 알아보기 위해서 섬 전체를 점검해 본 후, 결핍을 잉여로 신속하게 충당시킵니다. 이는 전혀 조건 없는 선물이므로 주는 사람들은 받는 사람들로부터 아무 대가도 받지 않습니다. 어느 한 도시의 결핍을 무상으로 보충해 주는 도시 또한 다른 도시로부터 자기들의 결핍을 무상으로 보충받으니, 섬 전체가 마치 한 가족과도 같습니다.

자신들을 위하여 충분한 양을 비축해 놓고 나서(다음 해의 수확이 항상 불확실하므로 이 비축량은 2년 동안의 소비량이어야 한다는 것이 그들의 생각입니다) 잉여 물자는 다른 나라에 수출합니다. 수출 품목으로는 가축을 포함하여 엄청난 양의 곡물, 꿀, 양모, 대마, 목재, 진홍색과 보라색 염료, 수피(獸皮), 밀랍, 수지, 가죽 등이 있습니다. 수출 화물의 7분의 1은 수입국의 빈민들에게 무상으로 제공하고 나머지는 적당한 가격에 넘기면서 그 대가로 자국에서 부족한 물품들(이들에게 없는 중요한 품목인 철)뿐만 아니라 막대한 양의 금과 은을 받습니다. 이들은 아주 오랫동안 무역을 해오면서 우리의 상상을 초월하는 양의 귀금속을 축적해 놓았습니다. 그 결과 이제는 수출 시의 거래가 현금이든 외상이든 상관치 않으며, 실제로 대부분의 지불이 약속 어음의 형태로 행해지고 있습니다. 그러나 이 모든 거래에서 개인을 신용하는 일은 절대로 없고 해당 시가 공적으로 책임질 것을 요구합니다. 지불 날짜가 오면 해당 시는 개인 채무자로부터 빚진 금액을 걷고, 걷은 돈은 시 금고에 예치하고, 유토피아인들이 지불을 요구할 때까지 이 돈을 사용[95]합니다. 실제로 유토피아인들은 대부분의 경우에 지불을 요청하지 않습니다. 자신들에게는 필요하지 않은 것을 진정으로 필요로 하는 사람들로부터 받아 간다는 것은 옳지 않다는 것이 그들의 생각입니다. 그러나 어떤 나라에 돈을 빌려 주고 싶으면,

---

95 여기에서의 〈사용〉은 영어본 〈use〉의 한역이고, 〈use〉는 라틴어 〈usura〉의 영역이다. 모어의 세상에서 돈을 사용한다는 것은 이자를 받고 돈을 빌려 주는 행위이다.

그런 경우에는 돌려받습니다. 그리고 이는 전쟁을 해야 하는 경우에도 해당됩니다. 이들이 그토록 막강한 재화를 보유하고 있는 유일한 이유는 극도의 위험이나 예기치 않은 비상사태에 대비하기 위해서입니다. 전시에는 자국민들 대신에 외국 용병을 전쟁터에 보내기 때문에 이들의 재화는 무엇보다도 외국 용병을 고용하는 엄청난 금액에 사용됩니다. 액수만 충분하면 적의 군사도 매수할 수 있고 비밀리에 혹은 공공연히 자기들끼리 서로 다투게 할 수도 있다는 것을 이들은 잘 알고 있습니다.

금과 은

　이러한 이유에서 유토피아인들은 막대한 재화를 축적하고 있지만 그렇다고 이를 보물처럼 간직하고 있는 것은 아닙니다. 아마 내가 하려는 말을 믿지 않으실 테니까, 이 사람들이 보물을 어떻게 취급하는지 말씀드리기가 퍽 거북합니다. 누가 나한테 그 이야기를 했다면 나도 믿지 않았을 겁니다. 그러나 나는 거기서 내 눈으로 직접 보았습니다. 어떤 일이든 자신에게 익숙한 것과 다르면 다를수록 그만큼 더 받아들이기가 어려운 법이지요. 그러나 이들의 다른 모든 관습이 우리와 그토록 다르다는 것을 감안하면, 이들이 금과 은을 우리와는 완전히 다르게 사용한다는 사실에 지각 있는 사람이라면 놀라지 않을 겁니다. 어차피 이네들은 자기들끼리는 절대로 돈을 사용하지 않으며, 돈을 보유하고 있는 유일한 이유는 실제로 발생할 가능성이 있을지도 모르는 만일의 사태에 대비하기 위한 것입니다. 그리하여 평화 시에는 그 누구도 돈을 만드는 재료인 금과 은을 이들 금속 자체가 지니고 있는 가치 이상으로 평가하는 일이 없도록 만전을 기합니다. 금이나 은보다, 예를 들어 철이 훨씬 더 가치가 있다는 것은 누구나 잘 알고 있습니다. 불이나 물 없이 살 수 없는 것과 마찬가지로 철 없이도 살 수 없습니다. 그러나 금이나 은은, 각각의 속성을 감안해 볼 때 우리가 그것들 없이는 살 수 없는 기능을 지니고 있지 않습니다. 인간의 어리석음이 금과 은이 희귀하다는 이유로 그것들을 귀중한 것으로 만들어 놓은 것입니다. 매우 현명하고 항상 베풀어 주시는 어머니처럼 자연은 공기와 물과 흙처럼 인간에게 가장 중요한 것들은 모든 곳에 눈에 띄게 놓아 주었지만 헛되고 무용한 것들은 모두 외진 곳에 감추어 놓았습니다.

만약 유토피아에서 금과 은을 어느 탑 속에 넣고 잠가 두었다면 일반인들 가운데 무지한 사람들은 왕과 원로원 의원들이 평민들을 속이고 자기들만 이익을 보려고 한다는 이야기를 지어냈을지도 모릅니다. 사실 유토피아에서는 금과 은으로 아름다운 접시나 화려한 공예품을 만들 수도 있겠지만, 그렇게 되면 군인들의 급료를 위해 그것들을 녹여야 할 필요가 있을 때 그런 물건들에 이미 애착을 갖게 된 사람들은 그것들을 포기하고 싶어 하지 않을 것입니다. 이러한 상황을 방지하기 위하여 이들은 자기들의 제도에 부합하는 것으로서 우리의 제도와는 뚜렷하게 대비되는 아이디어 하나를 고안해 냈습니다. 이것을 실제로 목격하지 않으면 우스 꽝스러운 아이디어로 보일지도 모릅니다. 우리는 금을 매우 높이 평가하고 무척 신중하게 간직하니까요. 그러나 유토피아인들은 우리와 정반대입니다. 음식과 물은 담는 그릇으로는 훌륭하게 만들어졌지만 값이 저렴한 도기 그릇과 유리잔을 사용하고, 요강과 변기는 (공동 회관이나 개인 집에서 사용하는 가장 변변찮은 용기들 모두) 금과 은으로 만듭니다. 노예를 묶는 사슬이나 묵직한 족쇄도 금이나 은으로 만듭니다. 마지막으로, 범죄자들은 죽을 때까지 수치스러운 행위의 표시로 귀에는 금귀고리를 달고, 손가락에는 금반지를 끼고, 목에는 금목걸이를 걸고, 머리에는 금관까지 써야 합니다. 이렇듯 유토피아인들은 생각해 낼 수 있는 모든 방법을 동원하여 금과 은을 경멸의 대상으로 취급합니다. 그 결과 다른 나라 사람들이라면 내장을 들어낸 것처럼 고통스러워하면서 포기할 금과 은이 이 나라 사람들에게는 그 손실이 동전한 닢을 잃은 것처럼 아무렇지도 않습니다.

해안에 진주가 있고 어느 절벽에는 다이아몬드와 루비가 있다는 것을 이 나라 사람들은 알고 있지만 그런 것을 찾으려는 목적으로 해안이나 벼랑에 가는 일은 절대로 없습니다. 어쩌다가 그것을 손에 넣게 되면 윤이 나게 잘 닦아서 아이들에게 줍니다. 어린아이들은 그렇게 번쩍거리는 장식품을 아주 좋아하고 그런 물건을 가진 것을 자랑스러워하지만, 좀 더 나이를 먹으면 그런 장난감은 아기들이나 좋아한다는 것을 알게 되어 손에서 놓습니다. 부모들은 아무런 말도 할 필요가 없습니다. 우리 아이들이 나이를 먹으면 딸랑이나 구슬이나 인형을 멀리하듯이, 이 나라 아이들은 나이를 먹으면 번쩍이는 보석들이 자기들 나이에 걸맞지 않다고 부끄러워하면서 그것들을 멀리합니다.

〈관습이 다르면 감정도 다르다〉는 격언은 내가 그 나라에 있을 때 아마우로툼을 방문한 아네몰리우스 대사들의 경우에 가장 잘 어울립니다.[96] 중요 업무를 논의하기 위한 방문이었기 때문에 원로원에서는 각 도시에서 세 명의 대표들을 사전에 소집해 놓고 있었습니다. 전에 유토피아를 방문한 적이 있어서 이 나라의 관습에 어느 정도 익숙한 인근 나라의 대사들은, 이 나라에서는 의복이 중시되지 않으며 비단은 경시되고 금은 경멸의 대상이라는 것을 알고 있었기 때문에 자기들 옷 중에서 가장 검소한 옷을 입고 왔습니다. 그러나 유토피아에서 멀리 떨어진 나라로서 그때까지 별로 교류도 없었던 아네몰리우스에서 온 대사들은, 유토피아인들 모두 똑같은 옷을 평이하게 입는다는 소리만 들었기 때문에, 당연히 주최 측 대표들은 제대로 입을 옷이 없어서 못 입고 있다고 생각했습니다. 지혜보다는 자만이 더 강한 그들은, 가난한 유토피아인들의 눈이 부시게 만들려고 마치 신들처럼 휘황

96 아네몰리안Anemolian은 그리스어로 〈공허한 사람들*windy people*〉이라는 뜻이다. 우스꽝스러운 아네몰리우스 대사 일행의 이야기는 고대 그리스 시인이자 역사가 루시안Lucian의 대화에 등장하는 것으로 이들은 치렁치렁한 자주색 예복을 걸치고 아테네를 어슬렁거리는 로마 부자의 모습에서 따온 것이 아닌가 싶다.

찬란하게 차려입기로 결정했던 것입니다.

그리하여 이들 대사 세 사람은 각종 색깔의 비단옷을 휘감은 1백 명의 수행원들을 거느리고 거창하게 입장했습니다. 자기 나라에서는 귀족들인지라 이 대사들은 모두 금박 옷을 입고, 목에는 굵직한 금 사슬을 두르고, 금귀고리에 금반지를 끼고, 번쩍이는 보석과 진주를 주렁주렁 늘어뜨린 모자를 쓰고 있었습니다. 사실 이 사람들은, 유토피아에서는 노예를 벌하거나 범죄자에게 수치심을 느끼게 하거나 또는 아기들을 달래는 데 사용하는 것들로 온통 치장을 한 셈이지요. 그들이 지나가는 모습을 보려고 거리로 나온 유토피아 사람들의 의복과 자기들의 화려한 의상을 비교해 보고는 거들먹거리며 활보하는 광경이란 볼만한 구경거리였습니다. 게다가 유토피아인들에 대해 잘못 생각해도 얼마나 엄청나게 잘못 생각했는지, 그리고 원하고 기대했던 대우를 받는 것과는 얼마나 거리가 먼 상황에 있는지를 보는 것도 재미있는 구경거리였습니다. 특별한 이유로 외국을 방문한 적이 있는 극소수의 유토피아인들을 제외하면, 구경하는 사람들은 하나같이 이 찬란하고 현란한 행색을 불명예의 표시로 여겼습니다. 그리하여 군중들은 가장 비천한 하인들을 귀족으로 보고 그들에게는 고개 숙여 인사하고, 금 사슬을 목에 걸고 있는 대사들은 노예로 생각해서 공경의 표시를 전혀 하지 않고 지나가 버렸습니다. 그리고 이제는 더 이상 진주와 보석을 가지고 놀지 않는 아이들이 대사들의 보석 달린 모자를 보고는 자기들 어머니를 팔꿈치로 슬쩍 찌르는 모습도 눈에 띄었습니다. 아이들이 하는 말은 이러했습니다.

「어머니, 저 어른 멍청이 좀 보세요! 어린애처럼 아직도 진주와 보석을 달고 있어요!」

그러나 어머니는, 정말 진심으로 대꾸합니다.

「얘, 조용히 해라, 내 생각에 저 사람은 대사님의 어릿광대야.」

금 사슬이 너무 엉성해서 어떤 노예라도 끊을 수 있고, 또 너무 헐거워서 노예가 원하면 언제든지 벗어 던지고 달아날 수 있기 때문에 아무짝에 소용이 없겠다며 금 사슬의 결함을 지적하는 사람들도 있었습니다. 그러나 유토피아인들 사이에서 2~3일 지내고 난 대사들은 자기 나라에서 귀중하게 취급되는 정도로 여기서는 그만큼 철저하게 경시되는 금이 이 나라에는 엄청나게 많다는 것을 알았습니다. 그리고 도주한 노예 한 명에게 채운 사슬과 족쇄에 들어간 금과 은의 양이 자기들 세 사람의 외양을 치장하는 데 들어간 금과 은보다 더 많다는 것도 알게 되었습니다. 그리하여 다소 기가 죽어서 그들은 그토록 거만스럽게 활보할 때 입었던 화려한 의상을 모두 벗어 버렸습니다. 그리고 유토피아인들과 이야기를 나누고 난 후 이 나라의 관습과 견해를 알게 되자 유토피아인들의 지혜를 이해하였습니다.

도덕 철학

유토피아인들은 사람이라면 누구나 별도 볼 수 있고 태양도 볼 수 있는데 어찌하여 작은 보석이나 밝은 돌조각이 발하는 약한 광채를 보고 기뻐하는지 불가사의해합니다. 특별히 좋은 양모로 만든 옷을 입고 있다는 이유로 자신이 남들보다 더 고귀하다고 생각하는 사람의 어리석음에는 경악합니다. 양모가 아무리 곱다고 해도 한때는 양이 걸쳤던 것이고 지금도 여전히 양에 불과하다는 것이 이 사람들의 말입니다. 그 자체로는 무용한 물품인 금은 어디에서나 하도 높은 가치를 부여받아서 자신의 목적을 위하여 금에 이러한 가치를 부여한 인간 자신은 이제 금보다 가치가 훨씬 적다는 사실에 이 사람들은 놀라워합니다. 어리석은 것에 못지않게 부정직한 데다 나무토막 같은 두뇌를 가진 멍청이가 어쩌다가 막대한 양의 금을 소유하고 있다는 이유만으로 수많은 현자와 선인을 좌지우지한다는 것을 이 사람들은 이해하기 어려워합니다. 그러나 만약 이 멍청이가 (뜻밖에 당하거나 혹은, 법이란 운과 마찬가지로 극단적인 반전을 초래할 수 있으니까, 법적인 사기에 휘말려) 문중에서 가장 비열한 악당에게 전 재산을 빼앗기게 되면, 그는 마치 자기 자신이 금전에 부착되어 있었고 금전을 따라 움직이는 부속물에 지나지 않았던 것처럼 즉시 악당의 하인들 중의 하나가 된다네요. 이보다 더욱 유토피아인들을 경악시키는 것은 부자에게 빚을 진 것도 없고 아무런 의무도 없음에도 불구하고 부자를 거의 숭배하는 사람들입니다. 이런 숭배자들이 감격해하는 것은 단순히 상대가 부자라는 사실입니다. 그런데 부자란 지독히 인색하고 욕심이 많아서 살아생전에는 자신이 쌓아 놓은 돈더미에서 단돈 한 푼도 절대로 남의 손에 들어가게 하지 않는다는 것도 이 사람들은 알고 있습니다.

유토피아인들의 사고방식과 태도는 그러한 어리석음과는 완전히 대조적인 사회 제도 내에서의 성장과 교육과 좋은 독서를 통하여 얻어진 것입니다. 각 도시에서 노동을 면제받고 학문에만 몰두하도록 지정되는 사람들의 수효는 비록 많지 않지만(이들은 어린 시절부터 비범한 두뇌와 학문에의 헌신을 보여 준 사람들입니다), 이 나라에서는 모든 아이들이 좋은 책을 접할 기회를 가지며, 상당수의 사람들은 남녀 모두 일생 동안 여가 시간을 독서로 보냅니다.

이 나라에서는 모든 분야의 학문을 모국어로 연구할 수 있습니다. 유토피아어는 전문 용어가 부족하지 않고, 소리도 불유쾌하지 않으며, 생각을 표현하는 데에도 거추장스러운 점이 전혀 없습니다. 유토피아와 인접한 나라에서는 모두 유토피아어와 거의 비슷한 언어를 사용하지만 나라에 따라서 다소 전와(轉訛)되어 있습니다.

우리가 방문하기 전까지 유토피아인들은 우리들 세상에서는 지극히 저명한 철학자 중 단 한 사람의 이름도 들어 본 적조차 없었습니다. 그러나 음악, 변증, 수학 및 기하의 분야에서는 우리의 과거 대가들이 성취한 업적에 버금가는 업적을 이루어 냈습니다. 그런데 다른 모든 분야에서 우리 선조들과 대등하지만 우리의 현대 논리학자들의 창출품에 필적할 만한 것은 전혀 없습니다.[97] 실제로 이 나라에서는 우리 학생들이 『소(小) 논리학』[98]에서 배우는 한정(限定), 확충(擴充), 가정(假定)에 관한 정교한 법칙들 중 단 하나도 아직 발견해 내지 못했습니다. 이 사람들은 간접 인식에 의한 〈2차 개념〉이라는 것에 대해서는 개념조차 없기 때문에, 아시다시피 〈보편 인간〉[99]이란 어느 거인이나 거상(巨像)보다도 크건만, 내가 손가락으로 가리켜 보여 주었음에도 불구하고 〈보편 인간〉을 머릿속에 떠올릴 수 있는 사람은 아무도 없었습니다. 그런가 하면 이들은 별들의 진로와 천체의 이동에 대해서는 전문적으로 파악하고 있었고, 태양과 달과 자기들이 볼 수 있는 다른 별들의 운행을 극히 정확하게 측정할 수 있는 도구들을 많이 고안해 냈습니다. 그러나 행성들의 상생상극(相生相剋)이나 사기성이 다분한 점성술에 관해서는 꿈에도 생각해 본 적이 없는 사람들입니다. 오랫동안 관찰한 경험을 통하여 이들은 비와 바람과 그 이외의 다른 기상 변화를 예측할 수 있게 되었습니다. 그러나 날씨 변화의 원인, 바닷물의 흐름이나 염도, 창공과 우주의 기원과 본질 등에 대해서는 다양한 의견들을 가지고 있습니다. 일반적으로 이

97 여기에서 모어는 논리학자들과 그들의 과업을 비아냥거리고 있다.

98 『소논리학Small Logicals』은 논리학 교과서이고, 그 저자는 나중에 교황 요한 21세가 된 에스파냐의 페트루스 히스파누스Petrus Hispanus이다.

99 건전한 상식을 기본으로 설정하는 것에 자부심을 갖는 인문주의자를 뜻한다. 모어는 논리학자들의 추상적 개념들을 비웃기 위한 자리로 이 단락 전체를 이용하고 있다.

들은 우리의 고대 철학자들과 같은 방법으로 이러한 문제에 임하고 있지만, 우리의 선조들과 마찬가지로 이들 역시 서로 합의를 보지 못했기 때문에 아직까지는 일반적으로 수용될 만한 이론들을 성립해 놓지는 못한 상태입니다.

도덕 철학 문제에 있어 이들이 벌이고 있는 논쟁들은 우리가 하는 것들과 거의 다를 바가 없습니다. 이들은 육신의 선을 정신의 선과 외양의 선으로부터 구분하면서 선의 본질을 탐구합니다. 그러면서 〈선〉이라는 용어가 이 세 종류에 모두 해당하는가, 혹은 정신에만 적용되는가 하는 질문을 던집니다. 미덕과 쾌락에 대해서도 논의하지만 주요 관심사는 인간의 행복이고, 행복의 구성 요소가 단일한지 혹은 다양한지에 관심을 갖습니다. 이들은 인간의 행복이란 전적으로, 혹은 거의 모두 쾌락으로 구성되어 있다고 생각하는 사람들의 견해를 따르는 경향을 보입니다. 더욱 놀라운 사실은 이러한 쾌락주의적 철학을 엄중하고 무서울 정도로 진지하고 엄격한 자신들의 종교를 통해서 옹호하려고 한다는 점입니다. 이렇게 하는 까닭은 이들이 행복을 논할 때에는 철학적 합리주의에 반드시 종교적 원칙을 결부시키기 때문입니다. 종교적 원칙이 부재하는 상황에서 진정한 행복을 탐구하는 철학은 미약하고 미흡하기 마련이라는 것이 이들의 생각입니다.

이들의 종교적 원칙이란 이렇습니다. 인간의 영혼은 불멸이고, 선하신 하느님의 뜻에 따라 인간은 행복하게 살기 위해서 이 세상에 태어나는 것이며, 사후에는 생전의 덕과 선행에 대해 보상을 받고 지은 죄에 대해 벌을 받는다는 것입니다. 이러한 내용은 다분히 종교적인 믿음입니다만, 이들은 이성이 인간으로 하여금 이를 믿고 받아들이게 인도한다고 생각합니다. 그리고 이들이 서슴없이 덧붙이는 말은, 만약 이러한 믿음을 받아들이지 않는다 하더라도 옳고 그름과 무관하게 즐거움을 추구해도 좋다는 것을 알지 못할 정도로 어리석은 사람은 없다는 것입니다. 그런 사람의 유일한 관심은 작은 즐거움이 큰 즐거움에 방해가 되는 일이 없도록 하고, 불가피하게 고통이 뒤따르는 즐거움은 피하는 것이겠지요. 종교적 원칙이 없다면 혹독하고 고통스러운 덕을 추구하려는 사람은 실제로 온전한 정신을 잃게 될 수밖에 없으며, 삶의 낙을 포기할 것이고, 아무런 득도 기대할 수 없는 고통으로 시달리게 될 것입니다. 만약 죽음 후에 아무런 보상이 없다면, 사람은 자신이 일생을 즐거움 없이 비참하게 살았던 것에 대한 대가를 바랄 수 없기 때문입니다.

사실 유토피아인들은 행복이란 모든 종류의 즐거움에서 찾을 수 있는 것이 아니라 오로지 선하고 정직한 즐거움에서만 찾을 수 있다고 믿습니다. 덕 자체가 우리의 본성을 최상의 선으로 이끌어 가며, 마찬가지로 우리를 그러한 종류의 즐거움으로 이끌어 간다고 이들은 말합니다. 이와는 달리 덕은 그 자체로서 행복이라고 주장하는 학파도 있습니다.

유토피아인들은 덕이란 자연에 따라 사는 삶이라고 정의합니다. 그리고 신은 그러한 목적으로 우리를 창조하셨다고 말합니다. 인간이 이성의 명령에 복종하여 어떤 것은 선택하고 또 어떤 것은 회피할 때 그는 자연에 따르고 있는 것입니다. 이성의 첫 번째 법칙은 우리에게 존재를 부여해 주시고 우리가 누릴 수 있는 모든 행복을 부여해 주신 신을 사랑하고 숭배하는 것입니다. 이성의 두 번째 법칙은 가능한 한 불안에서 벗어나 기쁨으로 충만한 삶을 이어 가면서 다른 모든 사람들도 그러한 삶을 향하여 살아가도록 도와주는 것입니다. 덕의 가장 무감한 찬미자들과 쾌락의 가장 단호한 배척자들은 한편으로 우리에게 노동과 불면과 자책을 요청하면서 동시에 우리가 최선을 다하여 타인의 빈곤과 불운을 감소시켜야 한다고 훈계합니다. 우리가 동료 인간들에게 안락과 복지를 제공하는 것은 특히 칭송할 만한 행위라고 이들은 말합니다. 타인의 고통을 덜어 주고, 그들의 슬픔을 달래 주고, 그들 삶의 모든 비탄을 제거하여 줌으로써 그들에게 기쁨을, 즉 즐거움을 되찾게 하여 주는 것보다 (인간애는 인간에게 가장 알맞은 덕목이므로) 더 인간적인 것은 없습니다. 자, 만약 이렇게 하는 것이 옳은 일이라면, 그렇다면 자연은 왜 우리에게 우리 자신을 위해서도 이와 동일한 일을 하라고 권하지 않을까요? (즐거움의 하나인) 즐거운 삶이라는 것은 좋은 것이거나 아니면 나쁜 것입니다. 만약 나쁜 것이라면, 그것을 얻도록 타인을 도와주어서는 안 됩니다. 해롭고 치명적인 것이므로 가능한 한 모든 이들에게서 즐거움을 빼앗아야 합니다. 그러나 만약 그러한 삶이 좋은 것이라면, 그리고 우리가 타인이 그러한 삶을 살도록 도와주도록 되어 있다면, 아니 도와주어야만 한다면, 그렇다면 우리는 우리가 그 누구에게보다도 보다 더 자비로워야 할 우리 자신을 위해서 우선적으로 그러한 삶을 추구해야 하지 않겠습니까? 자연이 우리로 하여금 우리 이웃들에게 친절하도록 촉구한다는 것이 우리가 우리 자신에게 잔인하고 무자비해야 한다는 의미는 아닙니다. 그리하여 자연은 즐거운 삶을, 즉 즐거움을 우리들 행위의 목표로 규정하고 있으며, 이 규정에 따라 사는 삶이 곧 덕으로 정의되는 것이라고 유토피아인들은 말합니다. 그리고 자연은 우리가 할 수 있는 한 서로의 삶을 보다 더 즐겁게 만들라고 지시하며, 또한 이웃에게 불행을 초래할 정도로 자신의 이익을 탐욕스럽게 추구해서는 안 된다고 끊임없이 경고합니다. 이는 매우 훌륭한 경고입니다. 왜냐하면 자연이 편애한다고 할 정도로 다른 모든 사람들보다 지극히 높은 자리에 있는 사람은 아무도 없기 때문입니다. 자연은 자신이 동일한 형상을 부여한 모든 생명체를 동등하게 소중히 여깁니다.

따라서 유토피아인들은 상호 간의 개인적 합의뿐만 아니라 즐거움의 기본요소인 필수품의 분배를 통제하는 공공의 법도 준수해야 한다고 주장합니다. 이러한 법들은, 올곧고 선량한 왕이 선포하였고 무력이나 사기의 위협을 받지 않은 시민들이 비준하였다는 전제에서 준수되어야 합니다. 이러한 법들이 준수되고 있는 한 모든 사람은 자신의 이익을 분별력 있게 자유로이 추구할 수 있습니다. 만약 자신의 이익 이외에 공공의 이익에도 관심을 기울인다면 그것은 믿음에서 우러나온 행위입니다. 그러나 자신의 즐거움을 보장하기 위하여 타인의 즐거움을 박탈한다면 그것은 불의입니다. 반

123

면에 타인의 즐거움을 증대시키기 위하여 의도적으로 자신의 즐거움을 감소시키는 것은 인간애와 박애 정신을 보여 주는 행위이며, 이러한 경우에는 타인에게 득을 베푼 사람은 항상 베푼 것 이상의 득을 얻게 될 것입니다. 그는 자신의 친절에 대해서 보상받을 수도 있겠지만, 그렇지 않다 하더라도 자신이 행한 선행을 알고 있습니다. 그는 자기가 내어 준 것들로부터 얻을 수 있었던 즐거움보다 자신에게 덕을 입을 사람에게서 받는 감사와 선의를 상기함으로써 정신적으로 더욱 큰 기쁨을 얻게 됩니다. 마지막으로 (종교는 착한 마음을 지닌 사람은 쉽사리 설득하므로) 이들은 우리가 짧고 일시적인 즐거움을 포기한 것에 대하여 신은 영원히 지속되는 크나큰 기쁨으로 보상해 주신다고 믿습니다. 그리하여 이 문제에 대해서 신중하게 생각하고 저울질해 본 후 이들은 모든 행위에서 실천하는 덕은 우리의 궁극적인 목표인 즐거움과 행복을 향하여 나아간다는 결론을 내립니다.

이들이 이해하는 즐거움이란 사람이 마음의 상태와 몸의 움직임에서 자연스럽게 느끼는 기쁨입니다. 사람의 식욕을 자연스러운 것으로 간주한다는 점에서 이들의 견해는 옳습니다. 자신의 감각과 올바른 이성의 지시를 그대로 따르기만 하면 본질적으로 즐거운 것이 무엇인지 발견할 수 있습니다. 이는 타인에게 해를 끼치지 않고, 보다 큰 즐거움을 배제하지 않으며, 고통이 수반되지 않는 기쁨입니다. 그러나 사람들이 텅 빈 허구를 (마치 이름을 바꾸기만 하면 사물의 참된 본성을 바꿀 수 있다는 듯이) 〈즐겁다〉라고 부르는, 자연에 반하는 즐거움은 진정한 행복이 될 수 없을 뿐만 아니라 이들이 말하듯이 실은 행복을 파괴합니다. 왜냐하면 머릿속이 즐거움에 대한 헛된 생각으로 가득 찬 사람에게는 참되고 순수한 기쁨이 들어설 여지가 없기 때문입니다. 실제로 이 세상에는 단맛이 전혀 없는 것들이 무척 많습니다. 주로 쓴맛이 나거나 아니면 쓴맛만 나는 것들이지만 이러한 것들이 사악한 욕망의 그릇된 유혹으로 인하여 크나큰 즐거움으로 간주되며 심지어는 인생 최상의 목표가 되기도 합니다.

이 헛된 즐거움을 추구하는 자들 가운데 유토피아인들이 포함시키는 부류는, 내가 앞서 언급했듯이 남보다 더 좋은 옷을 입었다는 이유로 자신이 더 훌륭하다고 생각하는 사람들입니다. 이 사람들은 두 번 잘못 생각하고 있습니다. 하나는 자기 옷이 남의 옷보다 좋다고 생각하는 것이고, 다른 하나는 옷 때문에 자신이 남보다 잘났다고 생각하는 것입니다. 옷의 유용성에 관한 한, 옷을 짠 실이 고우면 어떻고 거칠면 어떻습니까? 그러나 이런 사람들은 자기들의 환상이 아니라 마치 자연이 자기들을 돋보이게 해주기라도 한 듯이 으스대고 거들먹거리며 활보합니다. 이들은 화려한 옷을 입었다는 이유로 초라한 옷을 입었더라면 절대로 기대하지 않았을 영예를 누릴 자격이 있다고 생각하는 사람들이라서, 혹시라도 누군가가 자기들에게 특별한 존경의 표시를 보이지 않고 지나쳐 가면 몹시 불쾌해합니다. 공허하고 형식적인 명예에 즐거워한다는 것도 동일한 종류의 어리석은 일입니다. 누군가의 굽힌 무릎이나 모자 벗은 머리에서 어떠한 참되고 자연스러운 즐거움을 얻을 수 있습니까? 자신의 삐걱거리는 무릎의 통증이 완화됩니까, 머릿속의 광증이 사라집니까? 헛된 즐거움의 환영을 잘 보여 주는 또 다른 예는 자기가 가진 귀족의 피에 대해 터무니없이 기뻐하는 사람들로서 이들은 자신이 귀족이라는 사실을 자랑스러워하며, 자기 조상들이 (유일하게 자랑스러워할 만한 가치가 있는) 부자라는 사실과, 대대로 지녀 온 가문의 사유지에 대해 무척 자랑스러워합니다. 자기들 이름으로는 한 조각의 땅도 없고 물려받은 유산은 마지막 한 푼까지 탕진해 버렸더라도 이들은 자기들이 조금도 덜 고귀하다고 생각하지 않습니다.

앞에서 내가 묘사했듯이, 유토피아인들은 보석에 환장하는 사람들도 이와 동일한 부류에 포함시킵니다. 그런 사람들은 훌륭한 보석을 발견하면, 특히 (보석이란 시장에 따라 가치가 변하니까) 그것이 자기네 나라에서 유행하고 있는 것이면, 자기들이 천상의 행복을 누리는 것으로 생각합니다. 보석 수집가는 보석에서 세팅을 제거한 다음에야 그 보석의 가격을 제안하는데, 그때조차도 그 보석이 진품이라는 보증서를 보석상이 주지 않으면 사지 않습니다. 자기 눈이 모조품을 알아보지 못할까 봐 두려워하는 것이지요. 그러나 이 문제를 좀 생각해 볼 때, 만약 우리의 눈이 진짜와 가짜를 구별하지 못한다면 가짜를 보는 것이 진짜를 보는 것보다 덜 즐거울 수가 없지 않습니까? 장님이 가짜와 진짜의 차이를 알아볼 수 없듯이, 우리에게도 진품과 모조품이 동일한 가치를 지니고 있어야 하는 것이 아닙니까?[100]

헛된 즐거움에 대해 말하자면, 많은 돈으로 뭘 하고 싶어서가 아니라 그냥 앉아서 쳐다보기 위해서 돈을 잔뜩 쌓아 놓고 있는 사람은 어떻습니까? 그런 사람이 경험하는 것이 참된 즐거움입니까, 아니면 그 사람은 그냥 즐거움의 전시에 속고 있습니까? 또 이와 정반대로, 절대로 쓰지도 않고 앞으로 절대로 다시 보지 않을지도 모르면서 돈을 숨겨 놓는 사람은 어떻습니까? 돈을 꼭 쥐고 있겠다는 열망으로 실은 돈을 잃는 것입니다. 돈을 땅속에 묻어 두어서 본인은 물론 다른 사람들도 그 돈을 쓸 기회가 없다면 그 돈은 잃어버린 것과 뭐가 다릅니까? 그럼에도 불구하고 그렇게 하고서야 비로소 마음 편히 기뻐할 수 있다는 듯, 구두쇠는 자기 돈을 숨겨 놓고 나서는 의기양양해하며 기뻐합니다. 자, 누군가 그 돈을 훔쳐 갔고, 그로부터 10년 후 구두쇠가 도난에 대해 전혀 모르는 상태에서 죽었다고 가정해 보십시오. 그 10년 동안에 그 돈이 도난을 당했든 안 당했든 무슨 차이가 있습니까? 둘 중 어느 경우에든 그 돈이 돈 주인에게 소용이 없기는 매일반입니다.

이러한 어리석고 헛된 즐거움에 유토피아인들은, 자기들이 절대로 해본 적 없지만 들어 본 적은 있는 사냥과 매사냥과 노름을 추가합니다. 테이블 위에 주사위를 던지는 것에 어떤 즐거움이 있을 수 있는지 유토피아인들은 의아해합니

100 에라스무스가 『우신예찬*Moriae Encomium*』에서 전하는 바에 의하면, 모어는 자기 아내에게 가짜 보석을 주고 나서, 그것이 가짜라는 것을 알려주고 이에 실망하는 아내를 (꽤 짓궂게) 놀렸다고 한다.

다. 만약 던지는 행위에 즐거움이 있다면, 그것을 빠른 속도로 계속 반복하면 지치게 되지 않을까요? 개들이 컹컹거리고 깨갱거리며 요란스레 짖어 대는 소리를 듣는 것에서 어떤 즐거움이 있을 수 있습니까? 그건 무척 혐오스러운 소리가 아닐까요? 개가 토끼를 쫓으면 개가 개를 쫓을 때보다 더 진정한 즐거움이 생깁니까? 좋아하는 것이 빠른 속도로 달리는 것이라면, 이는 두 경우에 모두 충분히 있습니다. 둘 다 거의 비슷하지요. 그러나 정말로 원하는 것이 도살이라면, 살아있는 짐승이 눈앞에서 갈가리 찢기는 것을 보기를 원한다면, 그렇다면 그건 옳지 않습니다. 토끼가 사냥개한테 쫓기고, 약한 짐승이 강한 짐승한테 고통을 당하고, 겁에 질린 나약한 짐승이 사나운 짐승한테 잔인하게 당하고, 무해한 토끼가 잔혹한 개한테 죽임을 당하는 것을 보면서 느끼는 감정은 동정심뿐이어야 합니다. 유토피아에서 사냥의 이 모든 행위는 자유인에게는 어울리지 않는 일로 보고 따라서 도살 작업은 백정에게 배정하는데, 백정은 내가 이미 말했듯이 모두 노예들입니다. 유토피아인들의 눈에는 사냥이란 백정들이 하는 일 중에서도 가장 비천한 일입니다. 도살장에서 하는 백정들의 일은 보다 유용하고 정직합니다. 백정은 필요에 의해서만 짐승을 죽이지만 사냥꾼은 한낱 자신의 즐거움을 추구하기 위해서 불쌍한 어린 짐승들을 죽이고 사지를 찢습니다. 비록 짐승에 지나지 않는다고 하더라도 죽음을 목격하는 일에서 그토록 큰 즐거움을 얻는다는 것은, 유토피아인들의 견해로는 잔인한 품성을 보여 주는 일입니다. 비록 천성은 잔인하지 않았더라도 그처럼 잔혹한 즐거움의 끊임없는 실행을 통해 사냥꾼은 곧 잔인해집니다.

대부분의 사람들은 이러한 행위나 이와 유사한 다른 많은 것들을 즐거움으로 여깁니다만, 유토피아인들은 이러한 것에 자연스러운 즐거움이라고는 전혀 없기 때문에 이는 진정한 즐거움과 아무런 상관이 없다고 단호하게 말합니다. 이러한 행위는 흔히 감각을 즐겁게 해준다는 면에서는 즐거움과 흡사합니다만 그렇다고 해서 그 본질이 달라지는 것은 아닙니다. 이때 느끼는 즐거움은 경험 자체에서 얻어지는 것이 아니라 개인의 왜곡된 정신 상태에 기인하는 것으로서, 이는 마치 입맛이 엉망이 된 임산부가 간혹 역청(瀝青)과 수지(樹脂)가 꿀보다 더 달다고 생각하는 것과 같습니다. 남자의 입맛도 병이나 습관으로 엉망이 될 수 있지만 그것이 즐거움의 본성이나 다른 어느 것의 본성도 달라지게 하는 것은 아닙니다.

유토피아인들은 참된 즐거움을 몇 가지 종류로 구분하는데, 이 중에서 어떤 것은 육체적 즐거움이고 또 어떤 것은 정신적 즐거움입니다. 정신적 즐거움에 속하는 것으로는 지식과 진리에 대한 명상에서 얻는 즐거움, 잘 살아온 삶을 돌아보며 느끼는 감사하는 마음, 그리고 앞으로 누릴 행복에 대한 의심의 여지 없는 희망입니다.

육체적 즐거움도 이 사람들은 두 종류로 분류합니다. 첫 번째는 감각을 만족시켜 주는 즉각적인 즐거움입니다. 간혹 열기로 허해진 장기가 음식이나 음료로 기력을 회복할 때 즉각적인 즐거움을 경험할 수 있으며, 배변이나 출산처럼 우리 몸에서 특정 과잉 부분을 배제할 때 또는 가려운 부위를 문지르거나 긁어서 시원할 때도 즐거움을 경험할 수 있습니다. 또한 부족한 점을 보충하여 원기를 회복하거나 과잉을 배출하는 것이 아니라, 눈에 보이지는 않지만 의심의 여지가 없는 그 어떤 힘으로 우리의 감각을 자극하여 즉각적인 즐거움을 느끼게 하는 경우도 있습니다. 음악의 힘이 바로 그런 것입니다.

두 번째 종류의 육체적 즐거움은 육신이 어떠한 질환으로도 방해받지 않을 때 경험하게 되는 고요하고 조화로운 상태라고 유토피아인들은 간단하게 묘사합니다. 고통으로 억압당하지 않을 때면, 건강은 외부의 자극 없이도 그 자체로 우리에게 즐거움을 줍니다. 비록 먹거나 마시는 데서 얻는 큰 만족보다는 덜 직접적으로 감각에 전달되지만, 많은 사람들은 건강 자체가 즐거움 중에서 가장 큰 즐거움이라고 생각합니다. 육신의 건강을 잃는다면 다른 어떤 즐거움도 가능하지 않은 반면에 건강 자체만으로도 삶을 평화롭고 바람직하게 만들 수 있기 때문에 대부분의 유토피아인들은 육신의 건강을 다른 모든 즐거움의 기본으로 여깁니다.

일부 사람들은 즐거움이란 외부의 자극에 의해서만 비로소 느낄 수 있다는 근거에서 안정적이고 평온한 건강 상태를 실제로 즐거움이라 할 수 있는지 의심했지만 그러한 견해는 유토피아에서는 오래전에 각하되었습니다. (이들도 우리와 마찬가지로 이런 종류의 논쟁을 했답니다.) 지금은 건강이 육체적 즐거움 중에 가장 큰 즐거움이라는 점에 대부분이 동의합니다. 질병에는 고통이 내재되어 있고 고통은 즐거움의 강력한 적이므로, 질병이 건강의 적이면 즐거움은 평온하고 양호한 건강에 내재되어 있는 것이 분명하다고 유토피아인들은 주장합니다. 고통이란 병 자체가 아니라 단지 병에 수반되는 〈결과〉라고 말씀하실지 모르겠습니다만, 이 사람들의 주장에 의하면 거기에는 아무런 차이도 없습니다. 건강 자체가 즐거움이든 혹은 단지 (마치 불이 열의 원인인 것처럼) 즐거움의 원인이든, 항상 건강을 유지하는 사람은 항상 즐거움도 향유한다는 사실에는 변함이 없기 때문입니다.

우리가 무엇인가를 먹을 때 일어나는 현상이란 기량이 떨어져 가기 시작하던 건강이 기아에 맞선 전투에서 동맹자로 음식을 받아들이는 것과 같다고 이 사람들은 말합니다. 건강이 기력을 얻으면서 활력을 되찾게 되는 단순한 과정에서 우리는 즐거움과 생기를 얻습니다. 만약 기력을 얻기 위한 투쟁에서 기쁨을 얻는다면 승리를 거두었을 때는 더 큰 기쁨을 느끼지 않을까요? 마침내 원기가 회복되면, 즉시 건강은 느낄 수 없는 것이 되고 그 소중함도 인식하지 못하는 것이 될까요? 〈건강은 느껴질 수 없다〉는 발상은 완전히 잘못된 것이라고 이 나라 사람들은 생각합니다. 이들의 말에 의하면, 깨어 있는 사람은 누구나 자신이 (건강을 잃지 않는 한) 건강하다는 것을 느낍니다. 건강이 자신에게 매우 기쁜 일이라는 사실을 인정하지 않을 정도로 아둔한 사람이 있을까요? 그리고 기쁨이란 즐거움의 또 다른 이름이 아니고 무엇입니까?

모든 종류의 즐거움 중에서 유토피아인들은 주로 정신적 즐거움을 추구하며 이것을 가장 높이 평가하는데, 그 까닭은 대부분의 정신적 즐거움은 덕의 실천과 선한 삶을 인식하는 것에서 비롯되기 때문입니다. 육체적 즐거움 중에서는 건강을 최고로 여깁니다. 먹고 마시는 것에서 얻는 기쁨은 이러한 행위가 오로지 건강을 위해서일 때만 바람직한 육체적 즐거움으로 간주합니다. 먹고 마시는 것 자체는 즐거움이 아니라 오로지 질병의 은밀한 공격을 이겨 내기 위한 수단입니다. 현명한 사람이라면 병의 훌륭한 치유법을 얻기보다는 아예 병에 걸리지 않도록 할 것이며, 진통제를 구하기보다는 고통을 방지할 것입니다. 그러므로 치유법이나 진통제로 위안을 얻는 즐거움은 아예 필요하지 않은 것이 더 좋겠지요.

행복이란 그러한 종류의 즐거움으로 이루어져 있다고 생각하는 사람은 배가 고프고 목이 마르고 몸이 가렵고, 그리하여 먹고 마시고 긁는 것을 끊임없이 되풀이하며 사는 것이 자신의 이상적인 삶이라고 고백해야 합니다. 이러한 삶은 역겨울 뿐만 아니라 지극히 비참하다는 것을 모를 사람이 어디 있겠습니까? 이와 같은 즐거움은 즐거움의 정반대인 고통과 연루되지 않고서는 절대로 발생하지 않기 때문에 이는 가장 불순한 즐거움으로서 단연코 가장 저급한 즐거움입니다. 예를 들어 배고픔은 먹는다는 즐거움과 연결되어 있습니다만, 고통은 즐거움보다 훨씬 더 강력하고 더 오래 지속되기 때문에 고통과 즐거움은 결코 동등하지 않습니다. 고통은 즐거움에 선행하며 즐거움이 사라질 때 비로소 즐거움과 더불어 사라집니다. 그리하여 유토피아인들은 먹고 마시는 종류의 즐거움에는, 삶에 필요할 때를 제외하고는 대단한 가치를 부여해서는 안 된다고 생각합니다. 그러나 이들은 이런 즐거움도 즐깁니다. 그리고 당신의 자녀들이 항상 불가피하게 해야 하는 것들은 하도록 감언이설로 구슬리며 유혹하는 어머니이신 대자연의 친절함에 감사합니다. 만약 허기와 갈증이라는 날마다 일어나는 병을, 그보다는 덜 자주 우리를 괴롭히는 다른 질병처럼 쓴 물약과 알약으로 해결해야 한다면 삶이 얼마나 비참하겠습니까!

미와 체력과 활기는 자연이 주는 특별하고 즐거운 선물이며, 유토피아인들은 이를 기쁘게 받아들입니다. 듣고 보고 냄새를 맡는 데서 얻는 즐거움을 자연이 특별히 인간만 즐기도록 의도한 것으로 인정하면서 삶의 특별한 조미료로 받아들입니다. 인간을 제외한 그 어떤 동물도 삼라만상의 형상이나 아름다움을 관조하지 않고, (먹이를 찾는 수단으로가 아니면) 향기를 즐기지도 않으며, 화음과 불협화음을 구별하지도 않습니다. 그러나 유토피아인들은 이 모든 즐거움을 즐기는 데 있어서, 작은 즐거움은 큰 즐거움을 방해하여서는 안 되고 그 어떤 즐거움도 고통을 수반하여서는 안 된다는 원칙을 지킵니다. 만약 어떤 즐거움이 헛된 즐거움이면 그것은 불가피하게 고통으로 이어진다는 것이 이 사람들의 생각입니다.

그뿐만 아니라 어떤 형상의 아름다움을 경멸하거나, 자신의 힘을 약화시키거나, 무기력할 때까지 자신의 기력을 소진시키거나, 단식으로 육신의 진을 빼거나, 자신의 건강을 해치거나, 자연스러운 기쁨을 경시하는 사람은 제정신이 아니라고 생각합니다. 만약 그러한 행위가 타인의 안녕이나 공공 복리에 기여하기 위한 것이었다면 그 사람은 신으로부터 보다 큰 보상을 기대해도 좋을 것입니다. 그것이 아니라면 그는 어느 누구에게도 도움이 되지 못합니다. 어쩌면 그는 덕을 쌓았다는 불확실하고 공허한 명성을 얻을지도 모릅니다. 분명한 것은 그는 절대로 발생하지 않을 허황된 역경에 대비하여 자신을 단련시키고 있다는 것입니다. 유토피아인들은 그런 사람을 완전히 미친 사람으로 간주합니다. 그는 자신에게 잔인하고 자연의 은혜에 지극히 무감합니다. 마치 자연에게 빚을 지지 않으려고 자연이 주는 선물을 모두 거절하는 것처럼 말입니다.

이것이 덕과 즐거움에 대한 유토피아인들의 사고방식입니다. 하늘의 계시가 인간을 보다 더 성스러운 생각으로 고취시키지 않는 한 인간의 이성은 이보다 더 확실한 결론을 얻지 못한다는 것이 이들의 생각입니다. 이 모든 점에서 이들이 옳은지 그른지 나로서는 지금 숙고할 시간도 없고 그렇게 할 의무도 느끼지 못합니다. 내가 한 약속은 이들의 원칙을 설명해 드리는 것이지 이들을 옹호하는 것은 아니었지요. 그러나 한 가지만은 확신하는데, 즉 두 분께서 이들의 견해에 대해서 어떻게 생각하시든 이 세상에서 유토피아인들보다 더 행복한 사람들은 없고 유토피아보다 더 좋은 나라는 없습니다.

사람들이 활동적이고 발랄하며, 키는 작지만(그렇다고 소인은 절대 아니고) 보기보다 힘이 셉니다. 땅도 그다지 비옥하지 않고 기후도 최적은 아니지만 절제된 생활로 험한 날씨에 대처하고 토양을 부지런히 개량하기 때문에 다른 그 어느 곳에서보다도 곡식이나 가축이 잘 자라고 풍성하며, 사람들은 활력이 넘쳐서 이들이 걸리는 병의 종류도 다른 그 어느 곳보다도 적습니다. 척박한 땅을 개량하기 위하여 다른 곳에서 농부들이 일반적으로 사용하는 기술과 노력 등은 이들도 모두 하고 있으며, 이에서 한 걸음 더 나아가 어떤 곳에서 다른 곳으로 숲을 이식할 때도 있습니다. 숲의 이식은 나무들을 더 잘 자라게 하기 위해서라기보다는 목재 수송의 편리를 도모하기 위하여 강이나 바다나 혹은 도시에 가까운 지역에 숲을 두려는 목적입니다. 곡물은 원거리 수송에서, 특히 육로를 사용하는 경우에는, 목재보다 훨씬 수월합니다.

학문의 즐거움

유토피아인들은 일반적으로 느긋하고 쾌활하고 재주가 있고 여가를 좋아합니다. 해야만 할 때는 힘든 노동도 해낼 수 있지만, 평소에는 힘든 일을 좋아하지 않습니다. 그러나 지적 활동에 있어서는 지칠 줄 모릅니다. 우리들에게서 그리스 문학과 학문에 대해(라틴어로 쓴 작품은 역사가와 시인

135

을 제외하면 이 사람들이 좋아할 작품이 없다는 것이 우리들 생각이었기 때문에) 전해 듣고는 그리스어를 배우고 싶어 하는 열의가 놀라울 정도로 대단했습니다. 그리하여 그리스어를 가르쳤는데, 이 사람들이 그것으로 득을 볼 것이라고 생각해서가 아니라 우리 자신이 게을러 보일까 봐 시작했던 겁니다. 그러나 몇 번 가르치는 과정에서 이들의 열의를 보고 우리의 노력이 낭비되지 않을 것이라는 확신이 들었습니다. 알파벳 형태도 금방 익히고, 발음도 아주 좋고, 암기 속도도 무척 빠르고, 어찌나 정확하게 암송하는지 기적 같아 보였습니다. 물론 우리에게 배우는 학생들 대부분은 비범한 능력과 원숙한 정신으로 인정받은 학자들이었습니다. 그리고 이들이 우리하고 함께 공부한 것은 자기들이 원해서만이 아니라 원로원의 지시도 있었습니다. 그리하여 3년도 안 되어서 이들은 그리스어를 완벽하게 구사할 수 있게 되었고, 그리스 최고 작가들의 작품도 (통속어로 된 텍스트가 아니면) 유창하게 읽게 되었습니다. 그리스어가 자기들 언어와 다소 비슷한 점이 있기 때문에 더욱 쉽게 배운 게 아닌가 싶습니다. 유토피아어는 여러 면에서 페르시아어와 유사하지만, 도시명이나 공직 명칭에서 아직도 그리스어의 흔적이 꽤 많이 남아 있는 것으로 미루어 보아 그리스어에서 유래된 언어가 아닌가 싶습니다.

　네 번째 항해에 오르기 전, (얼마 안 있어 귀국하려는 게 아니라 유토피아에서 아예 돌아오지 않을 작정이었기 때문에) 나는 상품 대신에 책을 잔뜩 넣은 커다란 궤짝을 배에 실었습니다. 그리하여 이 사람들은 나한테서 플라톤의 저서 거의 모두와 아리스토텔레스의 많은 저서들, 그리고 테오프라스토스[101]의 『식물론』을 받았는데, 유감스럽게도 『식물론』은 약간 훼손된 상태였습니다. 항해 중에 바닥에 놓아둔 책을 원숭이가 집어 들고 순전히 장난으로 여기저기 몇 장씩 잡아 찢어 버렸답니다. 문법 책은 (내가 테오도루스를 가지고 가지 않았기 때문에) 라스카리스만 있었고, 사전이라고는 헤시키우스밖에 없었습니다만, 디오스코리데스는 있었습니다.[102] 이들은 플루타르코스의 작품을 무척 좋아했고 루키아노스의 재기 넘치는 농담을 아주 재미있어했습니다. 시인으로는 아리스토파네스, 호메로스, 에우리피데스의 작품과 알두스판으로 나온 소포클레스[103]가 있었고, 역사책으로는 투키디데스와 헤로도토스와 헤로디아노스가 있었습니다.

의학 서적으로는 내 동료 중 한 사람인 트리키우스 아피

101 아리스토텔레스의 제자인 테오프라스토스Theophrastos는 철학자이자 과학자로서, 르네상스 시대에는 식물학의 권위자로 연구되었으며 오늘날에는 식물학의 창시자로 전해지고 있다.

102 콘스탄틴 라스카리스Constantine Lascaris와 가자의 테오도루스 Theodorus of Gaza는 서양에서 그리스어가 처음으로 연구되었을 때 많이 사용된 그리스어 사전을 편찬했다. 알렉산드리아의 헤시키우스Hesychius of Alexandria는 그리스어 방언과 관용어에 관한 귀중한 저서를 출간했다. 그러나 네로 황제 시대의 인물인 아나자르바의 디오스코리데스Dioscorides of Anazarba의 저술은 사전이 아니라 약초와 약에 관한 것이었다.

103 소포클레스Sophocles 작품의 최초 현대판은 1502년에 베네치아의 알두스 마누티우스Aldus Manutius 출판사에서 발간되었다. 그리스 작품들을 그리스어로 출판한 최초의 출판사로, 예술사에서 최고의 디자인으로 평가받는 책들을 출간했으며 여기에서 출판된 책들은 현재 진귀한 수집품으로 취급된다.

나투스[104]가 가지고 온 히포크라테스의 소논문들과 『미크로 테크네』로 알려진 갈렌의 요약집이 있었습니다.[105] 이 책들을 받아서 모두들 무척 기뻐했습니다. 세상에서 이 나라만큼 의사가 덜 필요한 나라도 별로 없을 텐데도 불구하고 이 나라 사람들은 의학을 가장 훌륭하고 유용한 지식으로 간주합니다. 그런 식으로 자연의 신비를 탐구한다는 것은 자기들 스스로에게뿐만 아니라 자연을 주관하는 창조주에게도 기쁜 일이라고 생각합니다. 다른 예술가들과 마찬가지로, 신은 찬미받기 위하여 세상이라는 가시적인 장치를 창조했다고 이 사람들은 생각합니다. 하기야 인간을 제외하면 그토록 정교한 작품을 감상할 능력이 있는 존재가 누가 있겠습니까? 그리하여 신은 자신의 창조물인 이 장려한 장관을 마치 한 마리 짐승처럼 우둔하고 어리석은 정신으로 바라보는 사람보다는 세심하게 관찰하고 민감하게 바라보며 찬미하는 사람을 당연히 선호하십니다.

일단 학문에 의해 자극을 받은 유토피아 사람들의 정신은, 삶을 보다 더 유쾌하고 편리하게 만드는 각종 기술들을 찾아내는 데 놀라울 정도로 신속했습니다. 그중에서 두 가

104 트리카Trica와 아피나Apina는 아폴리아 지방에 있는 아주 작은 마을의 이름들이다. 이렇듯 시시한 지명을 인명으로 사용함으로써 모어는 트리키우스 아피나투스Thricius Apinatus가 우스꽝스러울 정도로 하찮은 인물임을 재미있게 시사하고 있다.

105 히포크라테스Hippocrates(기원전 5세기)와 페르가몬의 갈렌Galen of Pergamon(서기 2세기)은 의학서 및 수십 편의 의학 논문을 발표하였으며, 이들의 저서는 번역, 확대, 요약, 혼합되어 의학 사전이나 의술 지침서로 사용되기도 하였다.

지 기술인 인쇄술과 제지술은 확실히 우리 덕이었지요. 적어도 절반은 우리 덕이고 절반은 이들의 비상한 재주 덕입니다. 알두스에서 출판된 다양한 책들을 보여 주면서 제지술과 식자술에 관한 이야기를 하기는 했습니다만, 우리 중에서는 아무도 실제 경험이 없었기 때문에 각각의 공정에 관한 세부적인 설명은 해줄 수 없었습니다. 그러나 그들은 대단히 명민한 두뇌로 이에 대한 기본 원칙들을 즉시 파악하더군요. 그때까지는 송아지 가죽이나 나무껍질, 혹은 파피루스에 글을 적었으나 지금은 종이를 만들고 인쇄를 합니다. 처음에는 성공을 거두지 못했지만 실습을 하면서 얼마 지나지 않아 이들은 두 가지 기술을 완전히 익혔습니다. 이 사람들한테 그리스 작가들의 원서가 있으면 책의 수효가 부족할 일은 없을 겁니다. 그러나 내가 언급한 책들밖에 없어서 그 책들을 모두 수천 부씩 찍어 내는 것으로 흡족해하였습니다.

유토피아인들은 세상에서 무슨 일이 일어나고 있는지 무척 듣고 싶어 하기 때문에 지적으로 특별한 재능이 있는 여행자나 여러 나라를 여행한 경험이 풍부한 사람을 특별히 환대합니다. 우리에게 그토록 친절하게 대해 준 것도 그 때문입니다. 그러나 교역을 하려고 이 나라에 오는 상인은 거의 없습니다. 철을 제외하면 가지고 올 수 있는 것이 뭐가 있겠습니까? 철이 아니면 금이나 은인데, 그것은 모든 사람들이 국외로 보내기보다는 국내로 들여오려는 것이 아닙니까? 수출 무역에 있어서 유토피아인들은 외국인들을 국내로 불러들이지 않고 자기들이 직접 수송하는 것을 선호합니다. 그

렇게 함으로써 이웃 나라들에 대해서 더 많은 것을 배우고
항해술도 단련합니다.

노예

　유토피아인들은 전쟁에서 잡힌 포로를 노예로 만듭니다.
그러나 노예의 자식이라 하여 자동적으로 노예가 되는 것은
아니며, 이는 외국에서 노예이었던 사람에게도 해당됩니다.
노예는 주로 이 나라 시민으로서 극악무도한 범법자이거나,
외국인으로서 자기 나라에서 사형 선고를 받은 사람입니다.
노예의 대부분은 주로 후자에 속하는 사람들입니다. 가끔
유토피아인들은 사형수들을 아주 저렴한 가격에 구입하기
도 하지만, 흔히는 그냥 달라고 해서 무상으로 넘겨받아 상
당수의 사형수를 데리고 옵니다. 이 종류의 노예들에게는 항
상 족쇄를 채우고 끊임없이 일을 시킵니다. 유토피아인들은
외국인 노예보다 자국인 노예를 더 가혹하게 다룹니다. 훌
륭한 교육과 최상의 도덕 훈련을 받고서도 옳지 못한 일을
행하려는 자신을 제지하지 못했기 때문에 그들의 죄는 더 무
거우니 벌도 더 엄해야 한다는 것이 이들의 주장입니다. 세
번째 종류의 노예는 타국에서 온 빈민들로서 이들은 유토피
아에서 노예가 되기를 자처해서 유토피아로 온 사람들입니
다. 이런 사람들에게는, 이미 노동에 익숙해 있다는 이유로
가욋일을 좀 더 시키는 것을 제외하면 거의 시민에게처럼 대

우를 잘해 줍니다. 혹시라도 이들 중에서 누가 유토피아를 떠나고 싶어 하면 얼마든지 떠날 수 있고 또한 빈손으로 가게 되지도 않습니다.

불치병 환자에 대한 배려

앞에서 말했듯이, 유토피아에서는 병자들을 정성을 다하여 간호하며 병을 치유할 수 있다면 약이든 음식이든 소홀히 하지 않습니다. 그리고 불치병으로 고생하는 사람들의 고통을 완화시키기 위해서 하지 않는 일이 없습니다. 병자를 찾아오는 사람은 병자 곁에 앉아 함께 말을 나누면서 충심으로 위로합니다. 그러나 만약 병의 치유가 불가능할 뿐만 아니라 극심한 고통이 끝없이 계속된다면, 그러한 경우에는 사제와 관리가 병자를 방문하여 그 같은 고통을 더 이상 인내하지 말라고 설득합니다. 병자가 이제는 삶의 의무 중 그 어느 것도 제대로 이행할 수 없게 되었으며, 자기 자신에게나 남에게나 모두 짐이라는 사실을 이들은 병자에게 상기시켜 줍니다. 병자가 실은 죽을 때를 놓친 셈이지요. 또한 이들은 병이 더 이상 병자 자신을 잡아먹게 하여서는 안 된다고 병자에게 타이르면서, 이제 삶은 그냥 고문이고 세상은 감방에 불과하게 되었으니 삶의 고문대로부터 스스로 벗어나든지 아니면 다른 사람의 도움을 받아서 벗어나라고 합니다. 병자에게는 죽음이 즐거움에 종지부를 찍는 것이 아니라 고통에 종지부를 찍는 것이기 때문에, 이들의 말에 의하면 이러한 행위는 현명한 것입니다. 뿐만 아니라 병자는 신의 뜻의 전달자인 사제의 충언에 복종하는 것이므로 그것은 당연히 성스럽고 경건한 행위입니다.

이러한 주장에 설득된 사람은 식음을 전폐하여 아사하거나 고통 없이 잠들게 하는 약을 먹고서 죽는다는 감각 없이 삶에서 해방됩니다. 그러나 이러한 조치가 병자의 의지에 반하여 취해지는 경우는 절대로 없으며, 혹시 병자가 이를 받아들이지 않는다 하여 그에 대한 간호가 소홀해지는 것도 아닙니다. 이러한 상황에서 당국으로부터 죽음을 권유받을 때는 유토피아인들은 스스로 목숨을 끊는 행위를 명예로운 일로 간주합니다. 그러나 사제와 당국의 허락 없이 행해진 자살은 매장이나 화장할 가치가 없다고 여기고 그런 경우에는 시신을 가장 가까운 늪지에, 묻지 않고 수치스럽게, 그냥 그대로 던져 버립니다.[106]

결혼 풍습

여자는 18세가 되어야 결혼할 수 있고 남자는 22세가 되어야 결혼할 수 있습니다. 혼전 성교는 발각되면 남녀 모두

---

106 자살에 대한 유토피아인들의 견해는 그리스도교인들보다 금욕주의자들과 더 유사한 것이 분명하지만, 자살 결정에 있어서 사회적 요소에 막강한 주안점을 두고 있다는 점에 있어서는 그리스도교는 물론 스토아주의의 입장과도 다르다.

중벌에 처해지며, 왕의 사면으로 형이 감면되지 않는 한 이들은 평생 결혼하는 것이 금지되어 있습니다. 뿐만 아니라 이 범법 행위가 행해진 집안의 부모들은 자기들 의무에 태만했던 점에 대해서 공공연하게 망신을 당합니다. 이 나라에서 혼전 성교를 그토록 심하게 처벌하는 까닭은, 만약 난잡한 생활을 엄격하게 규제하지 않는다면, 결혼 생활에 포함되는 온갖 하찮고 귀찮은 일들에다가 한 명의 파트너를 의미하는 혼후 성교에 합세할 사람은 거의 없으리라고 생각하기 때문입니다.

결혼 상대를 선택하는 일에 있어서 이 나라 사람들은 우리들이 보기에는 극도로 어리석고 어처구니없는 풍습을 엄숙하고도 진지하게 지킵니다. 책임감 있고 존경할 만한 나이 지긋한 여인이, (과부든 처녀든) 신부가 될 여자를 신랑이 될 남자에게 나체로 보여 줍니다. 마찬가지로 존경할 만한 나이 지긋한 남성이 신랑이 될 남자를 신부가 될 여자에게 나체로 보여 줍니다. 우리들은 이 풍습을 비웃으면서 어처구니없다고 했습니다만, 이 나라 사람들은 다른 나라 풍습의 어리석음에 어이없어하면서 놀라워했습니다. 망아지를 살 때, 사람들은 불과 얼마 안 되는 금액이 걸려 있는 일임에도 얼마나 의심이 많은지, 망아지야 벌거벗은 것이나 다름없는데도 혹시 안장이나 모포 밑에 상처라도 있을까 봐 안장과 모포를 들어내기 전에는 거래를 마무리하지 않으려고 합니다. 그러나 남은 생애 동안 즐거움이 아니면 역겨움의 원인이 될 배우자를 선택하는 일에 있어서는 경솔하기 짝이 없습니다.

신체를 전부 옷으로 가려 놓고 유일하게 볼 수 있는 겨우 손바닥만 한 얼굴로 한 여자의 매력을 추정합니다. 그러고 나서 만약 서로 상대방에게 혐오감을 주는 것이 있을 경우에는 평생 동안 서로를 증오하면서 살아야 하는 크나큰 위험을 안고서 결혼을 합니다. 모든 사람이 오로지 상대방의 성품 하나에만 관심을 가질 정도로 현명한 것은 아니며, 실은 현명한 사람조차도 좋은 성품에 곁들여진 육체적 아름다움을 좋아합니다.[107] 헤어지기에는 이미 늦은 시점에서 아내의 벗은 몸에서 아내를 몹시 싫어할 만큼 심각한 결함을 발견하게 되는 경우도 물론 있겠지요. 이러한 결함을 결혼 후에야 발견하게 된다면 각자 자기 운명을 참고 견디어야만 하므로, 유토피아인들은 모든 사람이 사전에 법으로 이에서 보호받아야 한다고 생각합니다.

이 점에 대해서 이 나라 사람들이 매우 신중하게 대처하는 또 다른 이유는 유토피아만이 일부일처제를 시행하는 유일한 나라이기 때문입니다. 사망으로 인한 것이 아니고는 결혼이 끝나는 경우가 거의 없지만, 간통이나 참을 수 없이 힘든 배우자의 행동이 있을 경우에는 이혼을 허락합니다. 이러한 이혼에서 고통을 당했던 남편이나 아내에게는 원로원이 재

---

107 두 자매 중에서 한 사람을 배우자로 맞이하는 상황에서 모어는 (동생에게 마음이 끌렸음에도 불구하고) 언니 되는 사람의 감정을 상하게 하는 일이 없도록 하기 위하여 언니를 아내로 선택하였다 하니, 모어의 예의범절은 보통 사람에게는 다소 으스스하게 느껴질 정도다. 자신의 첫 번째 아내의 (결혼 전) 이름이 제인 콜트Jane Colt였으니, 아내를 맞이하는 것을 망아지colt를 구입하는 것과 비교할 때 첫 번째 아내가 떠오르지 않았을 리가 없었을 것이다.

혼을 허락하지만, 가해자 측은 평판이 좋지 않은 인물로 간주되어 평생 다른 배우자를 취하는 것이 금지됩니다. 남편은 아내의 어떤 육체적 결함을 근거로는, 아내의 뜻에 반하여 절대로 이혼할 수 없습니다. 이뿐만 아니라 유토피아인들은 누군가 위로를 가장 필요로 할 때 버림을 당한다는 것은 잔인하다고 생각합니다. 따라서 질병을 수반할 뿐만 아니라 그 자체가 실제로 일종의 질환인 노년이 필요로 하는 것이 결코 이혼은 아니라고 덧붙입니다.

결혼한 사람들이 함께 잘 지내지 못하고 두 사람 모두 보다 더 잘 어울려 살 수 있다고 생각되는 상대를 찾는 경우가 간혹 생깁니다. 그런 경우 두 사람은 원로원에서 동의를 얻은 후 서로 합의하에 헤어져서 새 결혼을 계약할 수 있습니다. 그러나 이혼 허락은 원로원 의원들과 그들의 아내들이 해당 경우를 신중하게 조사한 후에야 가능합니다. 그리고 남편이나 아내나 또 다른 새 관계를 쉽사리 맺을 수 있다는 생각을 품고 있으면 둘이서 함께 가정을 이루어 나가는 것이 어렵다는 것을 위원회는 알기 때문에 피치 못할 상황에서만 마지못해 이혼을 허락합니다.

간통을 범한 사람은 노예제에서 가장 극심한 형태의 처벌을 받습니다. 만약 쌍방이 기혼자라면 두 사람 모두 이혼을 해야 하며, 상처를 받은 각각의 배우자는 원한다면 둘이 결혼할 수도 있고, 아니면 다른 사람과 결혼할 수 있습니다. 그러나 만약 상처 입은 당사자가 그토록 자격 없는 배우자를 계속 사랑한다면 이들의 결혼은 지속될 수 있지만, 이 경우

무고한 배우자는 모든 노예들에게 부과된 노역을 함께 한다
는 전제 조건이 있습니다. 그리고 죄를 지은 자의 참회와 그
배우자의 헌신에 왕이 동정심을 느껴서 두 사람 모두에게 자
유를 되돌려주는 경우도 가끔 있습니다. 그러나 두 번째로
범하는 간통에 대한 처벌은 사형입니다.

처벌, 법적 절차, 관습

간통 이외의 다른 범죄에는 정해진 처벌이 없습니다. 원로
원은 비행에 따라 그것이 극악무도한지 경미한지를 고려하
여 각각에 합당한 처벌을 결정합니다.[108] 공익을 위하여 공개
처벌을 받는 것이 적절하다고 판단될 정도로 범행이 심각한
것이 아닌 경우에는 남편이 아내를 벌하고 부모가 자식을 벌
합니다. 일반적으로 중범죄에 대한 처벌은 노예형인데, 유토
피아인은 이 형벌이 범법자의 재범을 불가능하게 한다는 면
에서는 즉각적인 사형과 다를 바 없으며, 사형보다는 국가에
보다 이익이 된다고 생각하기 때문입니다. 그뿐만 아니라 노
예를 보는 것은, 범죄란 수지가 맞지 않는다는 사실을 모든
사람들에게 항상 상기시켜 주는 효과가 있습니다. 만약 노
예가 자신이 처한 상황에 반항한다면, 몽둥이나 사슬로 길

108 유토피아에는 법적 선례라는 것이 없다(잉글랜드의 관습법*common
law*은 선례만으로 구성되어 있다). 선례의 부재로 인하여 불복종에 대한 벌
칙을 아무도 추산할 수 없다. 모든 법은 형평법*equity law*이다. 즉, 옳고 그름
에 대한 재판관 개인의 직관에 의존한다.

들일 수 없는 짐승과 마찬가지로 즉각 사형에 처합니다. 그러나 자신의 처지에 순응하는 노예에게는 희망이 전혀 없는 것이 아닙니다. 노예가 장기간의 노역을 치르는 과정에서 만약 자신이 받는 형벌보다는 자신이 행한 범죄에 대해서 더욱 유감스러워하는 것을 행동으로 보이면 왕의 사면이나 일반 투표에 의해서 노예형이 경감되거나 완전히 면제되기도 합니다.

여자를 유혹하려고 시도한 남자는 실제로 유혹한 것과 동일한 처벌을 받습니다. 시도한 범죄는 실행된 범죄와 다름없이 나쁜 것이며, 범죄의 실패가 범죄를 성공시키기 위하여 최선을 다한 범죄자에게 유리한 점을 부여해서는 안 된다는 것이 유토피아인들의 생각입니다.

유토피아인들은 바보를 매우 좋아하며, 바보를 모욕하는 것은 경멸스러운 행위라고 생각합니다. 바보의 어리석음을 보고 재미있어하는 것을 금지하는 법은 없으며, 이는 바보에게도 이로운 것이라고 간주합니다. 바보의 어리석은 행동이나 우스꽝스러운 언행을 재미있어하지 않을 정도로 지나치게 심각하고 근엄한 사람에게는 바보를 돌보는 임무를 맡기지 않습니다. 바보의 유일한 재능에서 아무런 재미도 느끼지 못하는 사람은 바보를 다정하게 다루지 않으리라고 우려하기 때문입니다. 기형이나 불구라고 조롱하는 것은 수치스러운 일로 간주됩니다. 불구자에게가 아니라, 어쩔 수 없는 불구에 대해서 어리석게도 불구자를 탓하며 조롱하는 자에게 수치스러운 일이라는 말입니다.

자신의 타고난 아름다움을 등한히 하는 것은 심약하고 나태한 성격의 징표이며 화장은 혐오스러운 가장이라고 생각합니다. 남편이 중히 여기는 것은 아내의 육체적 아름다움보다는 성실과 공경이라는 것을 유토피아인들은 경험을 통해서 잘 알고 있습니다. 상당수의 남자들이 아름다움 하나만으로 여자에게 매혹되기도 하지만 미덕과 순종이 결여된 여자에게 사로잡히는 남자는 없습니다.

처벌을 통해서 범죄를 막는 것과 마찬가지로 공개적 영예를 통해서 미덕을 격려합니다. 시민들로 하여금 훌륭한 인물들의 선행을 잊지 않고 기억하고 조상들의 영광을 모방하는 원동력을 제시하려는 생각에서 훌륭한 인물들의 동상을 장터에 세워 놓습니다.

유토피아에서는 공직을 얻으려고 지나치게 열성적으로 유세하는 사람은 자신이 유세를 하고 있는 공직은 물론이거니와 다른 어느 공직도 결코 얻지 못합니다. 사람들이 함께 조화를 이루며 화목하게 살아가는 것이 원칙으로 되어 있고, 공직자들은 절대로 오만하지 않으며 접근이 불가능한 사람들도 아닙니다. 시민들은 공직자를 〈아버지〉라 부르며, 공직자의 처신 또한 그러한 호칭에 걸맞습니다. 왜냐하면 공직자는 시민의 뜻에 반하여 존경을 강요하는 일이 결코 없으며 시민들은 자발적으로 자연스럽게 공직자를 존경하기 때문입니다. 군주조차도 의상이나 왕관으로는 시민들과 구분되지 않습니다. 대사제가 양초를 들고 걷는 것으로 일반인과 구분되는 것과 마찬가지로 군주는 곡물 한 단을 들고 있는

것만으로 그의 신분이 밝혀집니다.[109]

유토피아에는 법이 몇 개밖에 없는데, 그 까닭은 최소한의 법 외에 다른 법의 필요성은 느끼지 않을 정도로 교육이 훌륭하기 때문입니다. 유토피아인들이 보는 다른 나라들의 가장 큰 결함은 무한한 양의 법률서와 해설서를 가지고도 국사를 올바로 처리하지 못한다는 것입니다. 너무 많아서 다 읽을 수도 없고 너무 난해해서 이해할 수도 없는 법률들로 사람을 결박한다는 것은 전적으로 부당하다는 것이 유토피아인들의 생각입니다. 변호사로 말하자면, 변호사들이란 사건을 조작하고 말싸움이나 다양하게 요리하는 일을 직업으로 삼고 있는 부류의 사람들이라서 유토피아인들에게는 전혀 쓸모가 없습니다. 각자가 자기 사건에 대해서 변호사에게 말할 것과 동일한 내용을 판사에게 직접 말하는 것이 더 낫다고 이들은 생각합니다. 그렇게 하는 것이 모호성을 줄이고 진실에 보다 더 가까이 접근하는 것을 가능하게 하니까요. 사람들은 변호사로부터 교묘한 지시를 받는 일 없이 자기 상황을 이야기하고, 판사는 교활한 자들의 허위 비난으로부터 소박한 사람들을 보호하기 위하여 애를 쓰면서 각각의 논점을 면밀히 검토합니다. 이같이 분명하고 꾸밈없는 방식은 이해할 수 없이 난해한 법률이 엄청나게 많은 다른 나라들에서는 찾아보기 어렵습니다. 그러나 유토피아에서는 모든 사람

109 양초(예지력)*wax candle-vision*와 곡물(번영)*grain-prosperity*은 각각 종교계의 통치자인 대사제와 국가의 통치자인 군주의 기능을 상징하는 것이 분명하다.

들이 법률 전문가입니다. 이미 말했듯이, 법이라고는 몇 개밖에 없는 데다가 유토피아인들은 어떤 법이든 그 법의 가장 명료한 해석이 가장 공정한 것이라고 생각하기 때문입니다. 법을 공포하는 유일한 목적은, 이 사람들의 견해에 의하면, 모든 사람들에게 자신의 의무를 가르쳐 주기 위한 것입니다. 법의 해석이 미묘하면 이해할 수 있는 사람이 거의 없기 때문에 극소수의 사람들밖에 가르치지 못하지만, 법의 의미가 매우 간단하고 명료하면 모든 사람들이 이해할 수 있습니다. 만약 법이 명확하지 않다면 그러한 법은 쓸모가 없습니다. 정직하지 못한 사람들이 끝없는 논쟁을 하고 난 후에만 비로소 해석이 가능한 법이라면, 머리가 둔한 사람들(대부분의 사람들은 이 부류에 속하며, 이 부류에 속하는 대부분의 사람들에게는 자신의 의무가 무엇인지 가르쳐 주어야 합니다)에게는 차라리 법이 아예 없는 것이 나을 것입니다. 평범한 보통 사람들은 법률적인 교묘한 속임수를 이해할 수 없습니다. 설혹 혼신을 다하여 법을 공부한다고 하더라도 그러는 과정에서도 먹고살기 위해서 일을 해야 하는 사람들이기 때문에 이들이 법률을 이해한다는 것은 가능하지 않습니다.

외교 관계

　지난날 유토피아인들은 이웃 여러 나라의 사람들이 독재의 멍에에서 벗어나도록 도와주었습니다. 그 이후로 (유토피아의 미덕을 존경할 줄 알게 된) 이러한 나라 사람들은 유토피아에게 자기들을 통치해 달라는 요청을 해오는 것이 관례가 되었습니다. 통치자의 임기는 사람에 따라서 1년, 혹은 5년입니다. 통치자는 임기가 끝나면 명예를 얻고 칭송을 받으며 귀국하고, 그 자리에는 다른 사람이 파견됩니다. 이들 여러 나라들은 자신들의 행복과 안전을 지켜 주는 이 탁월한 정책을 확립시킨 것으로 보입니다. 한 나라의 흥망이란 공직자들의 품성에 전적으로 달려 있는 것이므로, 돈의 유혹에 빠질 리 없는 유토피아인들 중에서 통치자를 선택하는 것보다 더 신중한 선택이 어디 있겠습니까? 이들은 조만간 고국으로 돌아가야 하는데 귀국하면 돈은 무용지물이고, 자신이 통치하는 도시에 관한 사안들에 대해서는 이방인이기 때문에 도당이나 파벌에 대한 감정이라는 것이 있을 수가 없습니다. 탐욕과 파벌, 이 두 가지 악이 인간의 마음속에 뿌리를 내리는 곳에서는 모든 정의가 파괴됩니다. 그런데 한 사회를 결속시키는 가장 강력한 유대는 정의입니다. 유토피아인들은 자기들에게서 통치자를 빌려 가는 나라를 〈동맹국〉이라 부르고, 자기들을 도와주는 나라들은 간단히 〈친구들〉이라고 부릅니다.

다른 나라들은 끊임없이 조약을 맺었다가 파기하고, 파기한 조약을 다시 체결하지만, 유토피아인들은 절대로 어떤 조약도 맺지 않습니다. 자연이 인간을 서로 적절하게 결속시켜 주지 못한다면, 그 일을 조약이 할 수 있겠습니까? 인간이 자연을 멸시한다면, 그러한 인간이 단순한 말에 신경을 쓸 것이라고 생각할 근거가 있을까요? 유토피아인들이 이러한 견해를 확고히 하게 된 것은 그쪽 세상에서는 국왕들 사이에 맺은 동맹이나 조약이 흔히 별로 신뢰성이 없기 때문입니다.

유럽에서는 어디에서나, 특히 그리스도교가 팽배한 지역에서는 조약의 권위는 신성불가침한 것으로 지켜지고 있습니다. 이는 국왕들이 모두 공명정대하고 고결하기 때문이기도 하지만 또한 지도적 위치에 있는 교황에 대한 모든 이들의 존경과 두려움 때문이기도 합니다. 교황은 자신이 지극히 양심적으로 이행하지 않을 것은 그 어떤 일도 절대로 약속하지 않으며, 그래서 모든 나라 국왕들에게도 자신들이 약속한 바를 철저하게 지키라고 명령합니다. 만약 누군가가 그 점에 대해서 불만을 토로한다면, 교황은 그에게 종교적 제재와 맹렬한 질책을 가하여 그가 복종하지 않을 수 없게끔 만듭니다. 만약 특히 〈성실한 신자〉라고 널리 알려진 사람이 자신이 한 엄숙한 약속을 성실하게 이행하지 않는다면 더욱 더 불명예스러운 일이라고 교황은 공명정대하게 선포합니다.[110]

그러나 지리적으로 우리에게서 멀리 떨어져 있듯이 관습

---

110 여기에 내재된 아이러니는 통렬한 풍자 수준이다. 잉글랜드 왕들은 물론이거니와 스페인의 페르디난드, 오스트리아의 막시밀리안, 3대에 걸친 프랑스 국왕들과 같은 유럽 국가의 왕들은 많은 조약들을 아무렇지도 않게 위반한 바 있다. 그러나 이들의 행태도 그 당시 교황이었던 알렉산더 6세와 그의 뒤를 이은 교황이자 이중성을 예술의 수준으로 올려놓은 율리오 2세의 행태와는 비할 바가 못 되었다.

과 생활 방식에 있어서도 우리들과는 사뭇 거리가 먼 유토피아라는 이 새로운 세상에서는 아무도 조약을 신뢰하지 않습니다. 형식이 거창할수록, 서약이 많고 엄숙할수록, 그러한 조약은 더 빨리 결렬됩니다. 통치자들은 조약 결렬의 구실로 삼기 위해서 흔히 의도적으로 조약의 문구에 일말의 허점을 삽입합니다. 일단 체결된 상태에서는 어떤 정부도 그 조약을 어기면서 슬쩍 빠져나갈 수 없을 정도로 강력하고 명백하게 작성된 조약이라는 것은 있을 수 없습니다. 만약 사업가들 사이의 계약에서 그러한 술책이나 속임수나 사기가 사용되었다면 정의로운 정치가들은 그러한 사업가들은 신성을 모독하는 자들이며 교수대로 보내져야 마땅하다면서 사업가들 쌍방을 격렬하게 비난할 것입니다. 그러나 바로 이 정치가들은 자기들이 똑똑한 사람이라고 생각하면서 사업가들의 책략을 사용하라고 국왕에게 조언합니다. 결과적으로 평범한 사람들은 정의란 국왕의 위엄이나 권위에는 미칠 수 없는 것으로서 미천하고 서민적인 미덕이라고 생각하기 쉽습니다. 그것이 아니라면, 정의에는 두 가지 종류가 있다는 결론에 이르게 됩니다. 즉, 하나는 평범한 무리들에게만 적용되면서 사슬에 묶여 바닥을 기어다니는 저급한 정의이고, 다른 하나는 보다 자유롭고 장엄하여 원하는 것은 무엇이든 할 수 있고 원치 않는 것은 아무것도 하지 않아도 되는 군주들의 정의입니다.

국왕들이 이렇듯 조약을 올바로 지키지 않는다는 사실이, 내가 보기에는 유토피아인들이 조약이라는 것을 체결하지 않는 이유입니다. 물론, 만약 그 나라 사람들이 유럽에서 산다면 그들의 생각도 당연히 달라질 것입니다만. 그러나 설혹 조약이 충실하게 지켜진다고 하더라도 조약을 맺는다는 것 자체가 부정한 발상이라는 것이 유토피아인들의 생각입니다. 조약이란 언덕이나 개울처럼 자연의 경미한 장애물로 인하여 자연스러운 유대감이 없이 서로 분리되어 있는 사람들이 하나로 합친다는 것을 의미합니다. 즉 조약이 전제하는 바는, 이 사람들은 서로의 경쟁자나 적으로 태어났으므로 조약의 구속력이 없다면 서로가 상대방의 파괴를 목적으로 삼는 것이 당연하다는 것입니다. 뿐만 아니라, 유토피아인들은 조약이 국가 간의 우정을 진정으로 증진시키지는 않는다는 것을 알고 있습니다. 왜냐하면 조약 내용을 작성할 때 약탈 행위를 불법화한다는 사항을 명명백백하게 포함시키지 않는다면, 양측 모두 상대국을 착취할 권리를 그대로 유지하고 있는 것이기 때문입니다. 반면에 유토피아인들의 생각에 의하면, 그 누구도 자신에게 아무런 해를 가하지 않은 사람을 적으로 간주해서는 안 되고, 자연스러운 동료애는 조약에 못지않게 믿을 만한 것이며, 사람들은 협정보다는 선의에 의해서, 말보다는 마음에 의해서 보다 더 굳건히 결합됩니다.

전쟁

짐승들에게나 걸맞은 행위이지만 다른 어느 짐승보다도 사람들이 더 자주 행하는 전쟁을 유토피아인들은 경멸합니다.[111] 이 세상 거의 모든 나라 사람들과는 달리, 유토피아인들은 전쟁에서 얻은 영광만큼 영광스럽지 못한 것은 없다고 생각합니다. 그러나 전쟁을 해야 할 필요가 있을 경우를 대비하여 이들은 특정 기간을 정해 놓고 남녀 모두 동등하게 강력한 군사 훈련을 합니다.[112] 유토피아인들은 자기 나라를 보호한다든가, 침략군으로부터 우방국을 보호한다든가, 또는 탄압받는 사람들을 독재와 노예 상태로부터 해방시키는 등의 타당한 이유가 있을 때에만 전쟁에 참가합니다. 이들은 인간적인 동정심에서 우방 국가들로 하여금 당면한 위험에서 벗어나도록 도와줄 뿐만 아니라 그들이 이미 입은 피해에 대한 보복도 해줍니다만, 이에 앞서 우방국과의 사전 상의가 있은 후 전쟁의 명분이 입증되어야 하며, 침략 국가에게 요구한 보상이 이행되지 않은 경우에만 전쟁에 임합니다. 그리고 필히 그러한 단계를 거치고 나서야 비로소 유토피아인들은 전쟁을 선포해도 된다고 생각합니다. 이 최종 조치는 우방 국가들이 침략을 당했을 경우뿐만 아니라 우방국 상인들이 다른 나라에서 부당한 법이나 편법으로 인하여 착취당

111 민간 어원설에 따르면 전쟁을 의미하는 라틴어 〈*bellum*〉은 짐승을 뜻하는 〈*belua*〉에서 유래하였다고 하나, 대부분의 민간 어원설이 그러하듯이 이는 잘못된 것이다.

112 민간 군인*citizen-soldier*은 고대로부터 이상적인 것으로 간주되어 왔다.

했을 경우에도 취해집니다.

우리들 이전 세대에서 유토피아인들이 네펠로게트인들을 도와 알라오폴리트인들과 전쟁을 벌인 것도 다름 아닌 바로 이러한 이유에서였습니다.[113] 유토피아인들이 보기에, 알라오폴리트인들 사이에서 거주하는 일부 네펠로게트 상인들에게 정의라는 명분하에 불의가 행해지고 있었습니다. 불화의 옳고 그름이 무엇이었든 간에 그것은 격렬한 전쟁으로 이어졌으며 이웃 국가들도 전력을 다하여 전쟁에 개입함으로써 상호 간의 증오심을 격앙시켰습니다. 번영을 누렸던 국가들이 완전히 폐허로 변했고 다른 나라들도 심한 피해를 입었습니다. 문제가 꼬리를 물고 일어나다가 종국에 가서는 알라오폴리트가 (전쟁 전에는 무력에서 자기네와는 비교도 안 되는 약소국이었던) 네펠로게트에게 참패를 당했고, 전쟁에서 승리한 네펠로게트는(유토피아는 자국의 안위를 위하여 참전했던 것이 아니었으므로) 알라오폴리트인들을 자기들의 노예로 만들어 버렸습니다.

유토피아는 우방국이 당한 부당한 행위에 대해서는 단순한 금전 문제에 있어서도 매우 엄중하게 처벌합니다. 그러나 자국의 권리를 옹호하는 문제에 있어서는 그다지 엄격하지 않습니다. 어떤 식으로든 사기를 당했을 경우 그들의 분노 표출은, 인명 피해가 없는 한, 해당 국가에서 피해 보상을 해올 때까지 그 나라와의 교역 관계를 중단한다는 것이 전부

---

113 알라오폴리트인Alaopolitans는 〈나라가 없는 사람들〉이라는 뜻이고, 네펠로게트인Nephelogetes은 〈구름에서 태어난 사람들〉이라는 뜻이다.

입니다. 그 까닭은 유토피아가 자국민들보다 우방 국가 시민들에게 더 신경을 쓰기 때문이 아니고, 간단히 이렇습니다. 즉 동맹국 상인들이 사기를 당하면 그 손실은 상인들 자신의 재산이지만 유토피아인들이 어떤 것을 잃게 되는 경우에는 그 손실은 공동 소유물에서 나온 것이며 또한 자국에 풍족하게 비축되어 있는 것이기 때문입니다. 풍족한 품목이 아니었다면 수출하지도 않았을 것입니다. 따라서 개인으로서는 손실을 감당해야 할 것이 전혀 없습니다. 그러므로 자국민 중 어느 누구의 생명이나 생계에 전혀 영향을 끼치지 못하는 미미한 손실에 대하여 수많은 사람들의 목숨을 빼앗는 것으로 복수하는 것은 잔인하다는 것이 유토피아인들의 생각입니다. 그런가 하면 만약 자기 나라 사람이 어디에서든 타국 정부나 개인에 의하여 목숨을 잃거나 불구가 되는 일이 발생하는 경우에는, 우선 해당 상황을 조사하기 위하여 사절단을 파견한 다음 가해자를 유토피아에 넘길 것을 요구합니다. 그리고 상대측이 그러한 요구를 거절할 경우에는 지체하지 않고 즉시 전쟁을 선포합니다. 만약 가해자를 넘겨받으면 유토피아에서 그에게 가하는 형벌은 사형이나 노예형입니다.

유토피아인들은 상당한 재물을 위해서일지라도 유혈이라는 엄청난 가격을 지불하는 것은 어리석은 짓이라고 생각하기 때문에 무력을 행하여 얻은 피 묻은 승리는 좋아하지 않을 뿐만 아니라 수치스럽게 여깁니다. 그러나 지략과 술수를 사용하여 얻은 승리에는 온 국민이 환호하며 이 대단한 업적을 위하여 기념비를 세웁니다. 인간을 제외한 다른 어느 동물도 이루어 낼 수 없는 승리, 즉 지력을 사용하여 얻어 낸 승리, 그러한 승리를 거두었을 때 유토피아인들은 자기들이 진정으로 인간다운 미덕에 준하여 행동했다고 생각합니다. 곰, 사자, 멧돼지, 늑대, 개를 포함한 야생 짐승들은 몸으로 싸웁니다. 그리고 이들은 체력이나 흉포성에 있어서 우리 인간보다 모두 우월합니다만, 우리는 술책과 추론에서 이들 모두를 능가합니다.

유토피아인들이 전쟁에 나서는 유일한 목적은 만약 적국이 사전에 인정했더라면 전쟁 선포를 하지 않았을 적국의 잘못을 인정하도록 하기 위해서입니다. 또한 혹시라도 목적한 바를 달성하지 못할 경우에는 유토피아인들에게 피해를 입힌 자들이 다시는 그러한 짓을 감행할 엄두도 내지 못하도록 철저하게 복수를 가합니다. 이러한 것들이 유토피아인들이 열의를 다하여 추구하는 주요 관심사입니다만, 이는 명성과 영광을 얻기 위해서가 아니라 위험을 방지하기 위해서입니다.

그리하여 유토피아는 전쟁을 선포하자마자 즉시 자국의 비밀 요원들로 하여금 유토피아 공식 문장(紋章)이 찍힌 플래카드를 적국의 영토 전역에 걸쳐 확연히 눈에 띄는 곳에 세워 놓도록 합니다. 포고 내용은 국왕을 죽이는 자에게는 거액의 포상금을 약속한다는 것입니다. 왕의 경우보다는 적지만, 명단에 속하는 인물을 죽이는 자에게도 역시 상당한 액수의 포상금을 약속합니다. 이 명단은 유토피아 침략 음모에 대해 왕 다음으로 책임을 져야 한다고 간주되는 자들입니다. 명단에 오른 자를 생포해 오는 데 성공할 경우에는 암살자에게 내리는 포상금의 두 배를 줍니다. 또한 명단에 오른 자가 자신의 동지들에게 등을 돌리는 경우에는 동일한 포상금과 더불어 신변 보호도 보장받습니다.

그 결과 유토피아의 적국 국민들은 삽시간에 서로 상대방을 의심하게 되고 그러한 상황에 따르는 수많은 위험은 공황 상태로 이어집니다. 왕을 비롯하여 많은 사람들이 바로 자신이 완전히 믿었던 사람한테 배신당했다는 것을 알게 됩니다. 뇌물은 그 정도로 범죄 조장에 효과적입니다. 이를 알기 때문에 유토피아인들은 거액의 포상금을 아낌없이 내놓습니다. 또한 자국의 비밀 요원들이 처하게 될 위험에 대해서도 잘 알고 있기 때문에 이들에게는 필히 위험에 비례하여 보수를 지급하며, 실제로 막대한 액수의 금뿐만 아니라 우방 국가 내에서 매우 안전한 지역에 위치한 커다란 사유지도 마련하여 줍니다.

이 세상 다른 모든 나라에서는 이처럼 적의 목숨에 가격을 붙여서 매입하는 행위는 타락한 인간의 잔인하고 극악무도한 악행으로 규탄을 받습니다만 유토피아인들은 이를 현명하고도 자비로운 정책이라고 생각합니다. 우선 이 정책은 그들로 하여금 실제 전투라고는 전혀 없이 대전쟁에서의 승리를 가능하게 해줍니다. 다음으로 소수의 전범(戰犯)을 희생시킴으로써 아군이나 적군이나 전투에서 죽어 갔을 수많은 무고한 사람들의 생명을 구할 수 있게 해줍니다. 유토피아인들은 평민이 자발적으로가 아니라 통치자의 광기에 내몰

려서 전쟁에 나간다는 것을 알기 때문에 이들이 적국 병사들에게 느끼는 연민은 자국민에게 느끼는 감정과 별로 다르지 않습니다.

암살 계획이 실패하면, 왕의 형제나 귀족의 일원으로 하여금 왕위를 찬탈하도록 선동하여 적국 고위층에 불화의 씨앗을 뿌려 놓습니다. 그러나 내부적 불화가 사라지면 이번에는 주변 국가들에게, (왕들이라면 항상 수없이 겪는 일인) 적국의 영토가 한때는 그들의 통치하에 있었다는 사실을 환기시킴으로써 그들로 하여금 적국에 맞서 싸우도록 합니다.

유토피아가 동맹국의 전쟁 시 재정적인 도움을 주기로 약속한 경우 돈은 아낌없이 보내 주지만 자국민을 보내는 일은 거의 없습니다. 자기 나라 국민을 지극히 소중하게 여기기 때문에 국민 한 사람의 목숨은 적국 왕의 목숨과도 바꾸지 않으려 합니다. 금과 은은 오로지 전쟁에 사용하려는 목적으로 보유하는 것이므로 금은을 내주는 일에는 전혀 주저함이 없습니다. 금과 은을 모두 탕진한다고 하더라도 어차피 아무 지장도 받지 않고 잘 살아갈 테니까요. 그리고 앞에서 언급했듯이, 많은 나라들이 유토피아에 빚을 지고 있기 때문에 유토피아는 자국의 풍부한 재원 외에도 국외에 막대한 자금을 보유하고 있습니다. 그리하여 각국에서 특히 자폴레타[114]에서 용병을 고용합니다.

---

114 자폴레타Zapoleta는 〈바쁜 판매자*busy seller*〉라는 뜻이다. 이들은 유럽에서 가장 유능한 용병으로 잘 알려져 있었던 스위스 용병과 여러 면에서 일치한다(그 잔여가 바티칸에서 고용하는 스위스 호위대로 아직도 남아 있다).

자폴레타인들은 유토피아 동쪽에서 5백마일 떨어진 곳에서 살고 있으며 무례하고 거칠고 사나운 사람들입니다. 이들이 자란 숲 속과 산속 또한 이들이 좋아하는 종류의 환경으로써 몹시 거칠고 험준합니다. 자폴레타인들은 사치라고는 전혀 모르고, 더위나 추위나 힘든 일을 모두 잘 견디며, 사는 집이나 입는 옷에 전혀 신경을 쓰지 않는 강인한 종족입니다. 밭을 갈지 않는 대신에 목축을 합니다만 대부분은 사냥이나 도둑질로 살아갑니다. 타고난 전사들이라서 항상 싸우고 싶어 하며 기회만 있으면 싸우려고 합니다. 그리하여 전사를 필요로 하는 이라면 누구에게나 싼값에 고용되어 상당수가 고국을 떠납니다. 이들이 살기 위해서 알고 있는 유일한 기술은 죽이는 기술입니다.

이들은 자기에게 돈을 지불하는 사람을 위해서 용기와 충성을 다하여 싸우지만, 일정한 고용 기간을 정해서 자신들을 얽매이게 하지는 않습니다. 만약 다음 날 누군가, 비록 적이라 할지라도, 돈을 더 많이 주겠다고 하면 그날로 그 사람을 위해서 싸우며 그보다 단돈 몇 푼이라도 더 주겠다고 하면 다시 먼젓번 고용주에게로 돌아갑니다. 상당한 수효의 자폴레타인들이 양쪽 진영에 모두 참여하여 싸우지 않는 전쟁은 거의 없습니다. 혈연관계로 맺어진 사람들이나 오랜 기간 동안 전우로서 함께 전투에 참여했던 사람들이 하루아침에 갈라져서 서로 적국에 편입되어 전장에서 만나는 일이 날마다 일어납니다. 이들은 친지나 동지라는 사실을 망각하고 양쪽 왕들이 지급하는 하찮은 액수에 자기들이 고용되었다는 이유 하나만으로 서로 맹렬하게 맞서 싸웁니다. 돈에 대한 관심이 얼마나 강한 사람들인지 하루에 동전 한 닢만 더 주면 편을 바꾸도록 쉽게 유인할 수 있습니다. 이들은 탐욕에 길들여져 있어서 목숨을 걸고 번 돈을 곧바로 지극히 추잡한 종류의 방탕으로 탕진하기 때문에 돈이라고는 전혀 없습니다.

유토피아인들은 다른 어느 누구보다도 더 높은 가격을 지불하기 때문에 자폴레타인들은 적이 누구이든 가리지 않고 유토피아를 위해서는 싸울 준비가 되어 있습니다. 정당한 용도에 가능한 한 최상의 사람들을 찾아내는 유토피아인들은 부당한 용도에는 가능한 한 최악의 사람들인 자폴레타인들을 고용합니다. 상황에 따라서 필요하다면 유토피아인들은 엄청난 보수를 제의하면서 이들을 가장 위험한 자리에 투입시킵니다. 자원자들의 대부분은 영원히 자기들의 보수를 받으러 돌아오지 못하지만, 유토피아인들은 살아 돌아오는 자폴레타인에게, 후에 또 시도하려는 용기를 북돋아 주기 위해 충실하게 약속대로 거액을 지불합니다. 얼마나 많은 수의 자폴레타인들이 죽는지에 대해서 유토피아인들은 전혀 신경 쓰지 않습니다. 그처럼 혐오스럽고 사악한 종족을 지상에서 멸종시킬 수 있다면 이는 전 인류에게서 칭찬받아 마땅한 일이라고 생각하기 때문입니다.

자폴레타인 이외에도, 유토피아는 자기들이 군비(軍備)에 도움을 주었던 국가의 병사들을 비롯하여 다른 모든 우방국들의 군사를 고용합니다. 마지막으로 자국민들을 이에 합세

하도록 하며 용맹을 떨친 유토피아인이 전군의 지휘관이 됩니다. 그리고 지휘관 대리로 두 명을 임명하는데, 이 두 사람은 지휘관이 무사한 한 아무런 계급도 없습니다. 그러나 지휘관이 전사하거나 포로가 되는 경우에는 두 명의 대리 중에서 한 명이 지휘관이 되며, 그 지휘관에게 사고가 발생하면 나머지 한 사람이 지휘관이 됩니다. 그렇게 함으로써 전쟁에서 발생하는 예측 불허의 사고에도 불구하고, 지휘관이 당하는 불운의 결과로 군대 전체가 결코 무질서하게 되는 일이 없도록 합니다.

해외 전투에는 각 도시에서 선발된 자원자들만 보냅니다. 워낙 겁이 좀 있는 사람은 잘해 보았자 소심하게 행동할 것이며 자칫 동료들 사이에 공포감을 조성시킬 수도 있기 때문에, 유토피아에서는 본인의 의사를 무시하고 강제로 해외 파병을 시키는 일은 결코 없습니다. 그러나 자국이 침략을 당할 시에는 전 국민이 동원되며, 겁쟁이들은 (육체적으로 결함이 없는 한) 용감한 병사들과 더불어 선상에 배치하든지 또는 탈주할 장소가 전혀 없는 요새 곳곳에 배치합니다. 그러면 동포를 실망시킨다는 수치심과 눈앞에 있는 적에 대한 자포자기와 도주의 불가능성으로 인해 겁쟁이들은 흔히 두려움을 극복하고 순전히 필요에 의해 결국 용감해집니다.

본인의 의사와는 무관하게 강제로 해외 파병을 당하는 남자가 없는 것과 마찬가지로, 여자는 본인이 원한다면 군 복무에 자기 남편과 동행하는 것이 허용됩니다. 그러한 행동을 금지하지 않는 것뿐만 아니라 실은 장려하고 칭송합니다.

전선에서 여자들은 자기 남편 옆에 배치됩니다. 그리고 남자를 중심으로 그의 자식들, 친지들, 배우자의 친척들을 배치함으로써, 상호 협조를 위하여 서로 도울 이유를 가장 많이 가진 사람들끼리 가장 가까이 있도록 합니다. 배우자 중 한 사람만 살아서 돌아온다든가 아들이 아버지를 잃고 돌아오는 것은 크나큰 비난의 대상이 됩니다. 그 결과 적이 물러서지 않는 한 치열한 육탄전이 장기간 지속되기 마련이고 결국 모든 적들이 죽어야만 전쟁이 끝납니다.

내가 살펴본 바에 의하면, 유토피아인들은 용병으로 전쟁을 끝낼 수 있는 한 육탄전은 회피하고자 모든 예방 조치를 취합니다. 그러나 전투 참여가 불가피한 상황이 되면, 오랫동안 참전 회피에 신중했던 것만큼 이번에는 용감하게 전투에 임합니다. 첫 돌격에서는 맹렬하지 않지만 전투가 지속될수록 꾸준히 불굴의 인내를 보이면서 서서히 점점 더 용맹스러워집니다. 어찌나 사기가 강한지, 진지에서 물러나느니 차라리 전사하려고 합니다. 이들은 고국에 있는 가족들의 생계에 대한 불안감이 전혀 없으며 가족들의 장래에 대해서도 (이는 가장 용감무쌍한 병사들도 흔히 겪는 걱정입니다만) 전혀 걱정하지 않습니다. 그리하여 사기가 충천해진 이들은 무적의 병사가 됩니다. 전쟁이라는 일에 대해서 알고 있고, 그것을 잘 알고 있다는 것은 이들에게 더욱 자신감을 심어줍니다. 또한 어렸을 때부터 애국주의의 기본 원칙을 바탕으로 한 본보기와 가르침 속에서 훈련을 받으며 자랐다는 사실도 이들의 용기에 일조를 가합니다. 이들은 무모하게 던져 버릴 정도로 목숨을 값싸게 생각하지도 않고, 의무가 목숨의 포기를 명할 때 수치를 무릅쓰고 열렬히 매달릴 정도로 소중하고 값진 것으로 생각하지도 않습니다.

전투가 절정에 이르면, 특별한 선서를 마친 일단의 가장 용감한 병사들이 적장을 찾아내는 일에 몸을 바칩니다. 적장을 직접 공격하기도 하고, 비밀 함정을 설치하기도 하고, 가까이서 그리고 멀리서 타격을 가합니다. 병사가 지쳐서 쓰러지면 그 자리에 새로운 병사가 끊임없이 대체되면서 적장에 대한 공격은 계속됩니다. 결국 적장이 도망치지 않는 한 그를 죽이거나 사로잡지 못하는 일은 거의 없습니다.

유토피아인들은 상당수의 적군을 죽이기보다는 포로로 삼기를 원하기 때문에 이들의 전쟁 승리는 결코 대량 학살로 끝나지 않습니다. 도망병들을 추적할 때는 반드시 자국의 병사들로 하여금 군기 아래 전선을 구축하여 새로이 전투에 임할 태세를 갖추도록 합니다. 이 작전을 실행할 때 (아군의 나머지 병력이 패배했다고 가정하고) 매우 신중하게 이 마지막 예비 병력으로 승리를 거두게 되면, 이들은 적의 도망병들을 추적하느라 자국의 병력을 분산시키는 혼란에 빠지기보다는 차라리 적병이 도주하도록 방치합니다. 이들은 과거에 자신들에게 몇 차례 일어났던 일을 잊지 않고 있습니다. 즉, 전력이 우세했던 날 적군은 유토피아 주력군을 패퇴시킨후 도망병들을 추적하기 위하여 자신들의 병력을 분산시켰고, 그러자 기회를 엿보고 있던 소수의 유토피아 예비 병력은 적군이 안심하고 방비를 소홀히 하는 바로 그 순간에 기습 공격을 가했던 것입니다. 그렇게 함으로써 유토피아인들은 그날의 전세를 역전시키면서 적의 손아귀에서 승리를 낚아채었으며, 패배한 상황임에도 불구하고 정복자들을 무찌를 수 있었던 것입니다.

　유토피아인들이 매복이나 함정을 사용하는 일에 더 뛰어난지 아니면 자신들을 겨냥한 적의 매복이나 함정을 회피하는 일에 더 신중한지는 말하기 어렵습니다. 후퇴는 결코 생각도 하지 않으면서 겉으로 보기에는 당장이라도 도망칠 것처럼 보이는 경우도 있는가 하면, 실제로 이들이 후퇴할 준비가 되었을 때는 아무도 그 사실을 상상조차 하지 못합니다. 병사 수효가 미미하여 공격이 불가능하다거나 지형이 공격에 부적절할 때면 이들은 야밤을 이용하여 자신들의 군진을 적의 진지에서 멀리 떨어진 곳으로 이동시킵니다. 만약 대낮에 후퇴해야 하는 경우에는 매우 서서히, 체계적으로 질서를 유지하며 움직이기 때문에 적군이 보기에는 이들의 군대가 전진하고 있는 듯하여 쉽사리 공격을 감행하지 못합니다. 또한 매우 신중하게 자기들 주위에 넓고 깊은 도랑을 파서 진영을 강화하며, 도랑을 만들기 위해 파낸 흙은 내부로 던져 쌓아 올려 일종의 성벽을 만듭니다. 이 작업은 일꾼들이 아니라 병사들 손으로 이루어지며, 기습 공격을 방지하기 위하여 일하는 병사들 주변에 비치한 보초 한 명을 제외하고는 병사 전원이 합세합니다. 대단한 수효의 인력 투입으로 이들은 넓은 지역을 둘러싼 거대한 요새를 믿기 어려울 정도의 속도로 완성합니다.

이들이 입는 갑옷은 강타에도 안전할 만큼 막강하면서도 몸을 자유로이 움직이는 데 전혀 불편하지 않습니다. 수영을 하는 데도 전혀 방해가 되지 않으며, 실은 갑옷을 입고 수영하는 것이 군사 훈련의 하나이기도 합니다. 멀리 있는 적과 싸울 때는 활을 사용하며, 땅 위에서만이 아니라 말 위에서도 강한 힘으로 쏘는 이들의 화살은 명중률이 놀랍습니다. 가까이 있는 적과 싸울 때는 칼을 사용하지 않고, 끝이 날카롭고 무게가 엄청나서 그것으로 내리치거나 찌르면 치명적인 무기인 전투 도끼를 사용합니다. 이들은 전쟁에 사용할 기계를 발명하는 데도 뛰어난 기술을 지니고 있습니다만, 만약 사용하기도 전에 밖으로 알려지면 적의 조롱거리가 되면서 효과도 감소되기 때문에 자신들의 발명품을 기밀로 합니다. 전쟁 기계 설계 시에 이들이 우선적으로 고려하는 점은 기계들의 용이한 운반과 조준의 정확성입니다.[115]

유토피아인들은 적과 휴전을 조약하면 이를 철저하게 지

115 유토피아인들의 군사용 무기들은 그 당시 널리 알려진 다양한 무기들의 서로 다른 특징을 한데 섞어 놓은 것이다. 이들의 진영은 로마군의 진영처럼 요새화되어 있다. 프랑스가 크레시Crécy전투(1346) 및 아쟁쿠르Azincourt 전투(1415)에서 잉글랜드에게 대패한 원인은 잉글랜드군 궁수들의 대활약인 것으로 유명하다. 또한 최초의 기마 유목 민족인 스키타이인Scythians(B.C. 6세기~B.C. 3세기경)과 파르티아인Parthians(B.C. 247~A.D. 226)은 말을 타고 달리면서 쏘는 화살로 명중시키는 능력으로 예부터 명성이 높았다. 여기서 언급되고 있는 〈기계들〉은 로마인들이 사용했던 (돌을 발사하는 무기인) 〈발리스타ballista〉를 비롯하여 다트, 충각(衝角), 돌멩이를 발사하는 〈스코피온scorpion〉등을 연상시킨다. 그러나 운반 능력에 대한 강조는 중세 진흙투성이 진창길에서의 이동이 지독히 힘들었던 대포에 대한 당대의 경험을 반영하고 있는 것으로 보인다.

키며, 도발을 당하는 경우가 발생해도 조약을 깨뜨리지는 않습니다. 이들은 적국의 영토를 유린하거나 그들의 농작물을 불태워 버리지 않습니다. 실은, 자신들이 나중에 군량미로 사용할지도 모른다는 생각에서 병사들이나 말들이 농작물을 짓밟는 일도 가능한 한 방지합니다. 무장하지 않은 사람은 첩자가 아닌 한 해치지 않습니다. 항복한 도시에는 아무런 피해도 입히지 않고, 돌격을 감행한 지역에서도 약탈을 자행하지 않으며, 항복을 거부한 자들만 처형하고 나머지 병사들은 노예로 삼지만 일반인들은 해치지 않습니다. 만약 일반인들 중에서 다른 이들에게 항복을 권유한 이들이 있으면, 유토피아인 자신들은 절대로 전리품을 취하지 않기 때문에, 그 사람들에게는 압수한 땅의 일부를 주고 나머지는 동맹국들에게 내어 줍니다.

전쟁이 끝나면 유토피아인들은 전쟁에 소모된 비용을, 동맹국을 위하여 전쟁에 참가했으므로, 동맹국이 아니라 정복된 나라로부터 받아 냅니다. 보상금으로는 앞으로의 전쟁 비용으로 확보해 놓을 돈으로도 받고, 연간 소득으로 영구히 덕을 볼 수 있는 토지로도 받습니다. 현재 유토피아는 이러한 종류의 토지를 여러 나라에 소유하고 있으며 이는 지난 수년에 걸쳐 여러 면에서 조금씩 증가하면서 이제는 그 가치가 연간 70만 두카트[116]에 달합니다. 이와 같은 부동산

116 여기서 말하는 〈두카트*ducat*〉는 그 당시 국제 무역에서 흔히 사용된 베네치아의 두카트를 지칭하는 것이 분명하다. 이 액수는 당시 잉글랜드 파운드의 절반 정도로 환산될 수 있지만 현재 달러 가치와 상응하려면 대략 50배로 곱해야 할 것이다. 핵심은 이 금액이 엄청난 액수라는 것이다.

관리를 위하여 유토피아는 자국민에게 재정 담당관이라는 직책을 부여하고 해외로 파견합니다. 파견된 이들은 중요한 인물로 행동하면서 풍족한 생활을 하며, 그러면서도 남아도는 수입의 상당량은 국고에 보관하거나, 자신들이 원한다면 정복당한 나라에 빌려 주기도 합니다. 흔히는 후자를 선택하며, 나중에 돈이 필요하게 되더라도 전액을 환수하는 경우는 거의 없습니다. 그리고 이러한 토지의 일부는, 앞에서 이미 설명했듯이, 전쟁에서 대단히 위험한 역할을 이행한 사람들에게 보상으로 지급됩니다.

만약 어느 타국의 군주가 전투 태세를 갖추고 유토피아를 침략하려고 하면 유토피아인들은 즉각 전 군사력을 동원하여 국경 밖에서 그에게 공격을 가합니다. 이들은 자국 영토 내에서 전쟁을 벌이는 것을 지극히 꺼려 하며, 그 어떤 경우에도 동맹국 군사들이 자신들의 섬나라로 진입하는 일만은 결코 허용하지 않습니다.

종교

유토피아에는 여러 형태의 다양한 종교가 있으며, 각 도시에도 다양한 종교가 공존합니다. 태양을 신으로 숭배하는 사람들도 있고 달을 숭배하는 사람들도 있는가 하면, 어떤 사람들은 행성 중의 또 다른 어느 별을 신으로 숭배합니다.[117] 덕망이나 영광으로 이름을 떨친 지난날의 인물을 숭배하는 사람들도 있으며, 그러한 인물은 그냥 신이 아니라 여러 신들 가운데서도 가장 높은 신으로 간주됩니다. 그러나 대부분의 유토피아인들은 (그리고 그중 현명한 사람들은) 그런 종류의 것들을 전혀 믿지 않습니다. 이들은 물리적으로가 아니라 권세로서 우주 삼라만상에 퍼져 있는 불가지하고 영원하며 불가해하여 인간 정신의 이해를 초월하는 단일한 힘을 믿습니다. 이를 〈아버지〉라 부르며 삼라만상의 근원과 성장과 변화와 종말을 모두 〈아버지〉의 역사(役事)로 받아들이는 이들은 〈아버지〉이외에는 다른 어떤 신의 신성도 인정하지 않습니다.

유토피아에 존재하는 다른 종파들은 나름대로의 다양한 교리에서 이 주류 그룹과는 다르지만 그럼에도 불구하고, 유토피아 언어로 〈미트라〉라고 부르는, 삼라만상의 창조자이자 지배자는 이 최상의 존재라는 점에 있어서는 유토피아인 모두가 이 주류의 견해에 동의합니다. 사람들마다 이 최상의 존재를 서로 다르게 정의하고 있습니다만, 각자 자신이 숭배하는 대상은 모든 사람들이 다 같이 숭배하는 이 크나큰 힘을 지닌 특별한 존재라고 믿습니다. 그러나 미신의 혼합체를 숭배하는 사람들은 이에서 점차 벗어나 다른 모든

117 우주에서 최상의 선을 상징하는 빛의 정기인 미트라Mithra(고대 페르시아 신화에 나오는 신으로 후에는 태양신) 또는 조로아스터교의 주신(主神)이며 광명을 상징하는 아후라 마즈다Ahura Mazda를 내세우는 페르시아 사상에 영향을 받은 사람들에게 하늘에 있는 다양한 종류의 빛들은 아주 적절한 숭배의 대상이다. 플라톤주의 철학가인 조반니 피코 델라 미란돌라 Giovanni Pico della Mirandola(1463~1494)의 저서를 통해서 모어는 고대 페르시아 사람들에 대하여 무척 많은 것을 알아낼 수 있었을 것이다.

종교들과는 달리 사리에 맞는 그 단일한 종교로 귀의하고 있는 중입니다. 개종을 고려하고 있던 일부 유토피아인들에게 여러 가지 불행한 사건들이 일어나지만 않았더라면 다른 종교들은 분명히 오래전에 사라져 버렸을 것입니다. 불운의 사건이 발생할 때마다 즉시 사람들은 이를 버림받은 신이 자기가 받은 모욕에 대해 복수하고 있는 것으로 받아들였던 것입니다.[118]

그러나 이들이 우리에게서 예수의 이름을 듣고, 그의 가르침과 그의 삶과 그가 행한 기적들을 알게 되고, 멀고 먼 나라까지 찾아가 그리스도교 전파를 위하여 피를 흘린 수많은 순교자들의 기적처럼 놀라운 헌신에 대해서 듣고 얼마나 감격하였는지 믿지 못하실 겁니다. 하느님의 신비로운 감화를 통해서인지, 아니면 그리스도교가 이들 사이에 이미 널리 퍼져 있는 종교와 매우 비슷해서인지, 처음부터 이들은 열린 마음으로 그리스도교를 받아들일 준비가 되어 있었습니다. 그러나 내 생각에는 예수께서 당신 제자들에게 공유 생활을 실천하도록 북돋아 주었고[119] 독실한 그리스도교인 집단 사이에서는 지금도 그러한 생활이 널리 실행되고 있다는 사실이 이들에게 큰 영향을 끼친 것 같습니다. 이유가 무엇이었

118 여기에서 말하는 〈여러 가지 불행한 사건들〉이란 단순한 자연 재앙에 대한 미신적인 해석을 지적하고 있는 것이 분명하다.

119 「사도행전」 2장 44~45절. 〈믿는 사람은 모두 함께 지내며 그들의 모든 것을 공동 소유로 내어놓고 재산과 물건을 팔아서 모든 사람에게 필요한 만큼 나누어 주었다.〉 사도행전 4장 32절. 〈그 많은 신도들이 다 한마음 한뜻이 되어 아무도 자기 소유를 자기 것이라고 하지 않고 모든 것을 공동으로 사용하였다.〉

171

든 간에, 이들 중 적지 않은 수의 사람들이 우리 그리스도교에 들어와 세례수를 받았습니다. 그즈음에 우리 가운데 두 사람이 세상을 떠났고 살아남은 네 사람 중에는 유감스럽게도 사제가 없었습니다. 그리하여 다른 사안들에 관해서는 이들에게 가르침을 줄 수 있었지만 우리 그리스도교에서 오로지 사제만이 행할 수 있는 성사들은 결핍되어 있었습니다.[120] 그러나 이들은 이 성사들의 의미를 명확히 이해하고 있으며, 진심으로 이를 갈구합니다. 실은, 그리스도교 주교에 의하여 서품을 받지는 않았더라도 자신들 중에서 선택된 한 사람이 사제로 간주될 수는 없는지에 대하여 격렬한 논쟁이 일고 있습니다. 그러한 사람을 선출하려는 결정에 도달한 듯이 보였지만, 내가 떠나올 때까지는 선출된 사람이 아직 없었습니다.

그리스도교를 받아들이지 않은 사람들은 남들이 그리스도교인이 되는 것을 막으려고 애를 쓰지도 않으며, 또한 이 새로운 종교로 개종하는 이들을 비난하지도 않습니다. 내가 거기 있는 동안 법적으로 문제가 있었던 그리스도교인은 단 한 사람뿐이었습니다. 세례를 받는 즉시 그는 분별력 없이

---

120 가톨릭교회에 의하여 공인된 일곱 가지(세례, 견진, 성체, 고해, 병자, 성품, 혼인) 성사 중에서 평신도가 수행할 수 있는 성사는 셋으로 제한되어 있다. 평신도는 혼인을 주례할 수 있고, 필요한 상황에서는 세례를 줄 수도 있으며, 극도로 위급한 상황에서는 일종의 성사에 준하는 대세(代洗)까지도 줄 수 있다. 그러나 평신도는 절대로 새로운 사제를 서품할 수 없고 성찬 거행을 위하여 빵과 포도주를 축성할 수도 없다. 그러므로 올바른 절차를 거쳐 서품을 받은 사제가 없는 곳에서는 그리스도교의 매우 중요한 종교적 요소가 결여되어 있는 것이다.

열광적으로 그리스도교를 공공연히 설파하는 일에 나섰습니다. 우리는 그에게 그런 행동을 하지 말라고 경고했습니다만 그는 곧 우리의 종교를 선호하는 정도를 넘어서 다른 모든 종교들을 가리켜, 그 불경스럽고 신성 모독적인 추종자들을 그들이 마땅히 떨어져야 할 지옥의 불 속으로 이끌어가는 종교들로서 그 자체가 신성에 위배되는 것들이라고 단죄하였습니다. 오랫동안 이런 식으로 행동하자 그는 체포되었습니다. 그는 상대방의 종교를 경멸한 죄로서가 아니라 공공질서를 파괴한 죄로 재판을 받았고 유죄로 인정되어 추방형을 선고받았습니다. 왜냐하면 그 누구의 종교도 본인의 의사에 반하여 강요되어서는 안 된다는 것이 이 나라의 가장 오래된 제도 중 하나이기 때문입니다.

이 섬에 오기 전에도 유토푸스 왕은 이 섬 주민들이 종교 문제로 끊임없이 다투고 있다는 소리를 이미 들어 알고 있었습니다. 사실 여러 종파들이 서로 싸우느라고 바빠서 그를 대적하지 못했기 때문에 그로서는 이 나라를 정복하는 것이 어렵지 않았습니다. 그리하여 승리를 거두자마자 즉시 그는 모든 사람들은 자신이 선택한 종교를 믿을 권리가 있으며, 타인에게 고통을 주지 않으면서 평온하고 겸손하고 합리적으로 전도한다는 조건하에서 자신의 종교를 전도할 권리도 있다는 칙령을 선포했습니다. 설득으로 전도가 실패했을 때 남을 비방하거나 폭력을 사용하는 자는 추방형이나 노역형에 처해집니다.

유토푸스 왕이 이러한 법령을 제정한 까닭은 끊임없는 싸움과 뿌리 깊은 증오로 인하여 파괴될 위험에 처해 있는 평화를 위해서만이 아니라 종교 자체를 위해서이기도 했습니다. 하느님께서는 인간들이 다양한 형태로 당신을 숭배하는 것을 좋아하실 수 있고, 그리하여 서로 다른 사람들이 서로 다른 방식으로 숭배하는 것도 실은 당신의 의도일 수도 있다는 것이 유토푸스 왕의 생각이었기 때문에 그는 종교 문제에 관해서는 결코 성급하게 독단적인 입장을 취하지 않았습니다. 반면 그가 확신하는 바는, 누구든지 위협이나 폭력을 사용하여 타인으로 하여금 자신의 믿음을 받아들이도록 강요한다면 이는 오만한 치행(痴行)이라는 것입니다. 그의 생각은, 만약 어느 한 종교만이 진정으로 참된 종교이고 나머지 모든 종교들은 거짓 종교라면, 그렇다면 그 참된 종교는 그 자체의 자연스러운 힘으로 결국 승리하리라는 것입니다. 이는 물론 사람들이 이 문제를 무릇 이성적으로 온건하게 고려해야 한다는 전제하에서입니다. 그러나 만약 사람들이 종교 문제를 싸움과 폭동으로 결정하려고 한다면, 가장 나쁜 사람들이 항상 가장 완고하기 때문에, 마치 가시덤불투성이 밭에서는 작물이 말라 죽듯이 이 세상에서 가장 훌륭하고 가장 성스러운 종교는 온갖 맹목적인 미신들에 의해 설 자리를 잃게 될 것입니다. 그리하여 유토푸스 왕은 모든 사람들로 하여금 자신이 믿고 싶은 종교를 선택하도록 허용함으로써 종교에 관한 모든 문제를 각 개인의 자유에 맡겼습니다. 그가 만든 유일한 예외는 영혼은 육신과 더불어 소멸한다고 생각한다든가, 또는 이 세상이 신성한 섭리에 의해서가 아니라 단순한 우연에 의해서 지배된다고 생각할 정도로 인간 본성의 존엄성을 극도로 추락시키는 자는 단호하게 법으로 다스린다는 것이었습니다.

유토피아인들은 이 세상에서의 삶이 끝나고 나면 악은 벌을 받고 선은 상을 받는다고 믿습니다. 그리고 이 정언(定言)에 반대하는 자는 자기 영혼의 숭고함을 짐승의 불쌍한 몸뚱이 수준으로 비하시켰다 하여 인간도 아닌 자로 간주됩니다. 만약 두려움으로 제지하지 않는다면 이러한 자는 사회의 모든 법과 관습을 거역할 것이 분명하기 때문에 사람들은 그를 시민의 일원으로도 받아들여 주지 않습니다. 법 이외에는 아무것도 두려워하는 것이 없으며 사후의 삶에 대한 희망이라고는 전혀 없는 사람이라면 자신의 탐욕을 만족시키기 위하여 술책으로 법을 회피하고 폭력으로 법을 어기려 무슨 짓이고 하리라는 것을 의심할 사람이 누가 있겠습니까? 그리하여 그와 같은 견해를 가진 사람에게는 그 어떤 명예도 부여하지 않고 어떠한 공직도 주지 않을 뿐 아니라, 공적 책임 또한 맡기지 않으며 모든 사람들로부터 저속하고 불결한 자로 간주됩니다. 그러나 믿음의 선택은 단순히 개인의 의지만으로 결정되는 것이 아니라고 생각하기 때문에 그러한 사람을 벌하지는 않습니다. 뿐만 아니라 그의 종교적 견해를 억지로 바꾸게 하려고 그를 협박하지는 않지만 기만이나 거짓은 용납하지 않는데, 그런 문제에 있어서는 기만이나 거짓은 의도적인 악의와 다름없는 것으로써 혐오합니다. 그런 사람에게는 일반인들을 대상으로 자신의 종교적 견해를 옹호하며 논쟁을 벌이는 것이 금지되어 있습니다만 사제들과 주요 인사들이 참석한 자리에서는 이를 허용할 뿐만 아니라 장려합니다. 왜냐하면 그의 광기가 결국에는 이성에 굴복하리라는 것을 확신하기 때문입니다.

일부 사람들, 실은 적지 않은 수의 사람들은, 짐승들도 (비록 우리 인간의 영혼에는 미치지 못하고 우리와 같은 지복을 타고나지는 않았지만) 영혼을 지니고 있다고 가정하는 오류를 범하고 있습니다. 이 사람들은 사악한 것도 아니고 이들의 의견 또한 전적으로 비이성적인 것이 아니라고 사료되어 이들을 제재하지는 않습니다.

거의 모든 유토피아인들은 사후에도 인간의 지복은 영원하리라는 것을 확고하게 믿습니다. 그리하여 모든 사람들의 질병에 대해서는 슬퍼하지만, 죽음에 대해서 애도를 표하는 경우는 죽어 가는 사람이 자기 의지에 반해서 삶을 끝내는 것을 안타까워하는 경우뿐입니다. 그러한 행동은 마치 영혼이 생전의 죄를 의식하고 절망하면서 앞으로 받게 될 벌에 대한 은밀한 예감 때문에 죽음을 두려워하는 것 같기 때문에 아주 나쁜 징조로 받아들여집니다. 그뿐만 아니라 하느님은 당신의 부르심을 받고 기꺼이 오는 것이 아니라 원치 않으면서 마지못해 끌려오는 자를 반기실 리가 없다는 것이 이 사람들의 생각입니다. 그러한 죽음은 보는 사람들의 가슴을 공포로 가득 채우며, 시신은 침울한 침묵 속에서 묘지로 운반됩니다. 묘지에서 사람들은 하느님께 그의 영혼에 자비를 베풀어 주시고 그의 나약함을 용서해 주시기를 간구한 다음 그 불행한 인간을 땅에 묻습니다. 그러나 누군가 기쁜 마음으로 희망에 가득 차서 죽는 경우에는 아무도 그의 죽음을 애도하지 않으며, 사람들은 즐거운 마음으로 그의 시신을 운구하고 노래를 부르며 죽은 사람의 영혼을 하느님께 바칩니다. 그러고 나서 슬픔보다는 경외의 마음으로 시신을 화장한 후 고인의 공적을 새긴 비석을 세웁니다. 집으로 돌아가는 길에 사람들은 고인의 성품과 생전의 행적에 대해서 이야기합니다만 그의 생애에서의 그 어떤 일보다도 더 많이, 더 즐겁게 하는 이야기는 기쁨에 넘친 그의 죽음에 대한 이야기입니다.

유토피아인들은 죽은 사람의 좋은 점을 회상하는 것은 산 사람으로 하여금 착하게 살아가도록 도와주는 일일 뿐만 아니라 고인이 받을 수 있는 최상의 영예라고 생각합니다. 왜냐하면 비록 인간의 미흡한 시력을 통해서는 볼 수 없지만, 죽은 사람들은 실제로 우리들 가운데 함께하면서 우리가 자기들에 대해 하는 이야기를 듣고 있다고 생각하기 때문입니다. 지복을 누리는 상태에 있는 죽은 이는 자기가 가고 싶은 곳은 어디든지 자유로이 갈 수 있을 것이며, 생전에 사랑하고 존경했던 친구들을 당연히 찾아가고 싶어 할 것입니다. 선한 것이 모두 그러하듯이 선한 사람의 움직임의 자유는 사후에 감소되는 것이 아니라 증가되고, 그리하여 죽은 이는 생전의 친구들의 말과 행동을 살펴보기 위해서 살아 있는 사람들을 자주 찾아온다고 유토피아인들은 믿습니다. 보호자에 대한 그러한 신뢰로 인하여 유토피아인들은 더욱 확신을 가지고 삶에 임하며, 자신들의 선조가 실제로 함께하고 있다는 믿음은 이들로 하여금 그 어떤 수치스러운 일도 비밀리에 행할 수 없도록 해줍니다.

다른 나라 사람들이 매우 진지하게 받아들이는 것들로서, 예를 들면 점을 보는 일이라거나 다른 형태의 미신적인 허황된 행위들을 유토피아인들은 우스꽝스럽고 경멸할 만한 일로 여깁니다.[121] 그러나 자연의 도움 없이 일어나는 기적은 신성한 힘의 직접적인 가시(可視) 발현으로 존경하고 숭배합니다. 실제로 유토피아에서 기적이 자주 일어났다고 합니다. 아주 심각한 위기에 처해 있을 때 이들은 기적을 간구하며 공개적으로 기도를 올리고, 기도 속에서 확신을 가지고 기적이 일어나기를 고대하며, 끝내는 기적이 일어납니다.

유토피아인들은 자연을 면밀히 관찰하는 가운데 마음속에서 솟아나는 숭배는 하느님에 대한 경배와 다름없다고 생각합니다. 그러나 어떤 이들은, 그 수효가 적지 않습니다만, 종교적인 동기로 인하여 학습을 거부하고 그 어떤 학업에도 매진하지 않으며 모든 여가를 외면한 채 모든 시간을 선행에 헌신합니다. 이런 사람들은 자선 업무에 바치는 끊임없는 헌신이 사후에 자기들이 행복할 수 있는 기회를 증가시킬 것이라고 생각합니다. 그래서 이들은 항상 바쁩니다. 어떤 이들은 병자를 돌보고, 또 어떤 이들은 도로를 고치고, 도랑을 청

---

121 모어가 매우 존경했던 피코 델라 미란돌라는 점성술을 단호하게 규탄했다. 한편 바로 이어 기술되는 견해, 즉 〈비그리스도교 나라에서도 기적은 일어난다〉는 견해는 가톨릭 교리의 규범이다.

소하고, 다리를 재건하고, 풀이나 자갈이나 돌멩이를 헤집고, 나무를 베어 자르고, 목재나 곡물이나 다른 생필품들을 수레에 싣고 여러 도시로 운반하기도 합니다. 이들은 대중을 위해서는 물론이고 개인을 위해서도 일을 하며 노예들보다도 열심히 합니다. 일 자체가 고생스럽고 지루하고 절망적이어서 대부분 사람들이 시도조차 거부하는 몹시 거칠고 힘들고 더러운 일들을 이 사람들은 즐거운 마음으로 합니다. 중노동은 항상 자기들이 하는 덕분에 남들이 여가를 가질 수 있음에도 불구하고 그 점에 대해서는 전혀 생색을 내지 않습니다.[122] 이들은 다른 사람들이 살아가는 방식을 비판하지도 않고 자신들이 사는 방식을 자랑스럽게 생각하지도 않습니다. 그러나 이들이 노예나 하는 궂은일을 하면 할수록 모든 사람들로부터 그만큼 더 존경을 받습니다.

이 사람들은 두 종류로 분류할 수 있습니다. 한 종류는 독신자들로서 섹스뿐만이 아니라 육식도 금기하며, 이들 중에는 동물성 음식은 전혀 먹지 않는 사람도 있습니다. 이들은 현세의 모든 쾌락을 해로운 것으로서 거부하고 오로지 앞으로 다가올 내세의 행복을 고대하며 힘든 일과 철야 수행으로 그 행복을 얻게 되기를 바랍니다. 그리고 그 행복을 속히

---

122 지옥에 떨어지는 7대 죄악(오만, 탐욕, 정욕, 분노, 대식, 시기, 나태)과 정반대되는 요인들이다. 이들 금욕적인 유토피아인들은 참회와 자아 고행이 삶에 뿌리 깊게 자리하고 있었던 모어의 마음에 드는 인물들일 것임이 분명하다. 또한 불유쾌하고 고통스러운 일들을 항상 자처하여 도맡아 한다는 이들의 모습은 제1권에 등장하는 유럽 수사들에게 부여한 나태함과 대조적인 모습을 보여 주고 있다.

누리기를 바라면서 지금 여기에서의 삶을 즐겁고 활기차게 보냅니다. 다른 한 종류의 사람들도 힘든 일을 좋아하기는 마찬가지지만, 그러나 이들은 결혼을 선호합니다. 이들은 결혼 생활에서 얻는 위안을 경시하지 않으며, 자연에 대한 자신들의 의무는 노동을 하는 것이고 국가에 대한 의무는 자녀들을 낳는 것이라고 생각합니다. 노동에 방해가 되지 않는 한 이들은 그 어떤 쾌락도 회피하지 않으며, 고기는 육신을 더욱 튼튼하게 만들어 준다고 생각하기 때문에 모든 종류의 힘든 일을 할 수 있도록 기쁜 마음으로 고기를 먹습니다. 유토피아인들은 이 두 번째 종류의 사람들을 더 합리적이라고 여깁니다만, 그래도 첫 번째에 속하는 사람들이 더 경건한 사람들이라고 생각합니다. 오로지 이성만을 근거로 하여 결혼보다는 독신을 선호하고, 편안한 삶보다는 힘든 삶을 선호한다고 주장하는 사람이 있다면 유토피아인들은 그를 합리적인 사람이 아니라고 생각할 것입니다. 그러나 이 사람들이 선호하는 삶은 종교를 근거로 한 것이기에 유토피아인들은 이들을 존중하고 존경합니다. 이들은 종교에 관한 문제에 있어서는 성급한 결론을 내리지 않도록 다른 어떤 주제보다도 더욱 신중하게 취급합니다. 이 사람들을 유토피아 어로 부트레스카스[123]라고 하는데, 이는 우리말로 〈특별히 종교적인 사람〉이라는 의미에 해당합니다.

유토피아에서는 사제들이 대단히 성스러운 인물들이며, 따라서 그 수효가 매우 적습니다. 각 도시에 열세 명의 사제

123 Buthrescas. 그리스어로 〈신앙심이 깊은〉이라는 뜻이다.

가 있고 교회마다 사제 한 명이 배정됩니다.[124] 전시에는 군대와 함께 열세 명 중 일곱 명이 전쟁터로 나가고, 그로 인한 공석은 당분간 일곱 명의 대리자로 충당합니다. 사제들이 돌아오면 대리자들은 원래 직책으로 복귀하는데, 이들의 직책이란 대사제의 보조원이며 이들은 열세 명의 정규 사제들 중에서 누군가가 사망하면 그 자리를 물려받습니다. 대사제가 모든 사제들 위에 군림하는 것은 물론입니다. 다른 모든 관료들의 경우와 마찬가지로, 파당(派黨)을 방지하기 위해서 대중이 비밀 투표로 사제를 선출합니다.[125] 선출된 사람은 사제단에 의하여 사제 서품을 받습니다.

사제들의 주요 임무는 예배를 주도하고 종교 의식을 결정하고 시민들의 도덕을 검열하는 역할입니다.[126] 사제들 앞에 소환되어 명예스럽게 살고 있지 않다는 이유로 꾸짖음을 받는 것은 크나큰 수치로 간주됩니다. 사제의 의무는 단지 상담이나 조언을 해주는 정도이기 때문에 범법자를 교정(矯正)하거나 처벌하는 일은 군주와 관료들의 의무이지만, 사제는 스스로 판단하기에 특별히 사악한 자를 예배에 참여하

124 각 도시와 교외의 인구는 (어린이와 노예를 제외하고) 거의 12만 명이므로, 각 도시에 소속된 열세 개 교회는 (예배를 서너 차례 반복하면) 각각 1만 명의 신자들을 수용하는 데 전혀 문제가 없을 것이다.

125 대중이 선거하고, 투표는 비밀 투표이지만 선거인단은 전문적인 학식을 겸비한 극소수의 지식층으로 제한되어 있다.

126 모어 시대의 잉글랜드에서는 성직자들이, 예를 들어 모턴 추기경이나 울시Thomas Wolsey 추기경의 경우에서처럼 세속적인 직책을 맡고 있었으나 유토피아에서는 그렇지 않다. 사제들의 수효가 극소수라는 점을 감안하면 사제들에게 세속적인 직책을 맡긴다는 것이 가능하지 않았을 것이다.

지 못하게 할 수 있습니다. 이는 사람들이 가장 두려워하는 벌입니다. 파문당한 사람은 큰 수치를 느끼고 지옥에 대한 공포로 대단히 괴로워합니다. 이러한 사람은 육신의 안전조차도 오래 지속될 수 없습니다. 왜냐하면 빠른 시일 내에 사제에게 자신의 참회를 확신시키지 못하면 원로원이 그를 불경죄로 체포하여 처벌하기 때문입니다.

사제들은 어린이와 젊은이의 교육을 맡습니다.[127] 올바른 예절과 참된 도덕은 지식의 축적에 못지않게 중요한 것으로 간주됩니다. 이 나라에서는 나이도 어리고 사고도 아직 굳건하지 않은 어린 학생들의 정신 속에 나라를 보존하기 위하여 필요한 원칙들을 서서히 주입시킵니다. 아이들의 정신 속에 심어진 것은 성인의 정신 속에 살아 있으며, 이는 나라를 강화시키는 데 지대한 가치를 지닙니다. 한 나라의 멸망은 항상 그릇된 태도로 인한 악덕에서 그 원인을 찾을 수 있습니다.

여성이 사제직에서 제외되는 것은 아닙니다만, 노년의 과부만이 사제로 선출될 수 있으며 이도 흔히 있는 일은 아닙니다.[128] 여사제를 제외하면 이 나라에서 가장 중요한 여성은 사제의 아내입니다.

유토피아에서 사제보다 더 존경받는 관료는 없습니다. 범

127 사제들의 다른 많은 업무, 그리고 (12만 명의 성인과 이의 반 정도에 달하는 어린이들의 도덕을 지도하기 위한 사제들의 수가 열세 명이라는) 극히 적은 사제의 수를 감안하면 사제들이 유일한 교사들일 수가 없다. 사제의 임무는 교육 프로그램의 지도자 역할일 것이다.

128 초기 그리스도교 교회에서는 흔히 연로한 과부들을 공적으로 〈여성부제deaconess〉로 뽑아 특정한 역할을 맡겼으나, 이들은 오늘날의 부제와 마찬가지로 성직자 계급에는 속하지만 사제는 아니었다.

죄를 행했다 하더라도 사제의 경우에는 법정에 출두시키지 않고 그를 자신의 양심과 하느님에게 맡깁니다. 사제의 죄상이 분명하다고 하더라도 사제를, 말하자면 하느님에게 특별히 성스럽게 봉헌된 자를 인간이 심판하는 것은 옳지 않다는 것이 이들의 생각입니다. 사제들이 극소수인 데다가 지극히 신중하게 선출되었기 때문에 이와 같은 관습을 준수하는 것은 어렵지 않습니다. 그뿐만 아니라, 선량함으로 선택되고 오로지 도덕적인 성품으로 최상의 지위에 오른 사람이 타락과 악덕으로 떨어지는 경우는 거의 없습니다. 인간의 본성이 변화 가능한 것인즉 그러한 일이 발생할 수도 있겠습니다만, 그렇다 하더라도 사제의 수효도 극소수인 데다가 이들은 자신의 훌륭한 평판에서 기인하는 권한 이외에는 다른 아무런 힘이 없기 때문에 이들로 인한 대단한 피해라는 것은 있을 수 없습니다. 사제의 수를 그토록 적게 하는 까닭도 실은 현재 유토피아인들이 그토록 드높이 추앙하는 사제직을 많은 수효의 사제들로 인하여 사제직의 격이 떨어지는 것을 방지하기 위한 것입니다. 또한 이들은 일상적인 덕성만으로는 결코 키워 낼 수 없는, 사제직에 합당한 인물을 찾아낸다는 것은 매우 어려운 일이라고 생각합니다.

사제는 나라 안에서와 마찬가지로 나라 밖에서도 높이 존경받고 있으며 이는 다음의 사실에서도 알 수 있습니다. 유토피아 군대가 참가하는 전장에서는 어느 곳에서나 전투에서 다소 떨어진 지점에서 성스러운 제복 차림으로 무릎을 꿇고 기도하는 사제들의 모습을 볼 수 있습니다. 두 손을 하늘을 향해 들어 올리고, 무엇보다도 우선 평화를 위하여, 그리고 유토피아의 승리를 위하여, 그러나 무엇보다 양편 모두 크나큰 유혈이 없기를 기원하는 기도를 올립니다. 유토피아가 승리할 경우, 사제들은 용사들 사이로 뛰어들어 적군에 대한 아군의 격노를 억제시킵니다. 만약 적군의 병사가 이 사제들을 보고 소리쳐 이들을 부르면, 사제를 불렀다는 것만으로도 그는 목숨을 구하게 되고, 사제복에 손을 대는 경우에는 전 재산을 몰수당하지 않고 온전히 지킬 수 있습니다. 이 관습으로 인하여 다른 모든 나라 사람들은 사제를 대단히 숭상하고 그들에게 진정한 권위를 부여했기 때문에 사제들은 적군을 아군의 격노에서 보호하듯이 아군의 목숨을 적군으로부터 보호했습니다. 이에 대한 사례들은 잘 알려져 있습니다. 유토피아군의 전선이 무너지고 전투에서 패하여 적군이 살상과 약탈을 목적으로 돌진해 올 때, 이때 사제들이 개입하여 양쪽 군대를 갈라놓고 형평성에 맞는 평화 조약을 체결합니다. 이 사제들을 범접할 수 없는 신성불가침한 존재로 받들지 않을 정도로 잔인하고 야만스럽고 험악한 종족은 그 어디에도 없었습니다.

유토피아에서는 매달 첫날과 마지막 날, 매년 첫날과 마지막 날을 성스러운 날로 경축합니다. 이들은 달의 운행을 측정하여 1년을 달로 나누고, 1년은 태양의 운행에 따라 측정합니다. 유토피아어로 첫날은 〈키네메르누스〉, 마지막 날은 〈트라페메르누스〉이며, 이는 각각 〈첫 축제〉, 〈마지막 축제〉라는 뜻입니다.[129] 이 나라 교회들은 아름답게 지어졌고 정묘하게 장식되었으며 대단히 많은 사람들을 수용할 수 있을 정도로 규모가 큽니다. 교회 수가 매우 적기 때문에 이는 불가피합니다. 교회 내부는 모두 다소 어둡습니다만, 이는 건축술에 무지하기 때문이 아니라 의도적인 정책의 결과입니다. 밝은 빛에서는 회중의 생각이 분산될 것이나 어둑한 빛은 정신을 집중시키고 예배에 전념하도록 도와준다는 것이 사제들의 생각이기 때문입니다.

앞서 말했듯이 유토피아에는 다양한 종교들이 있으며, 이 모든 종교들이 (가장 특이한 종교조차도) 신성을 경배한다는 주된 점에 있어서는 이견이 없습니다. 이들은 서로 다른 길을 통하여 동일한 목적지를 향하여 가고 있는 여행자들과 흡사합니다. 그리하여 교회 내에서는 모든 종파들과 합치하지 않는 점을 듣거나 보는 일은 결코 없습니다. 만약 어느 한 종파가 자신들만의 특별한 의식을 가지고 있다면 그러한 의식은 어느 한 가정에서 이행됩니다. 대중을 상대로 하는 예배는 어떤 면에서도 사적인 예배를 폄하하지 않는 의식으로 행해집니다. 그러므로 교회에서는 그 어느 특정 신의 형상도 볼 수 없으므로 신도들은 저마다 자기가 열망하는 하느님의 형상을 자신이 원하는 대로 자유로이 구현할 수 있습니다. 모두가 〈미트라〉라고 부르는 이름 이외에 하느님을 지칭하는 특별한 이름은 따로 없습니다. 성스러운 지배자의 본질이 무엇이든 간에, 모든 이들은 이를 〈미트라〉라는 어휘로 부르

---

129 키네메르누스Cynemernus와 트라페메르누스Trapemernus는 각각 〈개의 날〉과 〈전환의 날〉이다.

기로 합의하였으며, 이들이 올리는 기도문은 서로 다른 모든 종파의 믿음을 수용할 수 있도록 만들어져 있습니다.

〈마지막 축제〉의 저녁에는 모든 사람들이 금식하고 있는 상태에서 교회에 모여 그 한 달 동안, 혹은 그 한 해 동안 자신들이 누린 번영에 대하여 하느님께 감사드립니다. 다음 날, 즉 〈첫 축제〉 날 아침에는 모두들 교회에 나와 시작하는 새 달, 혹은 새해의 번영과 행복을 위하여 기도합니다. 〈마지막 축제〉의 날이면 사람들은 교회에 가기 전에 집에서 아내는 남편 앞에, 자식들은 부모 앞에 무릎을 꿇고 자신이 범한 여러 가지 잘못과 태만을 고백하고 용서를 구합니다. 이들은 편치 않은 양심으로 예배에 참여한다는 것은 신성 모독이라고 생각하기 때문에, 그렇게 함으로써 혹시라도 있었던 가족 간의 분노와 원한의 먹구름을 없애 버리고 모두들 맑고 고요한 마음으로 성스러운 예배에 참여할 수 있습니다. 만약 누군가에 대한 증오나 분노를 의식하고 있을 경우에는 즉시 끔찍한 벌을 받게 되리라는 두려움 때문에, 상대방과 화해를 하고 마음을 정화하기 전에는 신성한 예배에 참석하지 않습니다.[130]

교회에 들어가면 남녀가 분리되어 남자는 오른쪽으로, 여자는 왼쪽으로 갑니다. 그러고 나면 각 가정의 남자들은 그

---

130 「마태오의 복음서」 5장 22~24절. 〈자기 형제를 가리켜 바보라고 욕하는 사람은 중앙 법정에 넘겨질 것이다. 또 자기 형제더러 미친놈이라고 하는 사람은 불붙는 지옥에 던져질 것이다. 그러므로 제단에 예물을 드리려 할 때에 너에게 원한을 품고 있는 형제가 생각나거든 그 예물을 제단 앞에 두고 먼저 그를 찾아가 화해하고 나서 돌아와 예물을 드려라.〉

집안의 가장 앞에 자리를 잡고 여자들은 자기 어머니 앞에 자리를 잡습니다. 이런 식으로 하면 공공장소에서 하는 자녀들의 행동이 집에서 권위와 규율로 자신을 지도하는 사람의 감독을 받지 않을 수가 없습니다. 이 나라에서는 나이 어린 사람들을 어디에서나 항상 자기 집안 어른들과 동석하도록 신경을 대단히 많이 씁니다. 만약 아이들을 다른 아이들이 돌보도록 한다면 미덕을 배우는 가장 중요하고 거의 유일한 원동력인 신에 대한 종교적인 두려움을 배우는 일에 전념해야 할 시간을 어린이들끼리 유치하고 어리석은 놀이로 낭비할지도 모르기 때문입니다.

유토피아에서는 제물로 사용하기 위해 동물을 도살하지 않으며, 모든 피조물에게 생명을 주신 자비로운 하느님이 살상을 기뻐하시리라고 생각하지 않습니다. 이들은 향을 피우고, 향수를 뿌리고, 대단히 많은 촛불을 밝힙니다. 이러한 행위가 어느 면으로든 인간의 기도보다 신성을 더 기쁘게 해드린다고 생각해서가 아니라 이런 종류의 무해한 방법으로 예배 드리는 것을 좋아하기 때문입니다. 이들이 느끼기에는 달콤한 냄새와 밝은 빛과 의식은 정신을 고양시키고 하느님 찬미에 한층 더 즐겁게 헌신하도록 도와줍니다.

교회에 갈 때에는 모두 흰옷을 입습니다. 사제가 입는 훌륭한 솜씨로 지은 예복은 색깔이 많이 들어가 있고 장식도 훌륭하지만 겉보기와는 달리 옷감 자체는 값비싼 것이 아닙니다. 금실로 수를 놓지도 않았고 값진 보석으로 장식을 하지도 않았지만, 여러 종류 새들의 깃털을 어찌나 훌륭한 솜씨로 한데 엮어 장식해 넣었는지 그 수공의 가치는 가장 값진 재료보다도 훨씬 더 값어치가 있습니다. 사제복에 있는 깃털 무늬에는 상징적인 신비한 비밀이 숨겨져 있으며, 이 비밀의 의미는 사제들 사이에서 신중하게 전해 내려옵니다. 이 메시지로 인하여 그들은 하느님이 인간에게 베푸신 은혜를 상기하게 되며, 결과적으로 인간들 사이에서 서로에 대한 의무는 물론이거니와 하느님에게 바쳐야 할 감사를 되새기게 됩니다.

사제가 제의를 입고 제의실에서 나오면 모든 사람들이 경배를 표하며 땅에 엎드립니다. 고요와 정적이 어찌나 완벽한지 그 장면은 마치 신이 실제로 함께 자리하고 있는 것처럼 사람들의 경외감을 불러일으킵니다. 잠시 후 사제가 입을 열면 비로소 사람들은 자리에서 일어납니다. 그러고 나서 악기 반주에 맞추어 성가를 부르는데, 이 나라 악기들은 그 모양새가 우리들 세상 악기와는 아주 다릅니다. 대부분 악기들이 우리 것들보다 더 부드러운 소리를 내지만, 어떤 것들은 비교조차 할 수 없을 정도입니다. 그러나 한 가지 면에서는 우리보다 훨씬 앞서 있는 것이 분명합니다. 왜냐하면 이 나라의 음악은 성악이나 기악이나 모두 자연스러운 감정을 그대로 표현하여 소리가 주제와 완벽하게 일치하기 때문입니다. 가사가 기쁨, 탄원, 고통, 슬픔, 분노, 그 무엇에 대한 것이든 성가는 멜로디를 통하여 참으로 경탄스럽게 그 의미를 표현하며 열렬한 청중의 마음속에 곧바로 전해져 그들의 영혼을 고취시켜 줍니다. 마지막으로 사제와 신자들이 함께 일정 형식의 기도문을 낭송하는데, 다 같이 한목소리로 반복하는 이 기도문의 내용은 각 개인이 자신에게 적용할 수 있도록 짜여 있습니다.

이 기도문을 낭송하면서 신자들은 하느님이 창조주이시며 우주의 통치자이시고 모든 선한 것들의 주인이심을 인정합니다. 신자들은 자기들이 받은 은혜에 대해서 하느님께 감사드리고, 이 세상에서 가장 행복한 나라에서 태어나게 해주시고 가장 참된 종교적 생각으로 자기들을 고무해 주심에 대하여 특별히 감사드립니다. 만약 이러한 점에 대해서 자신들이 잘못 생각하고 있다면, 그리고 현재보다 하느님에게 더욱 가까이 갈 수 있는 사회나 종교가 존재한다면, 당신께서 인도하시는 곳이라면 어디든지 따라갈 준비가 되어 있으므로 선하신 당신께서 부디 자기들에게 그곳을 보여 주십사고 기도드립니다. 그러나 자기들의 사회 형태가 최선의 사회이고 자기들의 종교가 가장 참된 종교라면, 그렇다면 당신께서 그것들을 확고부동하게 지켜 주시되, 만약 다른 다양한 종교들 속에 당신의 불가사의한 뜻을 기쁘게 해드리는 것이 들어 있지 아니하다면, 세상 모든 사람들을 자기들이 사는 것과 같은 방식으로 살아가도록 이끌어 주시고 자기들이 믿는 종교적 믿음을 갖도록 이끌어 주십사고 기도드립니다.

그리고 얼마나 일찍 가게 되는지 혹은 얼마나 늦게 가게 되는지 자기들로서는 알 수 없으나, 편안한 죽음 이후에는 부디 하느님께서 자기들 한 사람 한 사람을 받아들여 주십사고 기도드립니다. 또한 거룩하신 하느님께서 원하신다면 지상에서 가장 영화로운 삶을 살고 있다 하더라도 당신으로부터 멀리 떨어져 있으니 차라리 가장 고통스러운 죽음을 통해서라도 당신 앞에 속히 나아갈 수 있도록 하여 주십사고 간청합니다. 이 기도가 끝나고 나면 다시 잠시 동안 땅에 엎드려 있다가 자리에서 일어나 집으로 돌아가 식사를 합니다. 그리고 그날의 나머지 시간은 놀이와 군사 훈련으로 보냅니다.

지금까지 나는 코먼웰스[131] 중에서 최상일 뿐만 아니라 코먼웰스라는 이름에 걸맞은 유일한 나라에 대해서 내가 할 수 있는 한 정확하게 묘사하였습니다. 다른 나라에서는 사람들이 공공의 복지에 대해서 지극히 자유로이 이야기합니다만, 그러나 그들이 말하는 복지라는 것은 그들 개인의 복지일 뿐입니다. 개인적 사업이라는 것이 부재하는 유토피아에서는 모든 사람들이 공공사업에 심혈을 기울입니다. 그러나 유토피아에서나 다른 모든 나라들에서나 사람들이 하는 행동은 나름대로 모두 옳습니다. 왜냐하면 우리들 세상에서는 비록 국가가 번영한다고 할지라도 만약 개인이 자신을 위하여 따로 식량을 마련하지 못할 경우에는 얼마든지 굶어 죽을 수도 있다는 것을 모두들 알고 있기 때문입니다. 그리하여

131 Commonwealth. 15세기부터 사용된 용어로, ⟨common⟩은 ⟨공공의, 사회 전체의⟩라는 의미이고 ⟨wealth⟩의 유래인 ⟨weal⟩은 ⟨건강, 행복⟩의 뜻을 지닌 어휘로 지금의 ⟨well-being⟩을 의미한다. 따라서 ⟨코먼웰스⟩라는 용어가 처음 사용되었을 때는 어느 특정 계급이 아닌 모두의 행복을 위해 조직된 국가를 의미했다.

이 처절한 필요성은 사람들로 하여금 남을 위하기보다는, 즉 나라를 위하기보다는 자기들 자신을 보살피지 않을 수 없게 만듭니다. 그러나 모든 것이 공유되고 있는 유토피아에서는 공공 창고가 가득 차 있는 한 그 누구도 자기가 필요로 하는 것이 부족하게 될까 봐 걱정할 필요가 없습니다. 이들에게 있어서 분배는 전혀 문제가 안 됩니다. 유토피아에는 가난한 사람도 없고 거지도 없습니다. 비록 그 누구도 무엇을 소유하고 있지는 않지만 모든 사람이 부유합니다.

생계에 대해서 아무 걱정도 없고 모든 불안에서 자유로우며 기쁘고 평화롭게 사는 것보다 사람한테 무엇이 더 큰 재물일 수 있겠습니까? 남편은 돈에 대한 아내의 짜증이나 불평에 시달리는 일이 없으며, 아버지는 아들의 가난을 걱정하거나 딸의 지참금을 마련하려고 애쓸 일이 없습니다. 모든 남자는 자신의 생계와 행복만이 아니라 자기 가족 전체의 생계와 행복이 확실하게 보장되어 있다고 느낄 수 있습니다. 아내, 아들, 손자, 증손자, 고손자 등 양민들이 머릿속으로 그려 보기를 무척 좋아하는 긴 계열의 후손들까지도 포함됩니다. 한때 일을 했었으나 더 이상 일을 할 수 없게 된 사람들조차도 마치 아직도 일을 하고 있는 것처럼 똑같은 보살핌을 받습니다.

이제 유토피아인들의 이 정의와 다른 나라에서 널리 퍼져 있는 소위 정의라는 것을 내가 과감하게 비교해 보겠습니다. 다른 나라에서는 일말의 정의나 공정성도 찾아볼 수 없다는 것을 장담합니다. 귀족, 보석상, 고리대금업자 그리고 전혀 아무 일도 하지 않거나 민중에게 완전히 무용한 일을 하는 사람이 사치와 영화를 누리며 사는 것이 무슨 종류의 정의입니까? 그런가 하면 노동자, 짐마차꾼, 목수 그리고 농부는 쉬지 않고 어찌나 열심히 일을 하는지 짐을 나르는 짐승조차 그 무게에 눌려 죽어 갈 정도입니다. 이 사람들이 하는 일은 지극히 필요한 것이어서 이들의 일 없이는 그 어느 나라도 단 1년도 버티지 못할 것입니다. 그럼에도 불구하고 이들은 근근이 생계를 이어 갈 정도밖에는 벌지 못하며 비참하게 살고 있기 때문에 실로 말이나 소의 삶이 차라리 더 낫다고 하겠습니다. 우마(牛馬)는 단 1분도 쉬지 않고 일을 해야 하는 것이 아니고, 먹이도 이 사람들이 먹는 것보다 더 나쁘지 않으며, 실은 자기들 먹이를 이 사람들 음식보다 더 좋아합니다. 게다가 짐승들은 자기들 미래에 대해서 걱정할 필요가 없습니다. 그러나 노동자들은 현재는 보상도 없이 땀 흘리며 고생해야 할 뿐만 아니라 앞으로의 무일푼 노년을 생각하면서 괴로워합니다. 이들이 받는 하루 품삯은 현재 필요한 것을 충당하는 데에도 부족하므로 미래를 위하여 저축을 한다는 것은 전혀 가능하지 않습니다.

자, 이러한 나라는 국민들의 노고에 고마워할 줄도 모르고 정의롭지도 못한 나라가 아니겠습니까? 이러한 나라는 일이라고는 전혀 하지 않고 기생충에 불과한 소위 귀족, 은행가, 보석상, 이들 부류에 속한 모든 자들, 그리고 헛된 쾌락을 추구하는 자들에게는 아낌없이 후한 보상을 해줍니다. 그러면서도 농부, 광부, 노동자, 마차꾼, 목수 같은 사람들의 복지에 대해서는, 이들 없이는 국가 자체가 존재할 수 없음에도 불구하고, 전혀 아무런 대비도 없습니다. 국가는 이 사람들이 한창 나이에 쏟은 노고를 착취한 후, 이들이 늙어서 지치고 병들고 완전히 무일푼이 되면 배은망덕하게도 이들의 고통과 수고는 모두 잊은 채 이들을 비참하게 죽어 가도록 방치합니다. 더 나쁜 것은 부자들이 개인적인 사기 행각을 통해서뿐만 아니라 국가의 조세법을 통해서 이 사람들의 하찮은 임금의 일부를 착취하려고 끊임없이 노력한다는 사실입니다. 국가로부터 최상의 보상을 받을 자격이 있는 사람들이 최소의 보상을 받는다는 것은 기본적으로 정의에 위배됩니다. 그러나 이제는 자기들의 착취에 법의 색깔을 입혀 놓음으로써 정의를 한층 더 왜곡하고 타락시킵니다. 그렇게 함으로써 불의를 〈법적〉인 것으로 위장하여 놓습니다. 오늘날 번영하고 있는 여러 나라들을 머릿속으로 떠올려 볼 때, 그러한 나라들 안에서 내가 볼 수 있는 것이라고는 국가라는 이름하에 자신들의 이익을 축적하고 있는 부자들의 음모뿐입니다.[132] 부자들은 사악한 행위로 얻은 모든 것들을 간수하기 위해서 온갖 방법과 수단을 강구하며, 그리고 나서는 가난한 사람들의 노동과 수고를 가능한 한 싼값에 구입함으로써 빈민들을 억압할 계략을 세웁니다. 이 계략은, 부자들이 (당연히 빈자들도 포함되어 있는) 모든 국민은 이를

132 모어가 자신의 극단적인 입장을 격렬하게 표명하는 이 주장은 성 아우구스티누스Aurelius Augustinus의 『신국론The City of God』에 나오는 내용이다. 〈정의를 없애 버린다면 국가란 거대한 사기 집단이 아니고 무엇이냐?〉

준수해야만 한다고 국가를 통하여서 발표하는 즉시 법이 됩니다.

국민 전체가 풍족하게 살 수 있는 재물을 끝없이 탐욕스럽고 사악한 일부 부자들이 자기들끼리 분배하여 소유한다면, 이런 나라 사람들은 화폐를 폐지했을 뿐만 아니라 그와 더불어 탐욕까지도 폐지한 유토피아인들이 누리는 행복에서 그 얼마나 멀리 떨어져 있습니까! 화폐와 탐욕의 폐지라는 단 하나의 조치로 뿌리째 뽑힌 걱정들이 얼마나 많습니까! 그 얼마나 많은 범죄들이 단번에 근절되었습니까! 만약 화폐가 폐지된다면 사기, 절도, 강도, 논쟁, 소동, 폭동, 살인, 반역, 독살 등 교수형 집행관에 의해서 응징되기는 하지만 방지되지는 못하는 온갖 종류의 범죄들이 즉시 사라진다는 것을 모르는 사람은 없습니다. 만약 돈이 사라진다면 공포, 불안, 근심, 고역, 잠 못 이루는 밤도 사라집니다. 빈곤을 해결하기 위해서는 다른 무엇보다도 돈이 필요한 듯이 보입니다만, 실은 화폐를 완전히 폐지시키면 빈곤조차도 사라질 것입니다.

이러한 예를 한번 생각해 보십시오. 어느 한 해에 흉년이 들어서 수만 명이 기아로 사망했다고 합시다. 기근 후에 부자들의 곳간을 수색해 본다면, 내가 자신 있게 말씀드리겠는데, 만약 가난한 사람들에게 평등하게 분배되었더라면 기아와 질병으로 죽은 모든 사람들의 목숨을 구할 수 있는 충분한 양의 곡식이 쌓여 있는 것을 보게 될 것입니다. 그 누구도 흉작으로 인하여 실제로 고통을 겪어야 할 필요는 없었던 것입니다. 만약 사람들에게 생필품을 얻게 해주는 것으로 되어 있는 그 저주스러운 돈이 실은 우리가 살아가기 위해 필요한 것을 얻는 데 가장 큰 장애물이 아니었다면 사람들은 생필품을 손쉽게 얻었을 것입니다. 이 점은 부자들도 잘 알고 있으리라고 나는 확신합니다. 대량의 사치품보다는 생필품을 넉넉히 소유하고 있는 것이 더 낫고, 엄청난 재산으로 인한 걱정보다는 당면한 근심 걱정에서 벗어나는 것이 훨씬 더 낫다는 것쯤은 부자들도 분명히 알고 있습니다. 만약 최악의 역병이자 다른 모든 질병의 근원인 단 하나의 괴물만 없었더라면, 즉 자만이라는 것만 없었더라면, 사실 자신의 진정한 이익이 어디에 있는지 알고 또한 (항상 최선을 알아보시는 지혜와 최선으로 인도하여 주시는 선함을 지니신) 우리의 구세주이신 그리스도의 권위를 인정하는 모든 사람들의 분별력은 오래전에 온 세상으로 하여금 유토피아의 법을 채택하도록 하였으리라고 나는 확신합니다.

자만은 자신에게 있는 것으로가 아니라 다른 사람들에게 없는 것으로 자신의 장점을 측정합니다. 만약 자기가 경멸하면서 군림할 비참한 사람들이 존재하지 않는다면 자만은 자기를 여신으로 만들어 준다고 하여도 응하지 않을 것입니다. 자만의 행운은 다른 사람들의 불행과 대조될 때 비로소 눈부시게 빛나며, 자만의 부(富)는 다른 사람들의 빈곤을 고통스럽고 애타게 할 수 있을 때 비로소 자신의 가치를 지니게 됩니다. 자만은 긴 몸뚱이로 인간의 마음을 휘감고 있는 지옥에서 온 뱀입니다. 이 뱀은, 삶의 보다 나은 방법을 선택

하려는 것을 제지한다는 점에서 마치 빨판상어처럼 행동합니다.[133]

자만은 인간의 마음속에 너무 깊숙이 박혀 있어서 쉽사리 뽑아버릴 수가 없습니다. 그리하여 나는 유토피아인들만이라도 이러한 공화국을 이루어 놓을 수 있는 행운을 가졌다는 것을 기쁘게 생각하며, 이 세상 모든 사람들이 이를 모방하기를 바랍니다. 이 나라 사람들이 채택한 제도들은 자신들의 공동체를 지극히 행복하게 만들었으며, 또한 이는 누가 보아도 영원히 지속될 수 있는 공동체입니다. 이제 나라 안에서의 모든 야망과 파벌의 씨앗을 비롯하여 다른 악덕들도 뿌리째 뽑아내었으므로, 우리들 세상에서는 겉으로 안전해 보이는 많은 나라들이 멸망한 원인이 내부 불화였으나 유토피아에서는 내부의 불화로 인한 위험이란 것이 전혀 없습니다. 유토피아인들이 자국 내에서 조화를 보존하고 자기들의 제도를 건전하게 유지하는 한, 유토피아를 시기하면서 유토피아의 멸망을 자주 시도하였으나 번번이 실패한 주변 국가들에 의하여 유토피아는 정복당하기는커녕 흔들리지도 않을 것입니다.

133 빨판상어remora는 별로 크지는 않지만 머리 위에 붙어 있는 흡착판으로 자기보다 큰 물고기나 배의 밑바닥에 달라붙는다. 이 흡착판의 막강한 흡착력에 무척 놀라워한 고대인들은 빨판상어가 배의 전진을 저지할 수도 있다는 우화를 만들었다. 〈remora, remoratur〉는 〈저지하다holds back〉의 의미를 지니고 있으니, 여기에서도 모어는 〈말장난〉의 기회를 그냥 넘기지 않고 있다.

라파엘 휘틀로다이우스 씨가 이야기를 끝냈을 때, 유토피아에 현존하는 관습이나 법이라고 그가 묘사한 것들 중에는 내가 보기에 퍽 불합리한 것들이 한 두 개가 아니었다. 전쟁에 임하는 방법, 종교적 예식, 사회적 관습이 이에 속하는 것들이지만, 나의 주된 이의는 그 나라 모든 체제의 기본이 되는 공동체 삶과 화폐 없는 경제에 대한 것이었다. 이것 하나만으로도 다른 나라들에서는 (대부분 사람들의 견해로는) 국가의 진정한 자랑으로 간주되는 모든 고귀함과 장엄함과 찬란함은 존재할 수 없게 되는 것이다. 그러나 라파엘 휘틀로다이우스 씨가 오래 이야기하느라 피곤해하는 듯 보였고, 또한 특히 다른 사람들의 견해에서 비난할 점을 찾아내지 못하면 자신이 현명해 보이지 않을까 봐 걱정하는 어느 고문들에 대해서 그가 했던 말이 떠오르자, 그가 이러한 문제들에 관한 반박을 받아들일 수 있을지 나로서는 확신이 서지 않았다.

그리하여 나는 유토피아의 생활 방식과 그 이야기를 들려준 것에 찬사를 보내며 그의 손을 잡고 식사를 하기 위해서 안으로 들어갔다. 그러나 나중에 시간을 내서 함께 이 문제들을 더욱 깊이 생각해 보고 좀 더 구체적으로 이야기하자는 말을 우선 해놓았다. 그리고 그러한 기회가 언젠가 나타나기를 나는 지금도 바라고 있다.

라파엘 휘틀로다이우스 씨의 학식이 대단하다는 것은 의심할 여지가 없고 세상사에 대한 그의 경험도 무척 풍부하지만, 그럼에도 불구하고 나는 그가 말한 모든 것에 동의할 수는 없다. 그러나 고백하건대 유토피아에서 행해지고 있는 많은 일들이 우리 나라에서 모방되기를 바라는 바이다. 그렇게 되리라고 정말로 기대하지는 않지만.

이제까지 오직 극소수에게만 알려진 유토피아 섬의 법과 관습에 대하여 라파엘 휘틀로다이우스 씨가 들려준 오후 담화는 런던 시민이자 사법관인 지극히 저명하고 지극히 박학한 토머스 모어의 기록으로 여기에서 종결된다.

a b c d e f g h i k l m n o p q r s t u x y

유토피아어로 쓴 4행시

Utopos   ha   Boccas   peula

chama   polta   chamaan.

Bargol   he   maglomi   baccan

soma   gymnosophaon.

Agrama   gymnosophon   labarem

bacha   bodamilomin.

Voluala   barchin   heman   la

lauoluola   dramme   pagloni.

유토피아어를 조금밖에 모르고 아는 것도 별로 없는 번역가가
이 4행시를 다음과 같이 영어로 거칠게 옮겨 놓았다.

> *My king the Conqueror, Utopus by name,*
> *A Prince of much renown and immortal fame,*
> *Hath made me an isle that erst no island was,*
> *Full fraught with worldly wealth, with pleasure and solace.*
> *I one of all other without philosophy*
> *Have shaped for man a philosophical city.*
> *As mine I am nothing dangerous impart,*
> *So better to receive I am ready with all my heart.*

유토피아어는 전혀 모르지만 영어는 조금 아는 번역가가
이 4행시를 다음과 같이 한국어로 거칠게 옮겨 놓았다.

> 나의 왕이자 정복자, 그 이름 유토푸스,
> 영원한 명성과 명망을 지닌 군주,
> 섬이 아니었던 나를 그가 만들었도다,
> 지상의 부귀와 기쁨과 위안으로 가득 찬 섬으로.
> 철학 없는 지상에서 나는 사람들을 위하여
> 철학 국가를 만들었도다.
> 나의 것을 남에게 주기를 꺼리지 아니하듯이,
> 기꺼운 마음으로 더 나은 것을 받아들이노라.

『유토피아』와 토마스 모어에 관한
인문주의자들의 서한

페터 힐레스에게 『유토피아』의 초고를 보내면서 동봉한 편지에서 모어는 유토피아에 가고 싶어 하는 열정이 대단한 잉글랜드의 한 고위 성직자가 교황이 자기를 유토피아로 파견하고 그곳의 주교로 임명까지 하도록 손을 쓰기로 결정했노라고 기술하고 있다. 이것이 심각하게 한 말이든 농으로 한 말이든, 일부 독자들은 『유토피아』를 실존 가능성이 있는 나라의 이야기로 받아들였다는 점에서 볼 때 이는 분명히 실제로 있었던 일일 가능성이 크다. 독자들은 『유토피아』의 이야기를 있는 그대로 받아들였던 것이다. 즉, 유토피아는 실존하는 장소이고, 라파엘 휘틀로다이우스는 실제로 그 나라를 방문했던 사람이라고 간주했다. 이러한 결과에는, 정색을 하면서 기술하는 모어의 서술 방식도 한몫했지만 인문주의자들 간의 비공식적이고 즉흥적인 모의(謀議)의 역할도 적지 않다.

　에라스무스를 중심으로 한 당대의 인문주의자들은 서로 친밀하고도 긴밀한 네트워크를 형성하고 있었기 때문에 모어는 이를 통해 『유토피아』를 실존하는 나라에서 일어나는 실제 이야기로 일반 대중에게 순조롭게 제시할 수 있었다. 우선 모어 자신이 작품의 서문 형식으로 페터 힐레스에게 편지를 썼고, 이어 페터 힐레스는 에라스무스의 촉구하에 모어 이야기의 〈진정성〉을 입증하는 몇 가지 요소들을 첨가하여 저명한 제롬 부스라이덴에게 편지를 보냈다. 사안의 요지를 파악한 부스라이덴은 모어에게 보내는 답장에서 신중을 기하며 곤란한 질문들을 삼갔다. 다수의 인문주의자들이 유토피아를 추천하거나 칭찬하는 글을 발표했고, 모두들 이 〈허구〉를 노골적으로 지지하지는 않았지만 그렇다고 해서 노골적으로 이의를 제기할 정도로 둔감한 사람은 아무도 없었다. 모어의 주요 관심사는 순진한 독자든 현학적인 독자든 자기 작품을 지나치게 심각하게 받아들이는 것을 방지하는 데 있었기 때문에, 갈피를 잡기 쉽지 않은 이러한 서한들의 교류에서 그는 그 특유의 장난기를 발휘하며 직설적인 응답을 회피했다.

페터 힐레스가 제롬 부스라이덴에게

　존경하는 부스라이덴 선생님께,

　며칠 전에 선생님의 절친한 친구분이시며 우리 시대가 낳은 빛나는 인물 중의 한 분이신 토머스 모어 선생님께서 저에게 보내 주신 유토피아라는 섬에 대한 책자를 동봉합니다. 현재로서는 이 섬에 대해서 알고 있는 사람들이 거의 없습니다만 앞으로는 모든 사람들이 알고 싶어 할 것입니다. 플라톤의 〈공화국〉보다 훨씬 더 좋은 나라인 데다, 모어 선생님처럼 천부적인 재능을 지닌 작가가 집필했으니까요. 어찌나 생생하게 묘사해 놓았는지, 라파엘 휘틀로다이우스 씨가 유토피아에 대해 이야기를 해주었을 때 저도 모어 선생님과 함께 있었습니다만, 라파엘 휘틀로다이우스 씨의 이야기를 들으면서 상상했던 것보다도 그분의 글을 읽으면서 유토피아라는 나라를 더욱 명료하게 볼 수 있는 것 같았습니다. 그러나 라파엘 휘틀로다이우스 씨의 화술도 뛰어났던 것은 사실입니다. 그는 남의 이야기를 옮기고 있었던 것이 아니라

207

자신이 상당 기간 동안 체류했던 나라에서 겪은 체험을 묘사하고 있었으니까요. 제 개인적인 생각입니다만 라파엘 휘틀로다이우스 씨는 분명히 율리시스보다도 세상 구경을 더 많이 한 사람이고, 율리시스 이후 적어도 8백 년 동안은 라파엘 휘틀로다이우스 씨 같은 인물은 없지 않았나 싶습니다. 그의 이야기를 듣고 나니 베스푸치는 본 게 아무것도 없었다고 느껴질 정도였답니다!

라파엘 휘틀로다이우스 씨는 묘사에 특별한 재능을 지닌 사람 같았습니다. 하긴 들은 것보다는 본 것을 보다 효과적으로 묘사할 수 있기 마련이겠습니다만. 그러나 동일한 주제에 대한 모어 선생님의 그림 같은 묘사에 빠져들다 보면 내가 실제로 유토피아에서 살고 있다고 착각할 때도 있습니다. 사실, 솔직히 말하면 라파엘 휘틀로다이우스 씨가 유토피아에서 5년 동안 살면서 직접 보았던 것보다 모어 선생님께서 유토피아에 대해서 서술한 것에서 독자는 더 많은 것을 볼 수 있다고 생각합니다. 페이지마다 진기한 일들이 너무 많아서 어느 것에 가장 먼저, 그리고 가장 많이 감탄해야 할지 모를 정도입니다. 엄청나게 긴 이야기를 거의 한 마디도 다르지 않게 기술하고 있는 모어 선생님 기억력의 놀라운 정확성, 이제까지는 거의 알려진 적이 없는 모든 사회악의 실제적인 원인과 잠재적인 원인을 즉각 파악하는 뛰어난 지력, 힘차고 유연한 문체, 그토록 다양한 주제를 그토록 정확하고 남성적인 라틴어로 처리할 수 있는 능력에 감탄할 뿐입니다. 특히 그토록 많은 공적 업무와 가정사에 대한 책임들로 인하여 집필에 집중할 수 있는 형편이 못 되는 상황에서 이 같은 저술이 가능했다는 사실이 놀랍습니다. 그러나 이 모든 일이 선생님처럼 훌륭한 학자에게는 그리 놀라운 일이 아닐지도 모르겠습니다. 선생님께서는 그분과 절친한 관계이시고 단연코 초인적이라 할 정도로 비범한 그분의 지력에 대해서도 익히 알고 계시니까요.

　모어 선생님께서 쓰신 것에 제가 추가할 것이라고는 아무것도 없습니다. 다만 유토피아 언어로 쓰인 사행시 하나를 첨부할 뿐입니다. 이 시는 모어 선생님께서 떠난 후에 라파엘 휘틀로다이우스 씨가 우연히 저에게 유토피아어 알파벳을 보여 주었을 때 함께 보여 주었던 것입니다. 여기에 제가 나름대로 주석을 몇 개 달았습니다. 아, 그런데 모어 선생님께서는 자신이 유토피아 섬의 정확한 위치를 모른다는 사실에 다소 신경을 쓰고 계십니다. 실은 라파엘 휘틀로다이우스 씨가 위치를 언급하기는 했었습니다만, 그 점에 대해서는 나중에 이야기할 의도였던지 당시에는 간단히 언급만 하고 지나쳤었습니다. 그런데 무슨 연유에서인지 모어 선생님과 저, 우리 두 사람 모두 그 위치를 알 수 있는 기회를 놓칠 운명이었던 것 같습니다. 라파엘 휘틀로다이우스 씨가 섬의 위치에 대해서 이야기하려는데 바로 그때 하인이 다가와 모어 선생님에게 귓속말을 했답니다. 그래서 저는 오히려 더 신경을 써서 라파엘 휘틀로다이우스 씨가 하는 말을 귀담아들으려 했습니다만 그가 위치를 말하는 순간 이번에는 그의 동료 한 사람이, 배에서 감기에 걸렸는지 아주 큰 소리로 기침을 하기 시작하는 바람에 그의 발화가 전혀 들리지 않았습니다. 어쨌거나 그 점을 명확히 하여 선생님께 위도 및 경도를 포함한 섬의 정확한 위치를 알려 드릴 수 있을 때까지는 제 마음도 편치 않을 것입니다. 그렇게 하기 위해서는 라파엘 휘틀로다이우스 씨가 무사히 살아 계셔야 합니다만 그 사람에 대해서 여러 가지 소문을 들었기 때문입니다. 여행 중에 죽었다고 하는 사람들도 있고, 본국으로 돌아갔다고 하는 사람들도 있답니다. 그런가 하면 유토피아를 그리워하고 유럽인들의 행동 양식을 싫어해서 다시 유토피아로 돌아갔다는 소리도 들립니다.

지도 그 어디에도 유토피아라는 곳에 대한 언급이 전혀 없다는 사실에 대해서 궁금해하시겠습니다만 그 질문에 대해서는 라파엘 휘틀로다이우스 씨 자신이 아주 명료하게 답변해 주었습니다. 고대인들이 유토피아를 다른 이름으로 알고 있었거나 아니면 유토피아의 존재를 전혀 모르고 있었을 가능성이 극히 높다는 것입니다. 옛날 지리 책에서는 전혀 언급되지 않았던 나라들이 오늘날에는 간혹 발견되고 있는 것도 사실입니다. 어쨌든 모어 선생님 같은 분께서 이미 책에서 밝히신 바 있는데 유토피아라는 나라의 진위 여부에 관해 우리가 더 이상 논의할 필요는 없지 않겠습니까.

이 책의 출판을 주저하시는 모어 선생님의 겸손을 저는 이해하고 존경합니다. 그러나 제가 생각하기에 이 책은 어떠한 이유에서든 출판이 지연되어서는 안 되고 가능한 한 빠른 시일 내에 유포되어야만 하는 종류의 책입니다. 그분의 천재성을 익히 알고 계시는 선생님께서 이 책을 세상 사람들에게 권하는 추천사를 써주시면 더욱더 좋겠지요. 여러 사람들에게 건전한 생각을 심어 주는 일로 오랜 세월을 공직에 헌신해 오면서 지혜와 고결한 인품으로 최상의 찬사를 받고 계시는 선생님보다 이 책을 추천하는 일에 더 자격 있는 분이 누가 계시겠습니까? 모어 선생님의 뛰어난 자질을 선생님보다 더 잘 알고 있는 사람은 없습니다.

우리 시대가 낳은 또 하나의 빛나는 인물이시며 학문의 수호자이신 선생님께 행운이 있으시기를 기원하며,

1516년 11월 1일
앤트워프에서
페터 힐레스 올림

제롬 부스라이덴이 토머스 모어에게

지극히 저명한 나의 친구 모어 씨,

　자신의 모든 심려와 노력과 열정을 개개인의 이익과 혜택만을 위해 쏟는 것은 당신에게 충분하지 않았습니다. 당신의 선의와 도량은 그 모든 것을 모든 사람들을 위해서 베풀어져야만 했습니다. 당신의 이 선의가, 그것이 얼마나 대단한 것인지는 차치하고라도, 보다 더 널리 퍼지고 보다 많은 사람들이 공유하여 그로 인해 이익을 얻을 수 있다면 그만큼 더 큰 명성을 얻게 될 것이며, 보다 더 큰 영광에 다다를 수 있으리라는 것을 당신은 알고 있었습니다. 이는 다른 경우에서도 당신이 항상 시도해 왔던 바이며, 이번에는 절묘한 행운으로 또다시 이를 성취하셨습니다. 다름이 아니라, 휘틀로다이우스 씨와 함께한 〈오후의 담화〉를 통하여 당신은 유토피아의 올바르고 참된 제도에 대해 저술하여 출판하였는데, 이는 모든 사람들이 몹시 듣고 싶어 하는 주제입니다.
　경이로운 제도를 유쾌하게 묘사하고 있는 이 책은 심오한 학식과 인간사에 대한 완숙한 지식으로 충만합니다. 이 두 자질은 이 작품 안에서 동등하게 서로 아주 잘 어울리기 때문에 어느 하나가 다른 하나에 양보하는 일 없이 동일한 기반에서 마주하고 있습니다. 당신은 참으로 폭넓은 학식과 참으로 풍부한 경험을 지니고 있기 때문에 당신이 쓰는 글은 모두 충만한 경험에서 우러나온 것이며 당신의 판단은 모두 풍부한 학식의 힘을 담고 있습니다. 이 얼마나 희귀하고도 경이로운 행복입니까! 그리고 더욱더 놀라운 것은 이 책이 일반 대중에게서 벗어나 지금의 당신처럼 공동의 이익을 위해 소망할 수 있는 순수성, 이해할 수 있는 박식함, 명예롭고 정확하고 실제적으로 판단할 수 있는 권위를 지닌 소수에게만 전해진다는 것입니다. 당신은 당신 자신만을 위해서 태어난 것이 아니라 온 세상을 위해서 태어났다고 생각하는 것이 분명합니다. 그리하여 이 빛나는 작품으로 온 세상이 당신에게 고맙게 여기도록 하였습니다.

당신은 이상적인 공화국의 형태로서 하나의 패턴을 제시함으로써, 즉 합리적인 사람들을 위한 완벽한 공식을 제시함으로써, 이 목적을 더할 나위 없이 효과적이고도 정확하게 달성했습니다. 당신이 제시한 것보다 더 완벽하고 더 견고하게 설립된 것이나 더 바람직한 것을 본 사람은 아무도 없습니다. 당신의 것은 스파르타, 아테네, 로마를 포함하여 지금까지 무척 칭송되어 오던 많은 국가들보다도 훨씬 더 우월합니다. 그런 국가들이 만약 당신의 공화국에서 실행되고 있는 것과 동일한 제도, 법률, 규정 및 관습을 바탕으로 건설되었

213

더라면 지금 완전히 몰락하여 (재생의 희망이라고는 전혀 없이) 사라져 버리는 일은 결코 없었을 것입니다. 그렇게 건설되었더라면 그 국가들은 오늘날도 그 옛날과 다름없이 번영을 누리면서 행복한 삶을 이어 가며 세상의 주인이 되어 육지와 바다를 포함하는 광범위한 제국을 분할하여 통치하고 있었을 것입니다.

그들의 비참한 운명에 동정심을 느낀 당신은 현재 막강한 힘을 지닌 국가들이 그와 동일한 운명을 겪게 될까 우려하며 완벽한 국가상을 그려 놓았습니다. 완벽한 국가에서는 완벽한 법을 제정하는 일보다는 완벽한 법의 집행을 최상의 사람들에게 맡기는 일에 전력을 기울이지요. 사실, 이는 전적으로 옳은 말입니다. (여기에서 우리가 플라톤의 말을 따르자면) 훌륭한 통치자가 없다면 최상의 법일지라도 사문서(死文書)에 지나지 않기 때문입니다. 그와 같은 통치자들은 무엇보다도 정직성의 모범으로, 선행의 표본이자 정의의 모습으로, 그리고 기초가 튼튼한 공화국을 이끌어 나아가는 데 필요한 덕목의 귀감으로 이바지합니다. 필요한 것은 통치자의 신중성, 군인의 용기, 시민의 자제력, 그리고 모든 사람들 가운데 존재하는 정의입니다.

당신이 그토록 열렬하게 칭송하는 그 국가는 분명히 이러한 원칙들 위에 건립되었을 터이니, 그 나라는 당연히 다른 나라들에게는 도전의 대상이고 모든 민족들에게는 존경의 대상이며 미래의 세대들에게는 축하해야 할 성취의 대상으로 보입니다. 그 나라의 막강한 힘은 사유 재산에 대한 다툼

이 전혀 없고 사유 재산 소지자가 단 한 사람도 없다는 데 있습니다. 그 나라에서는 모든 사람들이 모든 것을 공유하며, 그러므로 공적이든 사적이든, 사소하든 중요하든, 모든 행동과 모든 결정은 다수의 탐욕이나 소수의 욕망에 의해 결정되는 것이 아니라 정의와 평등과 공동체 단결을 아우르는 단일한 원칙에 따르는 것을 목표로 삼습니다. 모든 일들이 이 단일한 목표를 향해 그토록 긴밀하게 결속되어 있으므로, 야심과 사치와 피해와 비행에 불을 붙일 횃불이나 불쏘시개나 연료로 사용될 만한 것들은 일절 제거될 수밖에 없습니다. 간혹 점잖은 사람들조차도 사유 재산이나 수익에 대한 욕심, 혹은 극히 한심한 감정인 야심으로 인해 자신의 의지에 반하여 이러한 악덕들에 연루되어 엄청난 손실을 입습니다. 이것들이 원천이 되어 싸움과 충돌과 내전보다 험한 전쟁이 일어나며, 이로 인하여 더할 나위 없이 행복한 국가의 번영이 전복될 뿐만 아니라 지난날의 영광, 호화로운 승리, 풍부한 상급, 자랑스러운 전리품도 철저히 훼손되거나 사라질 것입니다.

이 점에 대한 나의 견해에 전적으로 동의하지는 못하겠다면, 내 말을 뒷받침해 줄 만한 신뢰할 수 있는 수많은 증거를 생각해 보시면 됩니다. 파괴된 대도시들, 무너진 국가들, 짓밟힌 공화국들, 불타 버린 도시들을 생각해 보십시오. 이들은 흔적도 없이 사라져 버렸을 뿐만 아니라 과거로 아무리 거슬러 올라가 보아도 그 어느 역사에도 이름조차 남아 있지 않습니다.

오늘날 우리네 국가들이 어떠한 상태에 놓여 있든 간에 만일 현재 국가들이 유토피아의 훌륭한 체제를 받아들인다면, 흔히 사용하는 표현처럼 손톱만큼의 차이도 없이 그들의 체제를 그대로 따르기만 한다면, 앞으로 이들은 전쟁으로 인한 끔찍한 붕괴나 재앙이나 황폐로부터 벗어나는 일에 성공할 것입니다. 만일 모든 국가들이 그렇게 움직인다면, 그 결과 이들은 당신의 노고 덕분에 얼마나 많은 혜택을 입었는지 깨닫게 될 것입니다. 특히 당신의 도움으로 자신들의 공화국을 건전하고 안전하게 승승장구하는 나라로 유지하는 방법을 터득하게 될 터이니 말입니다. 이들이 당신에게 입은 은혜는 국민 한 사람의 목숨이 아니라 국가 전체를 위험으로부터 구해 준 사람에게 느끼는 고마움에 버금가는 것이 될 것입니다.

이만 줄이겠습니다. 당신의 나라에 무궁한 발전을 가져다주고 당신에게는 불후의 명성을 안겨다 줄 새로운 계획들을 고안하고 수행하여 완수하시기를 바랍니다. 드높은 학식과 인간애를 겸비하여 당신의 조국인 잉글랜드와 우리들 세상을 빛나게 해주시는 모어 씨, 안녕히 계십시오.

1516년

메힐린, 자가(自家)에서

모어가 페터 힐레스에게[134]

친애하는 페터에게,

당신이 알고 지내는 매우 예리한 남자의 견해를 전해 듣고 더할 나위 없이 기뻤습니다. 그 사람은 나의 『유토피아』에 대해서 딜레마를 제기하고 있더군요. 즉, 만약 『유토피아』에 대한 이야기가 사실로서 제시되고 있는 것이라면 자기는 그 속에서 몇 가지 모순을 볼 수 있으며, 만약 그것이 일종의 우화라면 평소 나의 올바른 판단이 여러 면에서 과오를 범하고 있는 것으로 보인다고 하는군요. 내 보기에 이 사람은 학문을 겸비한 듯싶고, 또한 우리들의 친구라는 것을 알 수 있습니다. 그가 어떠한 사람이든 간에 나는 그 사람에게 고맙다

134 모어는 라파엘 휘틀로다이우스의 이야기가 진지하게 받아들여지는 것을 (옹호하는 척하면서) 비난한다. 공공 재산이라는 아이디어를 의외로 막강하게 지지하는 부스라이덴이나 기욤 뷔데Guillaume Budé가 모어에게 보내는 지나치다 싶을 정도의 극찬보다도 모어는 어느 정도의 아이러니를 보유하고 있다든가 아니면 최소한 아이러니가 담긴 책략의 여지가 있는 평을 선호했던 것이 분명하다. 그리하여 (그가 누구이든 간에) 좀 더 비판적인 독자가 있다는 것을 알고 모어가 안심하는 것이 이 편지 전문에 걸쳐 나타나고 있다.

는 말을 하고 싶습니다. 이 같은 견해로 그는 『유토피아』가 출간된 이래 그 누구보다도 나를 즐겁게 해주었습니다.

왜냐하면 우선, 나에 대한 헌신에서인지 주제 자체에 대한 관심에서인지, 그 사람은 『유토피아』를 처음부터 끝까지 읽은 것 같습니다. 그것도 신부들이 기도서를 읽듯이(적어도 그걸 읽기라도 하는 신부들의 경우입니다만) 형식적으로 읽거나 서둘러서 읽지는 않은 듯싶습니다.[135] 그리고 나서 비평의 대상으로 몇 가지 사안을 선정한 후 나머지에는 신중하고 사려 깊은 동의를 표명했습니다. 그런 다음 마지막으로, 그는 나를 비평하는 데 사용한 표현 속에서 일부 사람들이 모든 힘을 다하여 나에게 보냈던 칭찬보다도 더 높은 찬사를 내비치고 있습니다. 『유토피아』를 읽으면서 불완전하고 부정확한 것을 접할 때의 실망을 표현한 것을 보면 그가 나를 얼마나 높이 평가하는지 쉽게 알 수 있습니다. 그런데 나는 그토록 많은 상이한 문제들을 취급하면서 우스꽝스럽지 않은 것이 한두 가지도 없기를 기대하지는 않습니다. 여하튼, 그가 나에게 솔직하게 대한 것과 마찬가지로 나도 그에게 솔직하게 대하고 싶습니다. 사실 그가 유토피아의 제도에서 부조리한 것들을 찾아냈다거나 혹은 내가 그 나라 법률에 대해서 현실성 없는 아이디어를 제안하는 것을 그가 잡아냈다는 이유만으로 왜 자신이 매우 예리하다고(그리스인들이 하는 말로, 매우 〈정신적〉이라고) 생각하는지 나로서는 이해

135 모어에 의하면, 정해진 시간에 정해진 기도서를, 즉 성무일도서를 읽는 신부들의 열정의 정도는 다양하다.

할 수가 없습니다. 이 세상 거의 모든 나라의 제도에도 뭔가 부조리한 요소는 있지 않나요? 대부분 철학자의 저술에서도 국가와 통치자에 대해서는 물론이고 일반 시민의 직분에 대해서까지 수정을 필요로 하는 요소가 담겨 있지 않나요?

그러나 그 사람이 『유토피아』가 진실인지 혹은 허구인지 궁금해한다면, 그 점에 대해서는 그가 심하게 잘못 판단하고 있다는 것을 알겠습니다. 만약 내가 한 국가에 대해서 쓰기로 결정했다면, 그리고 이러한 종류의 우화가 내게 떠올랐다면, 나는 그 국가가 보다 더 잘 받아들여지도록 사실에다 전체적으로, 마치 꿀을 조금 바르듯이 허구를 약간 뿌려 놓았을지도 모릅니다. 그러나 나는 분명히 그 허구를 완화시켜서 보통 사람들은 속지만 학자들은 그것을 꿰뚫어 볼 수 있도록 하였을 것입니다. 그리하여 내가 군주와 강과 도시와 섬의 이름을 〈존재하지 않는 섬〉, 〈환영의 도시〉, 〈물 없는 강〉, 〈백성 없는 군주〉라는 의미의 특별한 이름을 붙이는 일만 했다면, 그렇게 하는 것은 힘든 일이 아니었을 터이고 또한 내가 실제로 한 것보다 훨씬 더 재치가 있었을 것입니다. 내가 역사가처럼 사실에 충실하지 않았다면 나는 〈유토피아〉, 〈아니데르〉, 〈아마우로툼〉, 〈아데무스〉라는 상스럽고 무의미한 이름들을 사용할 만큼 어리석지는 않습니다.

그러나 힐레스 선생, 당신과 나처럼 순진한 사람들이 휘틀로다이우스 씨의 이야기를 글로 써놓은 것을, 신중하고 현명한 어떤 이들은 하도 의심이 많아서 전혀 믿지 않으리라는 것을 나는 알고 있습니다. 나의 개인적인 명성과 역사가로서의 권위가 이러한 회의로 인하여 위협을 받지 않을까 우려됩니다. 그리하여 테렌티우스의 마이시스가 글리세리움의 아들에 대해서, 그의 적법성을 확증하려고 〈내가 아이를 출산하는 자리에 자유인 여자들이 함께했음에 하느님을 찬양하나이다〉[136]라고 말하듯이 나도 나 자신을 변호할 수 있어서 다행입니다. 라파엘 휘틀로다이우스 씨가 자신의 이야기를 들려주었을 때 그 자리에는 당신과 나뿐만 아니라 퍽 많은 수의 점잖고 진지한 사람들이 함께 있었다는 사실은 나에게 매우 다행스러운 일입니다. 혹시 휘틀로다이우스 씨가 우리들에게 들려준 것보다 그 사람들에게 더 많은 이야기와 더 중요한 일들을 이야기해 주었는지 나로서는 알 수 없습니다만, 그러나 우리에게 들려준 것만큼은 그들에게도 들려주었던 것은 확실합니다.

자, 우리의 이야기를 의심하는 사람들이 그러한 증인들을 믿지 못하겠다면, 그들이 직접 휘틀로다이우스 씨에게 물어보도록 하십시오. 휘틀로다이우스 씨는 아직 죽지 않았으니

---

136 테렌티우스Publius Terentius는 북아프리카 출신의 로마 공화국 극작가로, 이 인용구는 『안드로스에서 온 여인*The Girl from Andros*』 2막에서 글리세리움이 연인 팜필루스의 아이를 출산하는 장면을 글리세리움의 하녀 마이시스가 묘사하는 대사이다. 여기에서 매우 흥미로운 점은 산모가 글리세리움이므로 마이시스는 〈내가〉가 아니라 당연히 〈그녀가〉라고 말해야 한다는 것이다. 원작에서는 물론 〈그녀〉로 되어 있다. 즉, 모어는 그 특유의 기발한 재치와 유머로 휘틀로다이우스와 글리세리움을, 글리세리움의 아기와 〈유토피아〉를, 그리고 자신과 마이시스를 대치시켜 놓고 있다고 볼 수 있다. 또한 출산의 증언자를 산모로 표현한 이 의도적인 오류(?)는 『안드로스에서 온 여인』을 읽은 독자만이 모어가 의도한 재미를 맛볼 수 있도록 하고 있다.

까요. 최근 포르투갈에서 온 어느 여행자에게서 들은 바에 의하면, 지난 3월 1일에 그 사람은 여느 때와 다름없이 건강하고 활기찬 모습이었다고 합니다. 휘틀로다이우스 씨에게서 진실을 얻어 내도록 하시고, 원한다면 궁금한 점들을 직접 캐물어서 진실을 알아내라고 하십시오. 나는 나의 작품에 대한 다른 사람의 믿음에 대해서가 아니라 나의 작품에 대해서, 오로지 나의 작품에 대해서만 책임이 있습니다.

안녕히 계십시오. 아름다운 당신의 아내와 귀여운 따님에게도 인사 전해 주십시오. 나의 아내가 당신 가족의 건강과 장수를 기원합니다.

에라스무스가 울리히 폰 후텐에게

지극히 저명하신 후텐 씨에게,[137]

더할 나위 없는 학식과 재치를 담고 있는 토머스 모어의 저술로 인해 불이 붙은 그의 천재성에 대한 당신의 (열정이라고 말할 뻔했습니다만) 사랑은, 내가 확언하건대 다른 많은 사람들도 공유하고 있습니다. 게다가 이번 경우의 감정은 나도 당신과 동일합니다. 모어가 당신의 편지를 보고 어찌나 기뻐하는지 나는 당신에게 질투심을 느낄 정도랍니다. 이는 사람들 사이에서 가장 아름다운 미의 형태보다도 더 많은 열렬한 사랑을 불러일으키는 가장 달콤한 지혜에 대해서 플라톤이 말한 것의 한 예입니다. 이것은 감각의 눈으로 식별되는 것이 아니지요. 마음은 마음의 눈을 지니고 있으니

---

137 『유토피아』가 출간된 지 3년이 되었을 때 독일의 인문주의자이며 풍자적인 『우자(愚者)의 편지 *Epistolae obscurorum virorum*』의 저자인 울리히 폰 후텐 Ulrich von Hutten(1488~1523)은 자신이 높이 평가하는 인물이지만 한 번도 만난 적이 없는 토머스 모어에 관해서 에라스무스에게 물었다. 이 편지는 후텐의 그러한 요청에 대한 응답이다.

이 경우에서도 〈보면 볼수록 좋아진다〉는 그리스 속담이 적절하군요. 그러므로 서로 만난 적도 없고 이야기를 나눈 적도 없는 사람들이 이따금 가장 따뜻한 애정을 느끼면서 마음으로 결합되는 것이 가능하다는 것을 알 수 있습니다. 그리고 흔히 겪는 경험에서 볼 수 있듯이, 무슨 이유에서인지는 모르겠으나, 사람마다 서로 다른 종류의 미에 마음이 끌리는 것을 보면 어느 한 마음과 다른 한 마음 사이에는 일종의 잠재적인 동류애가 존재하는 것 같으며 이로 인하여 우리는 어떤 마음들과 마주할 때는 특별히 즐거워하면서도 또 어떤 마음들과는 함께 즐거워한다는 것이 불가능하지요.

나에게 모어의 전신(全身) 초상화를 그려 달라고 하시는데, 당신의 요청을 만족시키는 나의 능력이 그것을 간절히 요구하는 당신의 열성에 버금가기를 바랄 뿐입니다. 왜냐하면 이 세상에서 가장 유쾌한 성격을 지닌 친구에 대한 생각으로 잠시 시간을 보낸다는 것은 나에게도 즐겁지 않은 일은 아니기 때문입니다. 그러나 여기에는 두 가지 어려움이 있습니다. 우선, 모어의 모든 업적과 기량이 모든 사람들에게 알려져 있지는 않다는 것이고 다음으로, 모어 자신은 자기를 모델로 선택하는 화가라고 해서 그 사람에게 자기 초상화를 그리게 하고 싶어 할지 나로서는 알 수 없다는 것입니다. 왜냐하면 내가 생각하기에 모어를 제대로 그린다는 것은 알렉산더 대왕이나 아킬레스를 그리는 것보다 정말로 더 쉽지 않습니다. 이 두 영웅 중 누구도 모어보다 더 불멸의 자격을 갖추고 있지는 않습니다. 모어의 초상화는 아펠레스의

223

손을 필요로 하는데, 나는 아펠레스보다는 풀비우스나 루투바에 가깝지 않나 싶습니다.[138] 그럼에도 불구하고 나는 한동안 모어와 한집에서 지내면서 그를 눈여겨보아서 지금도 내 기억에 남아 있는 모어라는 인물 전체를, 초상화가 아니라 스케치로 묘사해 보여 드리도록 하겠습니다. 그러나 혹시 어떤 외교상의 업무로 당신과 모어가 직접 만나게 된다면 당신은 자신이 이 작업을 위해 얼마나 형편없는 화가를 선택하셨는지 알게 될 것입니다. 그렇게 되면 당신이 내가 시기심에서 혹은 고의적인 무지에서 그의 인품의 많은 장점 중에서 극소수만을 언급하고 있다고 생각하실까 봐 우려됩니다.

모어에 관한 것으로서 당신에게 거의 알려지지 않은 부분으로 시작하겠습니다. 모어는 체격도 크지 않고 키도 크지 않습니다. 그렇다고 키가 눈에 띄게 작지도 않으며, 팔과 다리가 매우 균형 잡혀 있어서 그 점에서는 아무런 결함도 찾아볼 수 없습니다. 피부는 희고 얼굴은 혈색을 띠고 있는 편인데, 혈색이 있다고는 하지만 극히 미세한 홍조를 제외하면 붉은 것하고는 거리가 멉니다. 머리는 검은색에 가까운 적갈색인데, 원하신다면 적갈색에 가까운 검은색이라고 해도 좋습니다. 수염은 숱이 많지 않고, 눈은 일종의 착색을 한 것처럼 푸른빛이 도는 회색입니다. 이런 색의 눈은 가장 행복한

---

138 아펠레스Apelles는 기원전 4세기 후반에 활약한 그리스 화가이며 알렉산드로스의 궁정 화가로서 대왕의 초상화를 많이 그렸고 아프로디테의 그림으로 유명하다. 호라티우스Horatius의 풍자시에서 검투사로 등장하는 풀비우스Fulvius와 루투바Rutuba라는 이름을 에라스무스는 여기에서 평범한 소재를 그리는 평범한 화가들의 이름으로 사용하고 있는 것으로 보인다.

사람의 특징으로 간주되고 있으며, 우리 쪽에서 검은색 눈을 선호하듯이 잉글랜드 사람들은 이 색깔의 눈을 좋아합니다. 그러나 어떤 색깔의 눈이든 혜안의 결함으로부터 자유롭지는 않다고 말들 하지요. 악의 없는 농을 곁들이면서 상냥하고도 친절한 표정을 잃지 않는 모어의 얼굴은 그가 어떠한 성품의 소유자인가에 대한 질문에 답하고 있습니다. 솔직히 말씀드리면, 얼굴 표정은 근엄함이나 권위보다는 장난기를 띠고 있습니다. 물론, 치행(癡行)이나 익살과는 아주 거리가 멉니다만. 오른쪽 어깨가 왼쪽보다, 특히 걸을 때는 다소 높아 보이는데 이는 타고난 것이 아니라 그런 종류의 특징들이 그러하듯이 습관의 결과입니다. 신체의 나머지는 보기 싫은 부분이 전혀 없습니다. 다만 손이 약간 투박한데, 다른 부분과 비교해 볼 때 그렇게 보인다는 것이지요. 소년 시절부터 항상 몸단장을 매우 등한시해 온 터라, 오비디우스에 따르면 남자들은 구멍 나지 않고 몸에 맞는 토가만 있으면 된다고 했지만 모어는 그런 것에조차 별로 관심이 없습니다. 지금 그의 모습을 보면 젊었을 때 그가 얼마나 매력적이었을지를 추측할 수 있습니다. 내가 그를 처음 만났을 때 그는 겨우 23세였으며 지금은 40세를 갓 넘었습니다. 육체적으로 혈기왕성하지는 않지만 올바른 시민이 해야 할 일이면 무엇이든 할 수 있을 만큼은 건강합니다. 그리고 연로하신 부친이 계신 것으로 미루어 그도 활기 넘치는 삶을 오래도록 살 수 있으리라 믿어도 좋을 듯싶습니다.

먹고 마시는 것을 선택하는 일에 있어서 그 사람처럼 까다로운 사람은 내 평생 본 적이 없습니다. 부친을 따라 하다 생긴 습관으로서, 그가 젊은 시절에 즐겨 마셨던 것은 물이었습니다. 그러나 다른 사람들이 신경을 쓰지 않도록, 식탁에서는 거의 물처럼 약한 소량의 맥주나 아니면 맹물을 백랍 용기에 넣어 마시기 때문에 손님들은 그의 그러한 습관을 알아차리지 못합니다. 포도주로 말할 것 같으면, 그가 살고 있는 곳의 관습이 그러하므로 동석한 사람들끼리 같은 잔에 술을 따라 돌아가면서 마시는 것이어서 그는 자기가 술을 몹시 꺼려 한다는 것이 드러나 보이지 않게 하기 위해서, 또한 통상적인 관습에 익숙해지기 위해서 한 모금 정도 입에 대기는 합니다. 음식으로는 일반적으로 흔히 진미라고 하는 것들보다는 소고기와 소금에 절인 고기를 좋아하고 집에서 발효시켜 만든 빵을 즐깁니다. 그러나 비록 육체적인 즐거움이라 하더라도, 순수한 즐거움을 주는 것들을 꺼려 하지는 않으며, 항상 맛있게 먹는 것으로는 밀크 푸딩과 과일이 있고 계란으로 만든 음식을 무척 좋아합니다.

그의 목소리는 크지도 않고 지나치게 낮지도 않지만 어조는 상대방의 마음속을 꿰뚫어 보는 듯합니다. 음악은 종류를 가리지 않고 즐기나 노래에는 타고난 재능이 없기 때문인지 어조 자체가 음악처럼 아름답다거나 부드럽지는 않지만 연설이나 담화에는 더없이 적절합니다. 성급하다거나 망설이는 일이 전혀 없기 때문에 발화가 놀라울 정도로 명확합니다.

의복은 아주 간소하게 입는 것을 좋아하고, 비단옷을 입거나 금줄을 두르는 일은 피치 못할 상황이 아니면 전혀 없습니다. 일반인들에게는 예의범절을 시험하는 자리라고 할 수 있는 〈피치 못할 상황〉에 대해서도 그는 경탄할 만큼 거의 신경을 쓰지 않습니다. 그리고 자신이 다른 사람들에게 그와 같은 격식을 강요하지 않기 때문에 회의에서나 연회에서, 만일 격식을 필요로 하는 자리라면, 올바로 지키는 방법을 잘 알고 있음에도 불구하고 격식을 지키는 일에는 그다지 신경을 쓰지 않습니다. 남자가 그렇게 사소한 일에 자기 시간의 상당량을 낭비한다는 것은 사내답지 못하다는 것이 그의 생각입니다.

그는 항상 특별히 폭군을 증오하고 평등을 지극히 사랑해 왔기 때문에 예전에는 왕실이나 왕자들과 가까이 지내는 것을 상당히 꺼려 했습니다. 혼잡과 야망과 가식과 사치는 별로 없고, 어떠한 형태로든 폭정이라고는 전혀 없이 질서가 확립되어 있는 왕실이란 찾아보기 어려울 것입니다. 헨리 8세보다 더 정중하고 덜 엄격한 왕을 원할 수는 없겠건만, 그 헨리 8세도 대단한 수고를 치르지 않고는 그를 자기 왕실에 관심조차 갖게 할 수 없었습니다. 그는 천성적으로 자유와 여가를 몹시 좋아하는 사람입니다. 그러나 휴일이 있을 때 휴일을 즐기는 것과 마찬가지로 업무가 있을 때는 그 사람만큼 인내심을 가지고 불철주야로 맡은 업무에 몰두하는 사람은 없을 것입니다.

그는 우정을 위해서 태어나고 우정을 위해서 만들어진 사람처럼 보이며, 우정에 대해서는 그 누구보다도 성실하고 헌신적인 사람입니다. 많은 친구를 갖고 있다는 것은 바람직하지 않다는 헤시오드의 말[139]과는 달리, 그는 자기에게 친구가 많다는 것을 전혀 꺼려 하지 않습니다. 그와 가까운 사람들은 언제나 그를 만나 볼 수 있고, 그는 자기와 친분을 맺은 사람들을 정성껏 보살펴 주며 그러한 관계를 변함없이 끝까지 유지합니다. 그러나 만약 아는 사람들 중에서 누구든 자기가 고쳐 줄 수 없는 결함을 지닌 사람이 있으면 그 사람과 맺은 관계의 매듭을 끊는 것이 아니라 그 매듭을 풀면서 그와 헤어질 기회를 찾아냅니다. 그는 정구나 주사위 놀이나 카드놀이를 포함하여 대다수 신사들이 〈시간〉의 지루함을 달래기 위하여 하는 게임들을 철저하게 혐오하기 때문에, 자기와 성격이 어울리는 진실된 사람들을 만나게 되면 그들과 어울려 담화를 나누는 것을 어찌나 기뻐하는지 마치 삶의 주된 즐거움을 그러한 것에서 찾는 사람처럼 보입니다. 그는 자신의 이익을 위해서는 다소 등한히 하지만 친구의 걱정을 덜어 주기 위해 그 사람만큼 애를 쓰는 사람은 없다는 말을 필히 덧붙이고 싶습니다. 내가 더 이상 무슨 말을 할 필요가 있겠습니까? 참된 우정의 완벽한 예를 원하는 사람이 있다면 그는 모어에게서 최상의 것을 발견할 수 있을 것입니다.

여럿이 함께 있는 자리에서는 가장 따분한 사람의 기분을 밝게 해주고, 지극히 괴로운 상황으로 인한 곤혹스러움을 완화시켜 줄 만큼 그는 놀랍도록 상냥하고 다정한 성품의

---

139 헤시오드Hesiod는 호메로스Homeros와 동시대인 기원전 8세기에 이름을 떨친 그리스 시인으로서 그의 작품 『노동과 나날 *Works and Days*』에는 이러한 종류의 실용적인 충고가 많이 실려 있다.

소유자입니다. 해학이 삶의 주된 목표로 보일 정도로 그는 소년 시절부터 항상 농을 즐겼습니다. 그러면서도 어릿광대처럼 행동한다거나 남을 비꼬는 말은 절대로 하지 않습니다. 어린 나이에 그는 자신이 쓴 소극(笑劇)에 출연한 적도 있습니다. 누군가가 익살스러운 말을 했을 경우, 비록 그 말이 자신을 겨냥한 것이었다 하더라도 그는 그 말에 매료됩니다. 그만큼 그는 절묘하고 재기가 보이는 재치 있는 말들을 무척 재미있어했습니다. 그리고 이러한 성향은 젊은 시절에 경구(警句)를 즐기고 루시안[140]에게서 크나큰 기쁨을 얻는 것으로 이어졌습니다. 사실, 나에게 『모리아』 또는 『우신예찬』으로 불리는 작품을 쓰도록 제의한 사람도 바로 그였습니다.[141] 낙타에게 춤을 추라고 하는 것과 다를 바 없는 제의였습니다만.

인간의 삶에서 발생하는 일들에서, 비록 그 자체로서는 심각한 일일지라도 다소간의 즐거움을 얻어 내려고 그가 애쓰지 않는 일은 없습니다. 박학하거나 지적인 사람과 상대할 때는 그들의 명민함에 기뻐하며, 무지하거나 어리석은 사람과 상대할 때는 그들의 치행에 재미있어합니다. 그는 모든 사람들의 취향에 자신을 맞추는 놀라운 재간이 있기 때문에 공인된 어릿광대라 할지라도 그의 기분을 상하게 하지는 못합니다. 대체로 숙녀들과는, 자기 아내와조차도, 그의 대화

140 Lucian of Samosata(125~180). 시리아 사람이지만 모든 작품을 그리스어로 쓴 풍자 작가이다.

141 모리아 *moria* 는 그리스어로 〈치행(痴行)〉을 뜻하며, 에라스무스는 『우신예찬』을 1509년에 모어의 집에서 썼다.

는 유머와 장난기가 넘쳐 납니다. 그러한 그의 모습을 보면 당신은 그를 제2의 데모크리투스[142]라고 하든지, 아니 그보다는 물건을 사고파는 사람들의 혼잡한 형상을 숙고하면서 한가로운 기분으로 장터를 어슬렁거리는 피타고라스파의 철학가라고 할 것입니다. 대중의 의견에 의해서 그 사람만큼 좌지우지되지 않는 사람도 없으며, 그런가 하면 상식을 그 사람보다 더 철저하게 고수하는 사람도 없습니다.

그가 즐기는 오락의 하나는 서로 다른 동물들의 형태와 성격과 본능을 관찰하는 것입니다. 따라서 그의 저택 주변에는 거의 모든 종류의 새들이 살고 있고 원숭이, 여우, 담비, 족제비와 같이 별로 흔치 않은 동물들도 있습니다. 이 동물들 외에도, 그는 해외에서 수입된 신기한 물건을 보게 되면 열심히 사들여서 집 안에는 그런 물건들이 그득하여 어느 방에든 들어서면서부터 사람의 눈길을 끄는 것이 있습니다. 그리고 다른 사람들이 관심을 보일 때마다 그 자신의 즐거움은 새로워집니다.

감성적인 나이였던 시기에 그는 사랑의 감정에 낯선 사람은 아니었습니다. 그러나 자기에게 유리한 점으로 압력을 가할 생각은 전혀 없었으며, 그 어떤 부도덕한 목적에 의해서보다는 상호간의 호감에 의해서 상대방에게 마음이 끌리는 사람이었기 때문에 그 고유의 성격이 실추되는 일도 없었습니다.

142 Democritus(B.C. 460~B.C. 380). 낙천적인 기질 때문에 〈웃는 철학자〉라는 별명이 있었던 것으로 전한다.

그는 어린 시절부터 좋은 글들을 무척 많이 읽었고 청년이 되었을 무렵에는 그리스어와 철학을 공부했습니다. 그러나 그의 부친은 아들이 추구하는 것이 자기가 바라는 것과 거리가 너무나 멀었기 때문에 아들에게 주던 생활비를 중단했을 뿐만 아니라 부자간의 연을 끊으려고 했습니다. 잉글랜드 법 교수였던 그의 부친은 아들이 집안 대대로 내려오는 학문을 저버린다고 생각했기 때문입니다. 법학 공부가 진정한 학문과는 거리가 멀지만, 그래도 그것을 완전히 익힌 사람은 나라에서 가장 높은 직위와 명성을 지니게 되며, 부와 명예를 얻는 길로 그보다 더 손쉬운 방법을 찾기는 어렵습니다. 사실 잉글랜드라는 나라의 귀족들 중 상당수는 바로 이 직업 출신들이며, 사람들 말에 의하면 이 직업에서 완벽한 전문인이 되기 위해서는 수년 동안 고생하면서 열심히 공부해야 한다고 합니다. 보다 나은 것들을 위해서 태어난 모어의 천재성이 젊은 시절에 그러한 학문을 몹시 꺼려 했다는 것은 자연스러운 일입니다. 그럼에도 불구하고 법학이라는 학문을 접하고 난 후 얼마나 완벽하게 법을 꿰뚫고 있었던지 탄원자들은 다른 누구보다도 그에게서 자문받기를 간절히 원했습니다. 그리고 그것으로 들어온 수입은 아무것도 하지 않고 그 일만 하는 사람들의 수입을 능가했습니다. 이는 그의 두뇌의 위력과 기민함의 징표입니다.

그는 또한 정교회 신부들의 저서를 숙독하는 일에 상당한 시간을 할애했습니다. 그리고 청년을 갓 벗어난 나이에 수많은 청중 앞에서 아우구스티누스의 『신국론*De Civitate Dei:*

The City of God』에 관한 강연을 했으며, 연로자들과 신부들은 젊은 평신도에게서 신학에 관한 가르침을 받는 것을 수치스러워하지 않았고 유감스럽게 생각하지도 않았습니다. 한편 그는 온 정신을 종교에 쏟고 있었으며, 사제가 될 생각도 하면서 철야 기도와 단식과 그와 유사한 훈련으로 자신을 준비하였습니다. 그러한 과정에서 역시 그는 자신들을 미리 시험해 보지도 않은 상태에서 그처럼 몹시 힘든 직업에 무모하게 뛰어드는 대부분의 사람들보다 훨씬 더 많은 지혜를 보여 주었습니다. 그리고 실제로 그가 이러한 종류의 삶을 채택하는 데 장애가 되는 것은 전혀 없었습니다. 결혼하고 싶어 하는 자신의 생각을 떨쳐 버릴 수가 없었다는 사실을 제외하고는. 따라서 그는 부도덕한 사제가 되기보다는 순결한 남편이 되기로 결심했습니다.

그는 좋은 집안 출신의 나이 어린 여자와 결혼했습니다. 나이도 어리지만 부모와 자매들과 항상 전원에서만 살아왔기 때문에 아직 기질이 굳어져 있지 않은 상태여서 그로서는 아내를 자신의 습관에 따르게 하기에 좋았습니다. 남편의 지도하에 아내는 학문과 모든 종류의 음악을 익혀서 그에게 적격인 여인으로 거의 완전히 변해 있었기 때문에, 젊은 나이에 세상을 떠나지만 않았다면 그의 인생의 즐거운 반려자가 되었을 것입니다. 그들 부부 사이에는 자녀가 여럿 있는데, 그중에서 지금 생존해 있는 아이들로는 마가렛, 엘리스, 시실리로 딸이 셋이고 외아들인 존이 있습니다.

그러나 모어는 오랫동안 혼자 지내지 않고, 친지들의 충고와는 반대로 아내가 세상을 떠나고 몇 달 후 어느 과부와 재혼했으나 이는 자신의 욕망을 위해서보다는 집안 살림의 운영을 위한 것이었고, 그 자신이 가끔 소리 내어 웃으면서 말하듯이 〈대단한 미인도 아니고 어린 나이도 아니나〉 주부로서는 빈틈없는 여인입니다. 그러나 그는 마치 그녀가 누구라도 원할 정도로 젊고 아름다운 여인이기라도 한 듯이 그녀에게 다정다감하게 대하면서 즐겁게 살고 있습니다. 그리고 집안일을 엄격하게 총괄하는 아내를 감언과 익살로 순종하게 만드는 남편으로는 모어를 능가할 남자가 거의 없을 것입니다. 사실, 나이도 이미 지긋하고 기질적으로 순종적이지도 않으며 머릿속은 집안일로 꽉 차 있는 여인에게 하프, 비올, 피아노, 플루트를 연주할 수 있도록 배우게 하고, 매일 일정 시간을 연습에 할애하도록 유도했으니 그로서도 어찌 더 이상의 순종을 바랄 수 있겠습니까? 그는 다정함으로 집안을 다스리며, 그의 집에서는 비극적인 사건도 말다툼도 전혀 없습니다. 만일 그러한 종류의 일이 발생하면 즉시 가라앉히든가 아니면 해결책을 적용합니다. 그리고 고용인 중에서 누군가가 떠날 때에는 절대로 반감을 갖고 행동하지 않으며 그를 적대시하지도 않습니다. 그 집에서 살았던 사람이면 보다 나은 직책으로 승진되지 않은 이가 없으며, 그 집에 함께 있던 사람이면 성품이 더럽혀질 수가 없으니, 참으로 그의 가정은 더할 나위 없는 지복을 지닌 듯이 보입니다.

생존해 있는 사람치고 자기 어머니와의 관계가 그와 그의 의붓어머니와의 관계만큼 좋은 사람은 찾아보기 힘들 것입니다. 그의 부친은 재혼을 거듭했으나 그럴 때마다 그는 마치 친어머니에게 하듯 의붓어머니를 다정하게 대했습니다. 최근에 부친은 세 번째 아내를 맞이했으며, 이에 모어는 자기로서는 이보다 더 훌륭한 여인은 본 적이 없노라고 단언합니다. 자기 부모나 의붓 형제자매에 대한 그의 애정은 한결같으며 그들에 대한 다정한 관심과 배려 또한 변함이 없습니다.

그의 성품에서 탐욕이라는 것은 전혀 찾아볼 수가 없습니다. 그는 자신의 재산에서 자녀들에게 충분하다고 사료되는 양을 따로 확보해 놓고 나머지는 자유로이 사용합니다. 그가 자신의 직업에 의존하고 있을 당시, 그는 자신의 이득이 아니라 의뢰인이 이득을 볼 수 있는 방안에 초점을 맞추면서 자기 의뢰인들이 가장 저렴한 가격으로 상대방과 합의를 볼 수 있도록 조언해 줍니다. 만약 그렇게 하도록 의뢰인을 설득할 수 없을 경우에는 최저의 비용으로 법정으로 갈 방법을 제시해 주는데, 이는 소송을 해야 좋아하는 성격의 소유자도 있기 때문입니다.

그가 태어난 도시인 런던에서 그는 수년간 민사 소송을 담당한 판사였습니다. 이 직책은 목요일 오전에만 법원에 출두해야 하므로 전혀 부담스럽지 않은 임무이지만 대단히 명예로운 직책으로 간주됩니다. 그리고 모어보다 더 많은 소송을 맡은 판사도 없었고 더 완벽하고 청렴하게 소송을 처리한 판사도 없습니다. 대부분의 사건에서 그는 공판 전에 원고와 피고가 예치하도록 되어있는 3그로트[143]를 소송인에

143 *groat*. 잉글랜드, 아일랜드, 스코틀랜드에서 사용했던 주화.

게 면제해 주고 가외로 더 받아 내지도 않습니다. 그러나 그렇게 함으로써 그는 런던에서 대단히 유명한 인물이 되었습니다.

그는 심각한 위험에 노출되지 않으면서도 충분히 위엄 있는 이 직책에 만족하기로 결정했었습니다. 그에게 대사(大使) 임무가 맡겨진 적도 한두 번이 아니었으며, 그는 이 임무를 수행함에 있어서도 대단한 능력을 보였습니다. 그 결과 헨리 왕은 왕실로 그를 끌어들이고서야 비로소 마음을 놓았습니다. 〈그를 끌어들이고〉라는 표현을 사용한 데에는 이유가 있습니다. 그가 왕실에 들어가지 않으려고 애를 썼던 것보다 더 많이 왕실에 들어가려고 애를 쓴 사람은 없기 때문입니다. 그러나 자기 궁정을 박학하고 진지하고 똑똑하고 정직한 인물들의 집합소로 만들기로 결심한 이 훌륭한 군주는 자기와 그토록 친히 지내는 모어가 궁정을 멀리하는 것을 도저히 견딜 수가 없어서 누구보다도 특히 모어가 그 인물들 가운데 속할 것을 고집했습니다. 심각한 문제에 당면했을 때 국왕에게 모어보다 더 현명한 조언을 해주는 사람은 아무도 없습니다. 국왕이 유쾌한 담화로 휴식을 취하고 싶어 할 때 모어보다 더 나은 사람은 없습니다. 간혹 심각하고 신중한 판단을 요하는 어려운 문제가 발생하면 모어는 그러한 문제를 쌍방이 모두 만족할 만한 방법으로 해결합니다. 그러나 그 누구도 그가 예물을 받아들이도록 유인하지 못했습니다. 만약 군주들이 모어 같은 판사에게 모든 공무를 맡긴다면 이 세상에는 그 얼마나 큰 축복이겠습니까!

모어에게서 우월감이라는 것은 찾아볼 수 없습니다. 업무로 인한 엄청난 압박감 속에서도 그는 자신의 초라한 친지들을 항상 기억합니다. 그리고 틈이 날 때마다 자기가 소중히 여기는 학문으로 돌아갑니다. 자신의 지위에서 오는 권위가 무엇이든지, 막강한 군주의 총애에서 오는 영향력이 무엇이든지, 그러한 것들은 일반 백성이나 친지를 위한 봉사에 사용됩니다. 그는 언제나 모든 사람에게 많은 도움이 되고자 하며, 연민의 정을 가지고 언제라도 그렇게 할 준비가 되어 있습니다. 그러한 그의 성향은 선행을 행할 권한이 예전보다 더 대단해진 지금 그 어느 때보다도 더욱 두드러지게 눈에 띕니다. 어떤 사람은 돈으로 역경에서 벗어나게 도와주고, 어떤 사람은 자신의 권위로 보호해 주고, 어떤 사람은 추천으로 승진하게 도와주고, 달리 도와줄 방법이 없을 경우에는 조언으로 도와줍니다. 그를 찾아갔던 사람이면 곤경에 빠진 상태로 떠나는 일이 절대로 없으니, 우리는 그를 가난한 모든 사람들의 수호자라고 불러도 좋을 것입니다. 그는 억압받고 있는 사람을 구제해 주거나, 난경에 처한 사람에게 갈 길을 열어 주거나, 수치를 당한 사람이 다시금 명예를 회복하도록 도와주는 것과 같은 일이 실은 자기 자신에게 크나큰 덕이 된다고 생각합니다. 그 사람만큼 남들에게 기꺼이 도움을 주는 사람도 없으며, 그 사람만큼 대가를 바라지 않는 사람도 없습니다. 그토록 여러 면에서 출세한 사람이건만, 그리고 출세는 일반적으로 자부심을 동반하건만, 나는 이 결함으로부터 모어보다 더 자유스러운 인간은 지금까지

본 적이 없습니다.

이제 모어와 나를 연결해 준 주요 수단이었던 학문의 주제로 넘어가 보겠습니다. 젊은 시절에 그가 쌓았던 문학적 작업은 주로 운문이었습니다. 그 후에는 산문을 보다 유려하게 쓰려고 글쓰기의 모든 종류를 연습하면서 그 문체를 형성하기 위하여 오랜 세월 동안 대단한 노력을 쏟았습니다. 그의 문체에 관해서는, 특히 그의 저술을 갖고 있는 당신에게는 내가 상기시킬 필요가 없겠지요. 보다 예리한 정신 훈련이 수반되도록 그는 반론의 여지가 있는 주제들을 선택하여 열변을 토하면서 대단히 즐거워했습니다. 그리하여 아직 젊은 나이에 그는 플라톤의 공동체 옹호를, 가정주부 문제까지 포함하여, 대화로 시도한 바 있습니다. 또한 루시안의 『티라니사이드』[144]에 응답하는 글을 썼으며, 이러한 종류의 글쓰기에서 자신의 실력을 시험하기 위하여 내가 이 논쟁의 상대자가 되어 주기를 바랐습니다.

그가 『유토피아』를 출간한 까닭은, 자신이 속속들이 알고 이해하는 잉글랜드 헌법을 특별히 염두에 두면서 잉글랜드에서 위해(危害)를 야기하는 것들이 무엇인지 보여 주기 위해서였습니다. 그는 여가를 이용하여 『유토피아』의 제2권을 먼저 썼고, 제1권이 필요하다는 것을 나중에 깨닫고는 즉시 제1권을 첨가했습니다. 그리하여 문체상의 불균형이 다소 있습니다.

---

144 〈티라니사이드*tyrannicide*〉는 사욕이 아니라 민중의 복리를 위하여 독재자나 폭군을 살해한다는 의미를 지닌 용어이다.

그는 모든 미신을 꺼려 하지만 참된 믿음에는 변함없는 추종자입니다. 날마다 기도를 위한 시간이 따로 정해져 있으며, 그의 기도는 암기한 것을 되뇌는 것이 아니라 마음에서 우러나온 기도입니다. 친구들과 사후의 세상에 대해서 대화를 나눌 때 그는 지고의 희망 없이는 말하지 않으며 듣는 사람들로 하여금 자신이 말하는 것을 진실로 믿고 있다는 느낌을 갖게 합니다. 모어는 그런 사람이며, 왕실에서도 그러합니다. 그런데 그리스도교인은 수도원에서만 찾아볼 수 있다고 생각하는 사람들이 지금도 있습니다! 현명한 왕은 어떤 사람들에게는 자기 왕실로의 출입을 허락하고, 자신의 방으로 들어오는 것을 허락하며, 허락만 하는 것이 아니라 초대하며, 아니 들어오라고 강요합니다. 왕은 이러한 사람들로 하여금 자기 삶을 증언하고 판단하게 할 뿐만 아니라 조언자와 여행의 동반자로서 항상 자기 곁에 둡니다. 방종한 젊은이나 외양에만 관심 있는 자나 훈장을 받은 귀족이나 교활한 각료들 중에서는 유치한 놀이로 왕의 환심을 사려는 자도 있고, 폭정을 하도록 왕을 선동하는 자도 있으며, 백성을 강탈하기 위한 새로운 책략을 왕에게 제시하는 자도 있기 때문에 왕은 오히려 모어와 같은 인물들이 자신을 수행하는 것을 훨씬 더 기뻐합니다. 만약 당신이 잉글랜드 왕실에서 살았더라면 왕실 생활이라는 것을 새롭게 묘사했을 것이고 더 이상 왕실을 싫어하지 않게 될 것이라고 나는 확신합니다. 비록 당신도 더 나은 통치자를 바랄 수 없을 정도의 통치자와 함께하고 있으며 옳은 편을 지지하는 스트로머와 카프 같은 동료들도 있기는 합니다만, 이름만 대면 즉시 수많은 덕목과 업적으로 이어지는 마운트조이, 리나커, 페이스, 콜렛, 스토케슬리, 라티머, 모어, 턴스틸, 클라크 그리고 이들처럼 뛰어난 많은 인물들과 비교해 볼 때 당신 동료들의 수효란 그 얼마나 미미합니까! 그러나 현재 우리 독일에서 유일하게 자랑스러운 알버트가 자신의 왕실에 자기와 같은 사람들을 많이 끌어들여 다른 왕자들에게 눈에 띄는 실례(實例)를 보여 줄 것에 대한 나의 희망은 결코 작지 않습니다.

1519년 7월 23일
앤드워프에서

역자 해설을 대신하여
토머스 모어와 역자의 대담

역자 『우신예찬*Moriae Encomium*』이나 『유토피아*Utopia*』를 번역하느니, 차라리 둘 다 태워 버리는 것이 낫다고 말씀하신 까닭은 무엇인지요.

모어 그 당시로서는 두 책 모두 그 내용이 곡해될 가능성이 매우 높기 때문이었소.

에라스무스Desiderius Erasmus가 『우신예찬』을 집필하게 된 동기를 혹시 알고 있소? 잉글랜드에 오려고 이탈리아를 떠나 말을 타고 알프스를 넘어 스위스로 가는 길에, 얼마 안 있으면 만나게 될 나를 생각하던 중 문득 모어More라는 내 성(姓)이 그리스어로는 〈바보〉라는 아이러니에 착안하여 잉글랜드에 도착한 후 런던에 있는 내 집에 머물고 있는 동안 완성한 것이 바로 『우신예찬』이오. 그 시대에 만연했던 부도덕과 우매함을 에라스무스 특유의 천재성으로 절묘하게 희화화하여 고발하고 규탄하는 내용이어서 유쾌하고 통쾌해하면서 즐길 수 있는 이야기였소.

『우신예찬』 얘기가 나온 김에 한마디 덧붙이고 싶소. 에리스무스와 내가 서로를 인정하고 존중하면서 오랜 세월 동안 변함없는 친분 관계를 유지하였던 것도 사실이고, 에라스무스가 『우신예찬』을 나에게 헌정한 것도 사실이며, 또한 내가 『우신예찬』을 무척 흥미롭게, 재미있게 읽었던 것도 사실이오. 그러나 이러한 사실들의 합이 곧 『우신예찬』에 피력된 에라스무스의 견해, 특히 가톨릭교회나 수도원 제도에 관한 견해가 나의 견해와 일치한다는 것은 결코 아니라는 사실을 밝히고 싶소.

『유토피아』는 내가 나랏일로 앤트워프에 가 있을 때 업무에서 자유로웠던 며칠 동안에, 당시 유럽 여러 국가들이 공유하고 있던 정치적 관행이나 사회적 만행에 관해서 마치 그러한 제반 문제들을 해결하는 양 주제별로 유쾌한 대응책을 제시하는 척해 본 결과물이오. 하여, 『유토피아』는 동료 인문주의자들을 위해서 일종의 오락물로서 쓴 행복한 판타지 소설에 불과하다는 말도 전혀 터무니없는 소리는 아니오.

잊지 말아야 할 점은, 『우신예찬』이나 『유토피아』나 집필 의도에서부터 우리 두 사람의 예상 독자층은 인문주의자들이었다는 것이오, 일반 대중이 아니라. 그러니 내가 그 책들의 번역 운운에 격한 반응을 보였던 것도 당연하지 않겠소?

『우신예찬』의 경우 1511년 첫 출간 당시에는 〈가벼운 마음으로〉 익살스럽게 다루었던 주제들이, 재판(再版)을 거듭하는 동안 끊임없는 수정과 보완을 거듭하면서 1522년에 출간된 『우신예찬』에서는 신학자들과 신도들에 대한 비난과 공격이 심각하게 취급되고 있었소. 어쨌거나 1536년에 그가 지상을 떠날 즈음해서는 프랑스어, 체코어, 독일어 등으로 번역되었고 라틴어 원본은 36판에 이를 정도였소. 영어로는 1549년에 토머스 찰로너Thomas Chaloner가 『우신예찬』을 번역했고, 『유토피아』는 1551년에 랄프 로빈슨Ralph Robinson이 영역한 것을 시작으로 그 후 4백여 년이 넘는 동안 두 책 모두 한국어를 포함하여 각종 언어로 번역되어 오고 있다는 것은 당신도 알 터이고.

　자, 이것이 내가 〈차라리 태워 버리는 것이 낫다〉고 한 다음에 일어난 일이오.

역자　『유토피아』는 이해의 난이도가 높은 책으로 꼽히고, 그래서인지 작품의 해석 또한 다양합니다. 그런가 하면 루이스C. S. Lewis는 16세기 영국 문학을 논하는 자리에서 〈에라스무스는 『유토피아』에 대해서 이야기할 때 마치 그것이 원래 《코믹 북》인 듯이 말한다〉고 했습니다. 이 점에 대해서 한 말씀 해주십시오.

모어　에라스무스는 〈원래〉 틀린 말을 하는 친구가 아니잖소. 어쨌든, 원한다니 한마디 하기는 하겠소. 『유토피아』는 내가 정치가나, 법률가나, 혹은 금욕주의자로서 쓴 책이 아니라는 사실을 간과하지 마시오. 〈이해의 난이도가 높은 책〉이라고 했소? 하기야 지력과 상상력이 결핍된 독자라면 유토피아라는 나라에서 시행된다고 되어 있는 다양한 사안들에 내재된 패러독스와 유머를 이해하기가 불편할 것이오. 허나 그 책은 애초에 그러한 독자들을 겨냥해서 쓴 책이 아니었소.

역자 『걸리버 여행기*Gulliver's Travels*』를 읽고 나서 소인국이나 대인국이 실제로 어디에 있는지를 알고 싶어 하는 독자는 없습니다. 그러나 『유토피아』를 읽은 후에 유토피아라는 나라의 정확한 위치를 알고 싶어 하는 독자들이 실제로 있었다고 하는데, 두 작품이 모두 풍자 소설이나 판타지 소설에 속한다고 볼 수 있음에도 불구하고 독자의 반응이 이처럼 상이할 수 있는 까닭은 무엇에 기인한다고 보시는지요.

모어 소인국이나 대인국은 설정 자체가 황당무계하기 때문에 그러한 나라들이 실존한다고 생각하는 독자가 있을 수 없는 것이야 당연하지 않겠소. 허나 유토피아는 정치적으로나 종교적으로, 예를 들어 잉글랜드라는 나라의 현실을 비판하면서 동시에 이에 대한 다양하고도 실현 불가능하지 않아 보이는 매력적인 대안이 강구되어 있는 나라로 쉽사리 착각할 수 있도록 설정되어 있소.

　　무엇보다도 『유토피아』에 실존 인물들이 등장한다는 사실이 그와 같은 착각을 유발시키는 데 한몫했을 수 있겠고, 『유토피아』를 흥미 있게 읽은 동료 인문주의자들이 유토피아가 마치 실존하는 국가인 양 『유토피아』를 주제로 서로 교환했던 서신들로 인하여, 불필요하게 진지한 일부 현학자들이 유토피아가 실존하는 국가인 것으로 곡해하지 않았나 싶소. 유토피아에 가서 가톨릭 신앙을 전파하겠다는 열정을 보인 인물도, 우스갯소리가 아니라, 실제로 있었다오.

역자 『걸리버 여행기』에 관해서 하나만 더 여쭤 보고 싶습니다. 소인국의 귀족이나 명문가 출신 자녀들이 입는 옷이나 먹는 음식은 모두 평범하고 소박하며, 대인국의 법조문은 한 가지 해석 이외에 다른 해석은 불가능하도록 아주 쉽고 단순한 용어만 사용하며, 후이넘국의 야후들은 〈빛나는 돌〉을 차지하기 위해서라면 목숨을 잃는 것도 마다않고 서로 싸운다고 합니다. 이쯤 되면 『걸리버 여행기』의 근간이 『유토피아』에 있다고 할 수 있겠지요?

모어 그렇다면 그게 무슨 문제라도 된다는 말이오? 스위프트Jonathan Swift는 뛰어나게 명민한 인물이오. 보시오, 『걸리버 여행기』는 당신이 지적한 바와 같이 『유토피아』와 유사한 주제들을 취급하고 있소만, 그 책이 난해하여 이해하기도 어렵고 해석도 다양하다고 불평하는 독자가 있습디까? 정상적인 어린이의 호기심을 자극하고 성숙한 어른들의 가치관을 고발하는 소설이니, 한 권의 소설에서 그 이상 더 무엇을 바랄 수 있겠소?

역자 윌리엄 모리스William Morris를 사회주의자로 만든 것은 칼 마르크스Karl Marx의 힘보다 『유토피아』의 힘이 더 컸었다고 할 정도로,『유토피아』가 19세기 과격론자들이나 20세기 사회주의자들에게 일종의 〈지침서〉 역할을 했다는 사실에 대해서는 어떻게 생각하시는지요.

모어 어느 작가에게 자신이 쓴 책이 5백 년 후에 어떻게 받아들여지었는지에 대해서 어떻게 생각하느냐고 묻는 것에 대해서는 어떻게 생각하시오?

역자 웰스H. G. Wells는 1935년에 출간된『유토피아』의 서문에서『유토피아』는 플라톤Platon의『공화국*The Republic*』의 모방이며, 사회주의와 공산주의의 형태가 단 한 사람에 의해서 그토록 고무된 적은 없었다고 합니다. 저의 질문은, 가령『유토피아』가『공화국』의 모방이라면, 그렇다면『유토피아』가 사회주의나 공산주의의 원형이라고 보는 입장에는 무리가 있는 것이 아니냐는 것입니다.

모어 그건 당신이 아니라 내가 해야 할 질문인 듯싶소.

역자 『유토피아』로 인하여 이상상(理想像)이면서도 실제적이 아닌 것을 의미하는 〈유토피아*utopia*〉라는 단어가 생겼습니다. 우리는 이 단어를 실제적이 아니어서 구현될 수는 없지만, 너무 행복하고 너무 이상적이어서 이상상일 수밖에 없는 태평스러운 낙원이라는 의미로 사용합니다. 그러나『유토피아』에서 묘사된 유토피아라는 나라는 지극히 엄격하고 정의로우며 청교도적이어서 실제로 그 나라에서 매우 행복해하면서 살 사람은 오늘날에는 거의 없을 것 같은데요.

모어 거의 없기로는 그 당시에도 오늘날과 크게 다르지 않았을 거요.

역자 〈유토피아가 이상적 국가라고 하니, 그렇다면 모어는 자기 시대에 널리 퍼져 있던 종교적 믿음보다 자신의 유토피아인들의 모호한 이신론(理神論)이 더 이상적이라고 생각했다〉는 현대 학자들의 주장에 체임버스R. W. Chambers는 다음과 같이 논박합니다. 즉, 〈그러한 주장은 만약 《유토피아》가 현대 《이상적 국가》였다면 논리적으로 합당했을지도 모른다. 그러나 우리가 결코 잊어서는 안 될 사실은 모어가 받은 교육은 19세기가 아니라 15세기 교육이었다는 것이다. 15세기에 교육받은 사람에게는 인간의 이성만으로 배울 수 있는 덕목과 정통 가톨릭 신앙에서 배우는 덕목 사이에는 명확한 차이가 있었다. 덕목의 종류를 (이교도들도 이룰 수 있는) 네 가지 기본 덕목과 세 가지 그리스도교 덕목으로 분리하는 것이 중세 시스템의 일환이었다. 그리고 중세 시스템은 그리스 철학에서 비롯하여 플라톤의 『공화국』의 근저를 형성한 4가지 기본 덕목인 지혜, 불굴의 정신, 극기, 정의를 받아들였다. 세 가지 그리스도교 덕목인 믿음, 희망, 사랑은 성 바오로의 「고린토인들에게 보낸 첫째 편지」에서 온 것이다. 그리하여 완벽한 그리스도교인이라면 이 모든 일곱 가지 덕목을 갖추어야만 한다. 그러나 한 개인이나 국가가 세속적인 문제들을 올바로 이행하기 위해서는 이교도적인 네 가지 덕목만으로도 충분했다⋯⋯. 이교도적인 유토피아에서의 덕목은 그리스도교적인 유럽에서의 악덕과 대조되어 부각된다. 그러나 네 가지 기본 덕목은 그리스도교 덕목을 대신하는 것이 아니라 그리스도교 덕목의 부수적인 것이다. 이 점을 분명하게 하기 위하여 모어는 최선을 다했다.〉

　　참고로 말씀드리면, 체임버스는 선생님의 전기『토머스 모어*Thomas More*』의 저자입니다. 어떻습니까, 체임버스의 논박이.

모어　좋소.

역자　반란을 일으키지 못하도록 백성들의 삶을 극도로 피폐하게 만들고, 교회에서 약탈한 보석들로 몸을 치장하며, 수도원이나 성당을 마구잡이로 파괴하고, 부를 축적하여 그리스도교 국가들과의 전쟁 비용으로 탕진하고, 정치가와 문인과 수도자를 임의로 극형에 처하며, 궤양으로 극심한 고통을 겪으면서도 삶에 연연하여 의연하고 평온한 자세로 죽음에 임하지 못하는 사람, 그러한 사람의 품성이나 행적은 유토피아에서라면 비난의 대상으로 노예로 전락되거나 추방됩니다. 간단히 말씀드리면, 헨리 8세의 삶과 죽음은 유토피아에서 추구하는 모든 것들에 모두 위배됩니다. 그런 맥락에서 본다면,『유토피아』에서 자성(自省)의 기회를 얻었어야 하는 인물을 당대에서 한 사람만 선택해야 한다면 헨리 8세일 터이고, 만약 그렇다면『유토피아』에는 예시적 요소가 다분히 포함되어 있다고 보아도 되겠지요?

모어 누가 읽느냐에 따라서 『유토피아』라는 책은 그렇게 읽힐 수도 있을 거요.

역자 1516년에 발표하신 선생님의 『유토피아』에서는 〈사유 재산〉이라는 것이 존재하지 않습니다. 이로 인하여 유토피아를 공산주의 이념을 구현하고 있는 국가로 흔히들 간주합니다.

한편 1534년, 런던탑에 투옥된 상황에서 집필하신 『고난을 위로하는 대화 *A Dialogue of Comfort Against Tribulation*』에서는 다음과 같은 견해가 피력되고 있습니다. 〈만약 내일 이 나라 사람들이 가지고 있는 돈을 모두 빼앗아서 한자리에 수북이 쌓아 놓고 그 돈을 모든 사람에게 동등하게 분배한다면 다음 날에는 전날보다 상황이 더 악화될 것이다. 왜냐하면 모두에게 그처럼 동등하게 분배한다면 가장 돈이 많았던 사람은 이제 거지보다 좀 나을 터이고 이전에 거지였던 사람은 형편이 나아졌다고 해봤자 여전히 거지보다 좀 나아질 터이니까……. 부자의 재산은 실로 가난한 사람의 생계의 원천이다.〉

〈사유 재산〉에 대한 선생님의 상충된 견해에 관해서 해명을, 좀, 해주셨으면 합니다.

모어 유토피아에서 시행되는 사안들이 곧 나의 입장이나 견해를 대변한다고 생각하는 근거가 도대체 무엇인지 모르겠소. 유토피아에서는 평생을 함께할 배우자를 선택하는 중대사를 손바닥만 한 얼굴 하나로 결정할 수는 없다는 이유로, 결혼을 앞둔 남녀가 서로 상대방의 신체적 결함을 확인하는 차원에서 전라(全裸)로 상견례를 치루는 풍습이 있다는 것은 당신도 알고 있을 거요. 그것도 해명을 필요로 하는 〈배우자 선택〉에 관한 나의 입장이오?

역자 『아든 셰익스피어 전집*Arden Shakespeare Complete Works*』에 의하면, 셰익스피어는 폭군 리처드 3세의 극악무도하면서도 그리스 드라마의 비극적 인물을 상기시키는 성품을 자신이 직접 창출해 낸 것이 아니라, 실은 선생님께서 1516년경에 『유토피아』 집필로 인하여 미완성으로 남기신 「리처드 3세의 생애The History of King Richard III」에서 아이디어를 얻어 우리가 현재 알고 있는 「리처드 3세Richard III」를 완성한 것이라고 합니다.

그 후 셰익스피어는 일군의 극작가들과 더불어 「토머스 모어 경Sir Thomas More」이라는 제목의 역사극을 썼습니다. 유감스럽게도 이 작품은 선생님 개인의 삶을 구체적으로 알고 싶어 하는 독자들에게는 가치가 없다는 평을 받고 있습니다만.

제가 부탁드리고 싶은 것은, 셰익스피어가 「토머스 모어 경」을 쓴 이유 중에 혹시 자신이 선생님의 미완성 작품에서 얻은 영감에 대한 일종의 보답이라는 의미도 포함되어 있는 것은 아닌지 하는 제 궁금증을 풀어 주셨으면 하는 것입니다.

모어 셰익스피어에게 물어보시오.

역자 선생님께서는 하루 평균 네 시간 주무셨고, 때로는 두 시간 정도만 주무셨던 경우도 허다했다고 전해지고 있습니다. 사실이었는지 여쭈어 보아도 될까요?

모어 사무라이 집안 출신으로 막부 시대 말기에 치열하게 살았던 요시다 쇼인(吉田松陰)이라는 젊은이는 소맷자락 안에 모기들을 집어넣고 살았다고 들었소. 그 친구의 하루 수면 시간은 얼마나 될 것 같소?

역자 〈낙타가 바늘귀로 들어가는 것이 부자가 하느님 나라에 들어가는 것보다 더 쉽다.〉 이는 「마태오의 복음서」 19장 24절과 「마르코의 복음서」 10장 25절에 기록된 말씀입니다. 〈하필이면 낙타냐〉, 〈바늘귀라니〉, 〈낙타가 바늘귀를 통과한다는 것이 불가능하다는 것은 자명한데, 그 일이 부자가 하느님 나라에 들어가는 것보다 쉽다니, 그렇다면 부자는 절대로 하느님 나라에 들어갈 수 없다는 말씀인가〉 등은 적지 않은 수의 사람들이 제기해 온 질문들입니다.

예수께서 사용하신 이스라엘인들의 민중 언어인 아람어로 〈밧줄〉은 〈*gamta*〉이고 〈낙타〉는 〈*gamla*〉라고 합니다. 그리고 신약에서 사용한 희랍어로는 〈밧줄〉은 〈*kamilos*〉이고 〈낙타〉는 〈*kamelos*〉라고 합니다. 즉, 예수께서 실은 〈밧줄〉이라고 하신 말씀이, 두 단어가 매우 흡사하기 때문에 〈낙타〉로 와전되었다는 해석입니다. 그리고 이러한 해석을 근거로, 〈낙타가 바늘귀로 들어간다〉는 것보다는 〈밧줄이 바늘귀로 들어간다〉로 읽는 것이 바람직하다는 결론을 내리는 사람들도 있습니다. 제 생각으로는, 바늘귀로 들어가는 것이 불가능하기는 밧줄이나 낙타나 별반 차이가 없을 것 같습니다만.

그런가 하면, 저로서는 납득하기가 훨씬 쉬운, 또 다른 해석이 있습니다. 그 당시에는 성곽 마을을 통과하는 문으로 정문 이외에 〈쪽문〉이 있었는데, 이 문은 사람 하나가 간신이 드나들 수 있을 정도의 〈좁은 문〉이었기 때문에 사람들은 흔히 이 문을 〈바늘귀〉라고 불렀다고 합니다. 이 쪽문을 낙타가 통과한다는 것이 불가능하다는 것은 당연합니다. 낙타는 혼자서 어슬렁거리며 다니는 것이 아니라 항상 사람들의 무거운 짐을 등에 싣고 다녀야 하는 짐승이니까요. 그러나 만약 짐을 내려놓고 홀가분한 몸을 어느 정도 움츠리면 낙타가 〈쪽문〉을 통과하는 것이 절대로 불가능한 일은 아니겠지요. 다만 낙타가 〈쪽문〉을 통과하기 위해서는, 비유가 아니라 실제로, 누군가, 어떤 사람이 낙타가 등에 짊어지고 있는 짐을 내려놓아 주어야만 합니다.

많은 재산을 품에 안고 있는 사람이 자신의 재산을 내려놓는다는 것은 결코 쉬운 일이 아닐 겁니다. 그렇게 할 수 있는 사람이라면 애초에 부자가 될 수 없었을지도 모릅니다. 여하튼, 부자가 자신의 재산을 스스로 내려놓는다는 것은 낙타의 경우와 마찬가지로 불가능한 일일지도 모릅니다. 그러나 등에 짐을 잔뜩 지고 있는 낙타도 사람의 도움을 받으면 〈쪽문〉을 통과할 수 있듯이, 엄청난 재산을 지니고 있는 부자도 〈말씀〉의 도움을 받으면 하느님 나라로 들어가는 〈좁은 문〉을 통과할 수 있다는 것이 예수께서 드신 비유를 올바로 이해하는 것이 아닐까요?

모어 지금 이 질문을 하는 당신이 엄청난 부자이기를 바랄 뿐이오.

역자 보석 반지를 받고 기뻐하는 부인에게 그 보석이 가짜라고 밝히시고는 그 말씀을 듣고 실망하는 부인을 짓궂게 놀리셨다는 일화가 전해지고 있습니다. 그런 장난을 하신 데에도 혹시 까닭이 있으신지요.

모어 재미있지 않소? 반짝이는 그 작은 돌은 변함없이 반짝이고 있는데, 그걸 보면서 한순간은 기뻐했다가 바로 다음 순간에는 실망한다는 것이. 어쨌거나, 가짜 보석 반지를 약혼녀에게 주었다가는 파혼의 위험이 있겠지만 아내에게 주었다고 해서 이혼의 위험이 있는 것은 아니잖소, 적어도 내 아내의 경우에는 안전했소.

역자 헨리 8세의 부친 헨리 7세는 장남 아서를 아라곤의 캐서린과 정략결혼을 시켰는데, 결혼한 지 5개월 만에 아서가 병으로 죽자 교황 율리오 2세는 헨리 8세가 미망인 형수와 결혼하는 것을 특별 관면으로 허락하였습니다. 그리고 그로부터 18년 후인 1527년, 왕비에게서 튜더 왕가의 후계자를 얻을 수 없다는 명목으로 헨리 8세는 결혼 무효화를 허용하는 특별 관면을 요청하였으나 교황 클레멘스 7세는 이를 거절했습니다. 또한 이 와중에서 캐서린의 조카인 신성 로마 제국 황제이자 스페인의 국왕인 카를 5세는, 역사가들이 흔히 일컫는, 〈이혼 위기〉를 무산시키려는 목적으로 에우스타체 차푸이스를 대사로 잉글랜드에 파견했습니다.

헨리 8세의 이혼에 대한 찬반 여부에 시종일관 침묵으로 대응하셨던 선생님의 의도는 어찌 보면 차푸이스가 띠고 온 임무와 상통하는 점이 있는 것으로 이해될 수 있는데, 그럼에도 불구하고 선생님께서는 차푸이스를 의도적으로 회피하셨던 것으로 알고 있습니다. 그리하신 의도는 무엇이었는지요.

모어 나의 침묵에 정치적인 의도는 전혀 없기 때문이었소.

역자 18세에 왕위에 오른 헨리 8세는 통치 초기에는 〈교황도 폐하와 다름없는 군주이십니다〉라고 선생님께서 고할 정도로, 중대사는 물론이고 속사(俗事)에 관해서까지도 지나치게 교황권을 제창하였으나, 통치 후반기에 들어서자 영신사정(靈神邪正)에까지 교황의 수위권을 무시하더니, 결국에는 로마 가톨릭교회로부터 분리되어 성공회를 잉글랜드 국교로 제정한 후 자신이 수장이 되는 수장령을 반포했습니다. 이는 물론 이혼을 위한 특별 관면을 교황으로부터 받아 내지 못했기 때문입니다만.

　한편, 선생님 생존 당시 가톨릭교회의 수장들은 교황 식스토 4세에서 바오로 3세에 이르기까지 아홉이었으나 그들 중 그 누구도 우리 보통 사람들이 〈교황〉이라고 하면 떠올리는 거룩하고 성스럽고 고매한 영혼의 소유자는 결코 아니었습니다. 실은, 르네상스 교황들 중에서 가장 덜 교황다운 교황들이었습니다. 그럼에도 불구하고 선생님께서는 국왕의 판단과 결정에 대립되는 당신의 소신을 마지막 순간까지 굽히지 않으셨습니다. 그리하셨던 까닭은 무엇이었는지요.

모어　나의 양심과 나의 열정은 어느 한 특정 교황이 아니라 가톨릭교회를 향한 것이기 때문이었소.

역자　후계자가 없는 상황에서 왕위 계승 문제로 갈수록 불안해하고 있던 헨리 8세는 에드워드 3세의 후손으로서 왕가의 혈통을 지닌 〈버킹엄 공작이 모든 것을 소유해야 한다〉라고 카르투시오회 어느 수사가 예언했다는 것과 증거가 미비한 몇몇 사건들을 결합하여 버킹엄 공작을 재판에 회부하여 결국 반역죄로 처형했습니다.

　선생님께 있어서 이 〈법적 살인〉의 가장 통렬한 점은 속세라는 것이 자신에게는 아무런 의미도 없어야 하는 어느 한 수사의 쓸데없는 말 한마디가 버킹엄 공작의 죽음에 그토록 커다란 몫을 했으며 또한 종교에 엄청난 비방과 오명을 불러왔다는 사실이었습니다.

종교와 정치의 혼합에 대한 선생님의 입장은 일찍이 『유토피아』에서 유토푸스 왕으로 하여금 정치와 종교를 극명하게 분리시키는 정책을 시행토록 함으로써 확인된 바 있으니, 헨리 8세의 치하에서 왕의 총신(寵臣)이셨던 선생님의 노고는 각별하셨겠습니다.

모어   호기심에서 묻는데, 이것도, 혹시, 질문이오?

역자   선생님께서는 어디에서나, 누구에게나, 〈정직한 사람〉이라는 평판이 나 있던 분이셨습니다. 그러나 국왕의 이혼에 관한 찬반 여부에 대한 질문에는 처음부터 끝까지 침묵으로 대응하셨습니다. 〈침묵〉의 법적 해석은, 선생님께서 법정에서 친히 밝히셨듯이, 〈No〉가 아니라 〈Yes〉입니다. 그렇다면 이혼에 찬성하시지 않으면서도 어찌하여 반대 의사를 〈정직하게〉 표명하지 않으셨는지요.

모어   〈정직하게〉 표명했소, 살 수 있는 순간까지 살려는 의지를.

역자   국왕의 이혼에 대한 선생님의 견해를 가까운 친지들에게는 물론이고 가족들에게조차 침묵으로 일관하셨던 까닭은 무엇이었는지요.

모어   나에게 가장 소중한 사람들이 그 어떤 상황에 처해서도 나를 위하여 위증을 해야 하는 일이 없도록 하기 위한 사전 조처가 필요하기 때문이었소.

역자 대법관직을 사임하신 후 선생님께서는 경제적으로 극심한 고충을 겪으셨습니다. 가족들이 잠자리에 들기 전에 침실의 냉기를 없애기 위해 엄청난 양의 덤불을 방 안으로 들여와 거기에서 나오는 온기로 방을 덥혀야 했을 정도로 말입니다. 그러한 상황을 아는 주교들과 수도원장들은 선생님께서 가톨릭교회를 옹호하는 글을 쓰신 것에 대한 보상으로 거금을 모아 드리려고 했으나 선생님께서는 단 한 푼도 받지 않으셨습니다. 어찌하여 그리하셨는지요.

모어 내가 대법관직이나 대저택을 근면과 정직으로 얻었다면, 궁핍은 내 목숨을 걸었기에 얻은 것이었소. 나처럼 뛰어난 지력가가 후자를 전자와 바꾸는 어리석은 결정을 할 리가 있겠소?

역자 〈하느님께서는 인간들이 다양한 형태로 당신을 숭배하는 것을 좋아하실 수도 있고, 그리하여 서로 다른 사람들이 서로 다른 방식으로 숭배하는 것도 실은 당신의 의도일 수 있다〉는 것이 유토푸스 왕의 생각이었습니다. 그래서 그는 종교 문제에 관해서는 결코 성급하게 독단적인 입장을 취하지 않았습니다.

한편, 상상의 나라 유토피아에서가 아니라 실존하는 유럽에서 선생님 당대에 실제로 심각하게 대두된 〈종교 문제〉에 대한 선생님의 입장은 유토푸스 왕의 입장과는 한참 멀었습니다. 예를 들어, 교황 레오 10세의 면죄부 판매를 결코 방관할 수 없었던 루터Martin Luther의 〈선언문〉

을 선생님께서는 격렬하게 논박하셨습니다. 당시 선생님의 입장은 무엇에 근거한 것이었는지 알고 싶습니다.

모어 선한 것의 오용이 선한 것 자체의 폐지를 정당화하지 않는다는 것에 근거한 것이 그 당시의 나의 입장이었소.

한마디 더 덧붙이자면, 〈당시〉라는 것은 지금으로부터 5백 년 전, 즉 〈중세〉라는 것을 이해해야 하오. 그러한 이해가 없으면 나의 응답은 해명이 아니라 변명으로 받아들여질 가능성이 높소.

역자 〈그리스도교인의 자유의 대시련은 하느님 나라를 위하여 《어느 무엇》을 포기하는 것이 아니라 《모든 것》을 포기하는 결단을 내려야 하는 경우이다……. 토머스 모어 경은 이 대시련을 당했던 것이다〉라고 한스 큉Hans Küng은 『세속 안에서의 자유Freedom in the World』에서 선생님의 삶과 죽음을 요약합니다. 또한…….

모어 또한 한스 큉은 내가 〈세속 안에서 세속으로부터의 자유〉를 누렸다고 했소.

역자 처형당하시는 자리에서, 〈나는 왕의 종이기 전에 하느님의 종으로서 죽는다〉고 하신 말씀은 오늘날까지도 많은 이들에게 깊은 감동을 주고 있다는 사실은 알고 계시겠지요?

모어 알고 있소. 허나 그 말은 〈나는 왕의 종이기 전에 하느님의 종으로서 살아왔다〉라는 말의 다름 아니오. 실은 2천여 년에 걸쳐 헤아릴 수 없이 많은 사람들이 자신이 〈하느님의 종〉으로 살고 있음을 천명한다는 이유만으로 목숨을 잃었는데, 그러한 사람들에 비하면 나처럼 어차피 목숨을 잃게 된 상황에 처한 사람이 한 그 말에 감동을 받는다니, 나로서는 듣기 불편하오.

역자 참수형 나무판에 목을 내미시면서 사형 집행인에게, 〈내 수염은 반역죄를 범하지 않았으니 수염을 옆으로 치워 놓을 때까지 기다려 달라〉고 하신 것이 마지막으로 남기신 말씀으로 전해지고 있습니다. 죽음을 직면한 상황에 그처럼 쾌활하게 대처하셨다는 것은 선생님의 정신 상태가 얼마나 올바른지를 보여 주는 징표라고 저희들은 믿습니다. 그러면서도 한편으로는 마지막의 그 말씀은 저희들에게 특별히 힘과 용기를 주시는 말씀은 아니라고 사료되어 아쉽다는 사람들도 더러 있습니다.

모어 소크라테스가 죽기 직전에 친구에게 남긴 말은, 〈크리톤, 내가 에스쿨라피우스한테 닭 한 마리 빚진 것이 있는데, 그걸 갚아 주게, 잊지 말고〉라는 부탁이었소. 죽는다는 것은, 목숨줄이 끊어진다는 것은, 지상에서의 모든 것과 찰나에 결별한다는 것이 아니겠소. 하여 소크라테스는, 내가 지금 그를 대변한다는 우를 범하고 있소만, 최후라는 그 순간에 문득 자신에게 가장 신경이 쓰이는 것을, 글로 남길 상황이 아니었으니 말로 했던 것이 아닌가 싶소. 나로 말하면, 유머가 배제된 삶은 즐거움 또한 배제된다고 생각했었소, 아니, 그 생각에는 지금도 변함이 없소. 나는 즐겁게 살았고 기꺼이 죽었을 뿐이오.

역자 〈하느님께서 우리의 고난이 그와 정반대의 것보다 우리를 위하여 더 나은 것이라고 보신다면 우리는 우리의 고난을 온전히 하느님의 뜻으로 받아들여야 한다. 다시 말하면, 우리는 하느님께 고난을 거두어 주십사고 기도할 것이 아니라, 우리가 고난을 기꺼이 받아들일 수 있도록 선하신 하느님께서 우리에게 영적 위안을 내려 주시거나, 아니면 인내심을 가지고 고난을 견디어 낼 수 있는 용기를 내려 주시기를 기도해야 한다〉 그리고 〈고난에 처하여 갈구하는 위안은 세속에서가 아니라 하느님에게서 찾아야 하며, 위안을 하느님에게서 찾으려고 한다는 것 자체가 위안이다〉와 같은 말씀으로 시작하는 『고난을 위로하는 대화』에서 우리는, 신앙인이든 불가지론자이든, 고난이 영적인 것이든 육신의 것이든, 영적 혹은 정신적 위안을 얻을 수 있다고 믿습니다.

　『고난을 위로하는 대화』에 관하여 질문을 드린다는 것은, 실은 〈질문을 위한 질문〉이 아니냐는 자문을 하면서 이런저런 질문을 두서없이 드리겠습니다.

　첫 질문은 대화자의 이름에 관한 것입니다. 『유토피아』의 주인공 이름인 〈휘틀로다이우스〉는 그리스어의 〈난센스〉와 〈나누어 주다〉의 합성어입니다. 즉, 유토피아에 관한 우리의 지식은 모두 〈허튼소리를 퍼뜨리는 사람〉을 통해서 얻은 것이 됩니다. 선생님의 기상천외한 〈말장난〉이지요. 그러나 〈대시련〉을 마주하고 집필하신 『고난을 위로하는 대화』의 등장인물 이름은 분명히 각별한 의미를 지니고 있으리라고 생각하고 싶습니다. 예를 들어, 고난에 처하여 고난을 극복하기 위한 조언을 얻고자 노년의 삼촌을 찾아온 조카의 이름은 〈극복하다〉라는 의미를 지닌 〈빈체레〉에서 〈빈센치오〉를 거쳐 〈빈센트〉가 되었다고 보아도 무리가 없을 듯싶습니다.

제가 궁금한 것은 삼촌의 이름입니다. 현자인 삼촌은 임종을 마주하고 있습니다. 마치 선생님께서 처형을 마주하고 계신 것처럼 말입니다. 〈임종〉과 〈처형〉은 하늘과 땅의 차이를 지니고 있으나 동시에 죽음을 직면하고 있다는 공통점을 갖고 있습니다. 그리고 삼촌이 현자이듯 선생님 또한 현자이십니다. 삼촌은 자신이 〈천성적으로 농담을 무척 즐기는 사람〉이라고 조카에게 말합니다. 에라스무스에 의하면, 선생님께서는 당신 말씀의 진위를 가늠하기 어려울 정도로 평소에, 심각한 주제에 관해서까지도, 농을 잘하시는 분입니다. 이러한 점들로 미루어 보면 빈센트의 삼촌은 곧 선생님이시라는 생각이 듭니다.

그러나 삼촌의 이름은 토마스가 아닙니다. 어원을 되짚어 보면 의미를 이해할 수 있는 〈빈센트〉의 경우와는 달리, 선생님께서 삼촌의 이름을, 예를 들어 〈피터〉나 〈폴〉이아니라 〈안토니〉로 선택하신 데에는 까닭이 있을 것 같습니다.

혹시 3세기경, 이집트 사막에서 10여 년 동안 고행한 후, 바위 동굴 속에서 〈악마의 유혹〉을 물리치면서 20여 년을 엄격히 폐쇄된 삶을 살았던 성 안토니오를 염두에 두셨던 것은 아니신지요. 성 안토니오의 가르침에는 〈양심의 순교〉도 순교이며 〈우리가 영성 훈련을 받을 때 하느님은 우리의 심신을 단련시키기 위하여 다양한 고난을 허락하신다〉는 말씀이 있습니다. 이런 말씀을 접하면 저는 선생님 최후의 상황이 머릿속에 떠오릅니다.

모어 물론, 나도 성 안토니오의 가르침에 따라 살려고 노력했던 사람이오.

역자 〈나 때문에 모욕을 당하고 박해를 받으며 터무니없는 말로 갖은 비난을 받게 되면 너희는 행복하다. 기뻐하고 즐거워하여라. 너희가 받을 큰 상이 하늘에 마련되어 있다.〉 이는 우리 구세주께서 산상 설교에서 하신 말씀입니다.

〈지금 웃고 지내는 사람들아, 너희는 불행하다. 너희가 슬퍼하며 울 날이 올 것이다.〉 이는 「루카의 복음서」 6장 25절입니다.

〈왕의 분노는 곧 죽음이오.〉〈그것뿐이오. 그러니 당신과 나 사이에는 나는 오늘 죽고 당신은 내일 죽는다는 것 이외에는 아무런 차이가 없소.〉 이는 선생님의 〈침묵〉의 결과를 우려하는 노퍽 공작 3세, 토머스 하워드Thomas Howard의 회유와 그에 대한 선생님의 화답입니다.

〈이 세상은 우리의 영원한 안식처가 아니라 우리가 잠

시 방랑하는 곳이다.〉 이는 안토니가 빈센트에게 온갖 고난으로 가득 찬 이 세상에서 안식이나 지복을 구하려 하지 말라는 위로의 말입니다.

세속에서 속세의 모든 것들에 얽매인 채 〈잠시 방랑하는〉 우리에게 이와 같은 말씀들이 전해 주는 메시지는 실로 무엇인지요.

모어 속세에서 뿌린 씨앗의 열매는 속세에서 수확하는 것이 아니라는 것을 잊지 말라는 것인 듯싶소.

역자 슐레이만 1세의 침공으로 베오그라드와 로데스가 함락된 상황에서 안토니는 빈센트에게 역설합니다. 그 핵심은 전쟁 자체에 대한 증오라기보다 그리스도교 국가가 이슬람교 국가에게 함락당한 사실에 대한 분노입니다. 안토니는 그것을 통탄하며 그 패배의 원인이 그리스도교 국가들 내부의 분열과 서로 간의 무관심에 있다고 합니다. 그리고 그 결과 터키는 불과 몇 년 만에 엄청나게 팽창한 반면 그리스도교 세계는 참담하게 쇠락했노라고 개탄하면서, 이는 그리스도교인들의 사악함에서 비롯된 것으로서 하느님께서는 이를 흡족해하시지 않는다고 덧붙입니다.

헝가리를 침략한 국가가 터키가 아니라 티베트였다면 안토니의 반응은 과연 어떠했을지 궁금합니다.

모어 가톨릭 신앙을 공유하는 유럽 국가들이 가톨릭 믿음 안에서 하나가 되어 있지 않았기 때문에 헝가리 침공과 함락이 가능했었으니 그리스도교인으로서 안토니가 어찌

격분하지 않을 수 있겠소? 그러하니 그리스도교 세계의 쇠락이 이슬람교 국가에 의한 것이든 불교 국가에 의한 것이든 안토니의 반응에는 차이가 있을 수 없을 것이오. 그러나 안토니에게 전쟁에 대한 증오심이 결여되어 있다고 보는 것은 잘못된 생각이오. 만약 국력이 막강한 어느 그리스도교 국가가 영토 확장과 그리스도교인의 수효를 증대시키려는 목적으로 약소국들을 차례로 침공하였다면 안토니는 그 역의 경우에 못지않게 격분했으리라 믿소.

역자 〈지상에서 용기와 인내로 고난을 극복하는 사람은 천상에서 지복을 누릴 수 있고, 고난 없이는 어느 누구도 천국에 들어 갈 수 없다〉고 안토니는 빈센트를 위로합니다. 즉, 지상의 〈시간〉 속에서 겪는 고난은 천상의 〈영원〉 안에서 누릴 지복으로 보상받습니다.

　〈무한한 지복〉을 원하지 않는 사람은 거의 없을 것입니다. 〈유한한 고난〉이라고 하더라도 고난을 반기는 사람 또한 거의 없을 것입니다. 그렇다면 특별한 고난 없이 평범한 삶을 살아가는 보통 사람은 무엇을 어떻게 해야 천국에 갈 수 있는지요.

모어 성경 말씀 안에서 답을 찾을 수 있을 거요.

역자 안토니는 고난의 종류를 〈기꺼이 택하는 고난〉, 〈기꺼이 감내하는 고난〉, 〈피할 수 없는 고난〉으로 분류합니다. 이 중에서 〈기꺼이 감내하는 고난〉이란 〈피할 수 있는 고난〉이지만 피하는 것이 하느님에게 기쁨을 드리는 일이 아니어서 차라리 감내하는 고난입니다. 이어서 안토니는 〈기꺼이 감내하는 고난〉에서 유혹과 박해를 논합니다.

선생님의 고난은, 물론 〈기꺼이 감내하는 고난〉이었습니다. 그런데 이 종류의 고난이 유혹이나 박해와 어떻게 관련이 있는지요.

모어 박해와 유혹은 서로 무관한 것이 아니요. 유혹은 악마가 우리 앞에 슬그머니 놓는 덫이고 박해는 악마가 우리 앞에 공공연히 던지는 도전이니까. 박해가 모든 사람에게 고난이듯이 유혹은 모든 선량한 사람에게 고난이요. 그런데 악마는 기꺼이 선택한 것이 아닌 고난에 처한 사람을 유혹으로 박해하고 박해로 유혹한다오.

그러나 한 가지 명심할 것이 있소. 우리를 파멸시키려는 그 어느 악마의 열성도 우리를 악마로부터 보호해 주시려는 하느님의 열성에는 비할 수 없으며, 그 어느 악마가 우리에게 해를 끼치려고 우리 가까이에 있다고 하여도 우리에게 덕을 베푸시려고 우리 가까이에 계신 하느님보다 우리에게 더 가까이 있을 수는 없소.

역자 1935년, 세상을 떠나신 지 4백년 되던 해, 교황 비오 11세에 의하여 선생님께서는 성인(聖人) 반열에 오르셨습니다.

모어 ······.

．．．．

열린책들에서 출간되는 『유토피아』 한역본은 로버트 아 담스Robert Adams의 영역본(A Norton Critical Edition, 1975)을 저본으로 삼았으며, 〈모어와 역자의 대담〉 구성은 체임버스R. W. Chambers의 『토머스 모어Thomas More』 (The Harvester Press Limited, 1982)를 기본으로 삼고 토 머스 모어의 『고난을 위로하는 대화A dialogue of comfort against Tribulation』(Scepter Publishers, 1998)와 한스 큉 Hans Küng의 『세속 안에서의 자유Freiheit in der Welt』(장 익 옮김, 분도출판사, 1971)를 참고로 하였음을 밝힌다.

『유토피아』 전문을 소리 내어 읽으면서 허술한 구문이나 부적절한 어휘 선택을 정확하게 지적해 준 인진혜 박사에게 고마운 마음을 전한다.

전경자

토머스 모어 연보

1478년 출생 2월 6일 영국 런던에서 링컨 법학원의 집사장으로 시작하여 훗날 고등 법원 판사가 된 존 모어John More와 아그네스 그론저 Agnes Graunger 사이 여섯 명의 자녀 중 둘째로 태어남.

1485년 7세 런던의 일류 학교 세인트앤서니St. Anthony에 입학. 15~16세기 초 런던에서의 학교 교육은 논쟁과 토론 중심이었고 언어는 라틴어를 사용했음. 이곳에서 라틴어를 처음으로 체계적으로 배움.

1490년 12세 캔터베리 대주교 존 모턴John Morton 집안에 시동으로 들어감.

1492년 14세 〈모어가 장차 놀라운 인물이 될 것〉이라고 말한 대주교 모턴의 후원으로 옥스퍼드 대학에 입학. 당시 옥스퍼드 대학의 학칙에 의하면, 교수와는 물론이고 학생들 간의 대화도 항상 라틴어를 사용해야 했음. 중세 스콜라 철학의 본거지였던 대학이었으므로 성 토마스 아퀴나스 신학에 대한 지식은 이 시기에 시작되었을 것으로 추정됨.

1496년 18세 부친의 뜻에 따라 대학을 떠나 링컨 법학원에 입학.

1497년~1500년 19세~22세 옥스퍼드 대학에서 성 바오로 서간을 가르치고 후에 런던 성 바오로 대성당의 주임 사제가 된 존 콜렛John Colet과 데시데리우스 에라스무스Desiderius Erasmus와의 친분 관계가 형성됨.

1499년 ²¹세 모친 사망.

1500년 ²²세 엘담Eltham에서 당시 9세였던 헨리 8세를 만남.

1501년 ²³세 성직자 윌리엄 그로신William Grocyn의 본당에 초대되어 연로한 학자들과 사제들을 대상으로 성 아우구스티누스의『신국론 *De Civitate Dei*』을 철학적 측면에 초점을 맞추어 강연하여 엄청난 성공을 거두었으며, 청중은 그로신보다 모어에게 더 많은 관심을 보였다고 함. 이미 라틴어로 시를 쓰고 있는 수준이었고, 그리스어는 윌리엄 그로신과 토머스 린에이커Thomas Linacre에게서 사사함.

1501년~1505년 ²³세~²⁷세 4년 동안 날마다 일정 시간에 런던에 있는 차터하우스를 찾아가 그곳에서 생활하는 카르투지오회 수도자들의 영성 수련에 참여함. 16세기 초 유럽에 존재했던 수많은 수도회 중에서 가장 엄격한 회칙을 준수하는 카르투지오회를 선택했다는 것은 훗날 그가 〈기꺼이 감내하는 고난〉을 선택한 사실과 연결선상에 있다고 볼 수 있음. 그의 삶에 심오한 영향을 끼친 이탈리아 학자 지오바니 피코 델라 미란돌라Giovanni Pico della Mirandola의 전기를 번역한 것도 이 시기로 추정됨.

1505년 ²⁷세 10년 연하의 제인 콜트Jane Colt와 결혼.

1506년 ²⁸세 첫딸 마거릿Margaret 출생. 에라스무스와 합동으로『로테르담의 에라스무스와 토머스 모어가 펴낸 루키아노의 논문집*Luciani Opuscula... ab Erasmo Roterodamo et Thoma Moro*』을 파리에서 출간. 교회를 바라보는 시각에 있어서 에라스무스보다는 자신과 훨씬 가까웠던 이탈리아 본비시Bonvisi 가문의 후예인 안토니오 본비시Antonio Bonvisi를 처음 만났고, 두 사람의 각별한 교우 관계는 모어가 죽는 날까지 지속됨.

1507년 ²⁹세 둘째 딸 엘리자베스Elizabeth 출생.

1508년 ³⁰세 셋째 딸 세실리Cecily 출생.

1509년 ³¹세 넷째 아들 존John 출생. 고국을 떠날 생각을 할 정도로 자신에게 압박을 가해 왔던 헨리 7세가 사망하고, 18세의 나이로 헨리 8세가 왕위에 오름.

1511년 ³³세 아내 제인 콜트 사망. 6년 연상의 미망인 엘리스 미들턴 Alice Middleton과 재혼. (에라스무스의 증언에 따르면) 아내가 떠난 지 한 달 만에 재혼한 까닭은 5세에서 2세에 이르는 네 명의 자녀를 위한 불가피한 결정이었음. 엘리스 미들턴을 소개해 준 사람은 한때 모어의 영성 지도자 역할을 맡았었고 모어 아내의 장례식을 집전한 카르투지오회 신부 존 부지John Bouge였음.

1515년 ³⁷세 『유토피아*Utopia*』 출간.

1517년 ³⁹세 추밀원 의원이 됨.

1521년 ⁴³세 훈공작 작위를 받음.

1522년 ⁴⁴세 『네 가지 마지막 사안들*The Four Last Things*』 출간. 죽음과 심판, 천국과 지옥을 논하는 작품. 〈무슨 일을 하든지 너의 마지막 순간을 생각하라. 그러면 결코 죄를 짓지 않으리라(「집회서」 7장 36절)〉는 성경 말씀을 중심축으로 칠죄종(七罪宗)에 초점을 맞춤. 칠죄종의 하나인 탐도(貪饕)에서 모어는 〈재물을 가진 것이 죄가 아니라 재물을 사랑하는 것이 죄다〉라고 함. 이는 『유토피아』로 인하여 〈사유 재산〉에 관한 모어의 견해가 곡해되어 왔다는 것을 보여 줌.

1523년 ⁴⁵세 최초의 호교론 저서 『루터에게 보내는 답변*Responsio ad Lutherum*』 출간. 루터의 1520년도 저서인 『교회의 바빌론 유수*The Babylonian Captivity of the Church*』에 대한 반론으로 헨리 8세는 이듬해에 『칠성사 옹호*Assertio Septem Sacramentorum*』를 저술, 발표하여 교황 레오 10세에게도 보냄. 1522년, 독일어로 번역되어 출간된 『칠성사 옹호』에 대응하여 루터는 『헨리 8세의 저서에 대한 독일의 응답*German Response to the Book of King Henry*』을 출간. 헨리 8세의 조리 있는 논박과는 대조적으로 저속한 인신공격형 비난으로 가득 찬 루터의 『헨리 8세의 저서에 대한 독일의 응답』에 응답하는 임무를 국왕을 대신하여 모어가 이행함. 이후 1528년에서 1533년에 걸쳐 출간된 모어의 호교론 저서들에서는 『루터에게 보내는 답변』에서만큼 교황의 수위권을 명확하게 단언하지는 않는데, 그 까닭은 〈이혼 문제〉로 헨리 8세와 교황이 서로 대립하고 있어서 종교적·정치적으로 민감한 시기였기 때문이며, 또한 헨리 8세와 로마 사이의 화해가 불가능하지는 않을 것으로 판단했기 때문일 것으로 해석됨.

1528년 50세 『이단에 관한 문답*A Dialogue Concerning Heresies*』 출간. 영국 종교 개혁의 대부이며 루터의 추종자로서 독일 보름스에서 영어판 성경을 출판한 성직자 윌리엄 틴들William Tyndale의 가르침에 대한 논박. 그리스도교 신앙의 진리를 저버리는 사람은 그리스도를 저버리는 것이며, 〈교회가 이미 가르친 교리들에 어긋나는 새로운 신학적 주장을 도입하는 행위는 종교 개혁가들이 말하는 성령의 역사가 아닌 교만의 영의 부추김에서 비롯되는 것〉이고, 교회의 판단에 순종하는 것은 겸손을 지니는 일과 직결된다는 내용.

1529년 51세 대법관에 취임. 『영혼들의 탄원*Supplication of Souls*』 출간. 가톨릭교회의 권위가 곧 성경을 진정한 하느님의 말씀으로 받아들이게 만드는 권위와 동일하며, 무엇이 성경이고 무엇이 성경이 아닌지를 결정하는 교회의 권위를 부정하면 결국에는 성경의 권위가 서서히 무너지게 된다고 경고함. 〈나는 가톨릭교회의 권위로 제시되는 경우를 제외하고는 복음을 믿을 수 없다〉는 교부 성 아우구스티누스의 공리를 상기시킴.

1532년 54세 대법관직 사퇴. 『틴들의 답변에 대한 논박*The Confutation of Tyndale's Answer*』 출간. 틴들의 1531년도 저서 『토머스 모어 경의 문답에 대한 답변*An Answer unto Sir Thomas More's Dialogue*』을 포괄적으로 논박하는 내용. 이전에 틴들을 논파했던 〈플라톤의 대화 형식〉을 버리고, 틴들의 글에서 핵심적 대목들을 선정한 다음 하나씩, 상대방의 입장을 뒷받침하는 갖가지 버팀목들을 가차 없이 잘라 내어 반론의 가능성 자체를 차단하면서, 철저하게 논박함. 예를 들어 〈오로지 성경〉을 주창하며 〈개인의 판단을 최종적인 수단으로 삼으면서 성경에 호소〉해야 한다는 틴들의 주장에, 교회의 최고 권위를 주창하는 모어는 〈성경이란 하느님이 인간 도구들(이런 영감을 받는 일들을 기록한 사람들)을 통해 글로 기록된 하느님의 계시된 말씀에 다름 아니며, 오로지 성경만을 믿으라는 주장은 모두가 《그것을 계시하신 하느님 자신보다 그것을 기록한 피조물을》 더 기꺼이 믿으라는 것과 같다〉고 논박함. 가장 기념비적인 호교론 저서로서 논박의 근거로 성 아우구스티누스를 스무 번 이상 인용함. (주목할 점은, 성경이 영어로 번역되는 것은 모어도 희망하는 바이었으며, 그가 격렬하게 반대했던 것은 성경에 대한 틴들의 독자적인 해설이나 해석에 관해서였다는 사실임.)

1533년 55세   앤 볼린의 왕비 대관식에 불참. 호교론 저서『살렘과 비잔스 정복*Debellation of Salem and Bizance*』출간. 반(反)이단 조치들을 옹호한 모어의 변론을 반박하는 크리스토퍼 세인트 저먼Christopher St. Germain의『살렘과 비잔스』에 대한 응답.

1534년 56세   헨리 8세와 앤 볼린 사이의 자손이 왕위를 계승한다는 〈왕위 계승률Act of Succession〉에 서약하기를 거부함. 〈권리 박탈 법안Bill of Attainder〉이 귀족원에 상정되자 반역 은닉죄로 고발된 사람들 속에 모어가 포함됨. 4월 17일, 런던탑에 유폐됨. 11월 17일, 〈수장령Supremacy Act〉이 양원에서 통과됨. 12월 18일, 〈반역법Treasons Act〉이 양원에서 통과됨.『수난에 관한 논고*Treatise upon the Passion*』 출간. 천사들의 존재를 굳게 믿으며, 하느님께서 우리들 각자에게 특정한 천사를, 수호천사를 선정해 주셨다는 교회의 가르침을 온전히 받아들이는 모어의 믿음이 부각됨. 성체 성사에 관해서는 〈무식하지만 독실한 영혼을 가진 신자가 유식하지만 미지근하기만 한 성직자보다 하느님께 더 큰 기쁨을 드린다〉는 일침을 가하는가 하면, 왕이 성목요일에 직접 발을 씻겨 주는 세족례(洗足禮)에 관한 부분에서는 (헨리 8세와 정면으로 격돌하고 있는 시점이었음에도 불구하고) 〈이 왕국의 주군 국왕 폐하보다 더 독실한 사람은 그 어디에도, 어느 누구도 없다고 생각한다〉고 기술함.

1534년~1535년 56세~57세   런던탑에 유폐된 기간에『고난을 위로하는 대화*A Dialogue of Comfort Against Tribulation*』집필. 슐레이만 1세

의 침공으로 헝가리가 함락되어 이슬람교의 팽창과 그리스도교의 쇠락이 도래하는 것을 개탄하는 노년의 현자가 고난에 대처하기 위한 조언을 구하려고 찾아온 젊은 조카에게 고난을 주제별로 분류하여 각 고난의 본질을, 문답 형식으로, 헤아려 보면서 각각의 고난을 극복하는 데 필요한 조언을 제시함.

1535년 57세 런던탑에 유폐된 기간에 『그리스도의 슬픔에 관하여*De Tristitia Christi*』 집필. 교회의 거룩한 전례의식이 지니는 의미를 설파함. 7월 6일, 반역죄로 단두대에서 처형됨.

1935년 세상을 떠난 지 4백 년 되던 해, 교황 비오 11세에 의하여 성인 반열에 오름.

열린책들 세계문학 208 유토피아

옮긴이 전경자 1945년 서울에서 태어났다. 성심여자대학교 영어영문학과를 졸업하고 미국 텍사스 오스틴 대학교에서 문학 박사 학위를 받았으며 현재 가톨릭대학교 명예 교수로 있다. 1995년, 1989년 한국문예진흥원 한국문학상 번역 부문에서 각기 대상과 장려상을 수상하였으며, 이 밖에도 〈코리아 타임즈 한국문학번역상〉을 세 차례 수상한 바 있다. 저서로 시집 『아무리 아니라 하여도 혹시나 그리움 아닌가』가 있고 옮긴 책으로 『붉은 왕세자빈』, 『사랑하는 사람을 사랑하는 방법』, 『메카로 가는 길』, 『위안부』(공역), 『광막한 사르가소 바다』, 『우리가 얼굴을 가질 때까지』, 『멀리 울리는 뇌성』, 『나르니아 연대기』(전7권), 『헤아려본 슬픔』, 『스크루테이프 편지』, 『죽으며 살리라』, 『파리 대왕』, 『여자가 이별을 말할 때』, 『네토츠카의 사랑』, 『마르셀 프루스트』, 『나의 안토니아』 등 다수가 있으며 영역으로 『손님 *The Guest*』(공역), 『『충독의 소리』 외 현대 한국 단편선 *The Voice of the Governor General and other Stories of Modern Korea*』, 『『나의 가장 나종 지니인 것』 외 박완서 단편선 *My Very Last Possession*』, 『불놀이 *Playing with Fire*』, 『무기의 그늘 *The Shadow of Arms*』, 『태평천하 *Peace Under Heaven*』, 『천둥소리 *The Sound of Thunder*』, 『회색인 *A Grey Man*』, 『이어도 *Iyo Island*』, 『유형의 땅 *The Land of the Banished*』 등이 있다.

지은이 토머스 모어 **옮긴이** 전경자 **발행인** 홍예빈·홍유진
발행처 주식회사 열린책들 **주소** 경기도 파주시 문발로 253 파주출판도시
전화 031-955-4000 **팩스** 031-955-4004 **홈페이지** www.openbooks.co.kr
Copyright (C) 주식회사 열린책들, 2012, *Printed in Korea.*
ISBN 978-89-329-1208-0 04890 ISBN 978-89-329-1499-2 (세트)
발행일 2012년 10월 20일 세계문학판 1쇄 2022년 4월 30일 세계문학판 11쇄

이 도서의 국립중앙도서관 출판예정도서목록(CIP)은 서지정보유통지원시스템 홈페이지(http://seoji.nl.go.kr)와 국가자료공동목록시스템(http://www.nl.go.kr/kolisnet)에서 이용하실 수 있습니다.(CIP제어번호 : CIP2012004685)

열린책들 세계문학
Open Books World Literature

각 권 8,800~15,800원